光文社文庫

星詠師の記憶

阿津川辰海

KOBUNSHA

光　文　社

星詠師《せいえいし》の記憶

「僕はもはや、このとんでもない事件にほんのわずかでも常識のきらめきが持ち込まれただけで、まごつくどころか心底傷つくところまで来ています。これまで、不愉快な事件も、難しい事件も、複雑な事件も、矛盾した事件さえも見てきましたが、不条理そのものの上に成り立つ事件にお目にかかったのは初めてです。新鮮な経験で、すれっからしの僕といえども、骨の髄までわくわくしていることを白状せざるをえません」

ドロシー・L・セイヤーズ　浅羽莢子訳『死体をどうぞ』

一　石神赤司　一九七二年

初めて出会った日から、僕は紫色の石に夢中だった。

石は全長二センチほどで、細長い形をしている。光にかざすと、おぼろげに向こう側が透けて見えた。六角形の断面や、すり鉢のような先端を指でなぞりながら、その姿の美しさを愛でる。

「赤司《あかし》、珍しいか」

父が言った。家に帰ってきてから、まだスーツすら脱いでいないが、僕の顔を覗き込んで、嬉しそうに微笑《ほほえ》みかけてくれている。

「父ちゃん、これ本当に石なの。僕が河原で拾ってくるのと、全然違うよ」

「水晶だ。出張で行ってきたミカサギ村ってところで、採れたものでね」

ミカサギ村というのがどんな漢字を書くのか分からなかったが、なんだか耳に心地よい名前で、印象に残った。

「水晶?」僕はハッとした。「この前読んだ本で、占い師のおばあさんが持っていたやつだ」

父は静かに頷《うなず》いた。

「お前ばっかりそんなのもらって、ずるいぞ」

「こら、青砥《あおと》！」

一刻早く気が付いていた父が警告の声を上げたが、僕の反応は間に合わなかった。頭上に掲げていた水晶を手からもぎ取られるようにして奪われる。

「兄ちゃん、返せよう」

「へえ。キラキラしていていいじゃないか」兄はニヤニヤ笑いながら、片目をつむって水晶を覗き込んでいる。

「お前にも同じものを買ってやったじゃないか」

「俺のは紫色じゃないからね。これはこれで珍しいのさ。そら赤司、返してやるよ」

兄が紫水晶を放り投げるので、僕は慌てて手の平で受け止めた。

「何も投げなくたっていいじゃないか。それで、兄ちゃんはどんなのもらったの？」

「俺？　俺のはこれさ」

兄は白い水晶を差し出した。五センチくらいの大きさで、ところどころに黒い斑《まだら》状の模様が浮かんでいる。

「ずるいや、僕のより大きい」

「じゃあ、俺のと交換するか？」

反射的に首を振る。それだけ、僕は紫水晶の美しさに夢中になっていた。父は僕らのやり取りをにこにこしながら見つめていた。ネクタイをようやく外して、椅子に深く座り込む。

「ほらほら、喧嘩してないで。早く晩ご飯食べちゃいなさい」

母の鶴の一声で、僕たちは食卓についた。食事の間も、紫水晶をテーブルの上に置いて眺めていたので、母は呆れていた。

夕飯が終わって子供部屋に入ると、小学校の図書室で借りてきた児童小説を開く。さっき父親に話した本だ。物語の序盤に、占い師のおばあさんが、水晶を通じて主人公たちの未来を予言するシーンがあった。

小学五年生になって、挿絵のない本も読めるようになってきたが、その小説には数枚のイラストが添えられていた。そのうちの一枚が水晶を使う占い師のおばあさんのシーンだ。薄暗い室内で、皺《しわ》の寄ったおばあさんが、球体の水晶に両手をかざしている。主人公の戦士は背を向けているので表情は窺《うかが》えないが、予言の内容は主人公たちの敗北を予感させる不吉なものだった。

——おばあさんはどんな風に未来を見ているのだろう？

——水晶の中に何かが見えるのだろうか。それはおばあさんにだけ？　あるいは占われている方もそれを感ずるのだろうか……。もしかして、僕の水晶でも……。

「またお前、そんな本読んでるのか」

後ろから兄の声が聞こえて、空想は断ち切られた。

「うるさいなあ。僕の勝手だろ」

「五年生にもなって、子供っぽい本読んでるから言ってやったのさ」

そう言う兄の机の上には、科学の本や図鑑が積まれている。一つしか年の違わない兄は僕と全く性格が違って、読む本までひどく実際的だった。兄から言わせれば、確かに、僕の本の趣味は「子供っぽい」ということになるのかもしれない。

「大方、自分の水晶でもこんなことが出来ないかなって、妄想してたんだろ」

「まさか」図星をつかれて驚き、次には悔しくなって強い口調になった。「違わい」

「本当に予知なんて出来るんなら、今頃世の中は占い師だらけだぜ」

「だから、違うって言ってるじゃないか」

僕は本をバタンと閉じると、急いで自分の布団にくるまった。

「兄ちゃん、僕が寝てるうちに、僕の水晶取るなよな」

「取らねえよ。ばかじゃないの」

兄を信じなかったというわけではないが、枕元に水晶を置いて、寝る時でも体から離さないでいた。

「父さん、赤司の奴、おかしいんだぜ。この一週間ずっと、水晶と一緒に寝てるんだ」

ある日の食卓で、兄がそう口にした。

僕はなんだか自分の恥ずかしい秘密をバラされたような気分になり、カッと顔が熱くなった。

「それだけ気に入ってくれたんだろう？　なら嬉しいよ。買ってきて正解だったな」

そう言いつつも、父も少し苦笑気味だ。

「まあそうだけどさ。でも、俺にまで同じもの買ってくるんだから。石集めは赤司の趣味だぜ」

「出張で行った田舎には、そのくらいしかお土産品がなかったんだよ」

「チェッ、なんだつまんないの」

「その代わりでもないが、今度の試験で良い点を取ったら、青砥が欲しがっていた図鑑を買ってやろう」

「エッ、ほんとかい」兄が目をらんらんと輝かせた。

「父さん、僕も」と僕が言うと、兄が「赤司はダメだぜ。お前はこの前、母さんに本を買ってもらったばっかりだろ」と顔をしかめた。

「買ってもらった？」

父が眉根を寄せた。

「ああ、これは言わない約束だったかな――母さんが買ってきてくれたんだよ」

「へえ」

父はそう反応したきりだったが、怪訝《けげん》な表情を崩さなかった。

「何のお話？」

兄のお碗におかわりのご飯をよそっていた母が戻ってくる。

「次の試験で良い点取ったら、ご褒美くれるんだってさ」

その一言で諸々は誤魔化された。僕は黙って夕食を食べ終えると、ごちそうさま、とだけ言って食卓を離れる。

――父さん、赤司の奴、おかしいんだぜ。

その夜はなかなか眠れなかった。兄の言葉を気にして、水晶を自分の机の引き出しにしまって、眠ることにしたのだ。

兄が寝静まったのを確かめてから、やはり、水晶を取りに行ってしまう。水晶を握りしめて目をつむっていると、心が落ち着いてくるのを感じた。浅い眠りを繰り返しながら、心が凪《な》ぎ、些細な悩みがどうでもよくなっていく。

いつの間にか、僕はそのまま眠りについていた。

翌朝、水晶に異変が起きた。

「兄ちゃん！」布団に手をかけて兄を揺り起こした。「僕の水晶に何したんだよ！」

「うー……ん……。なんだよ、朝からうるさいなあ……」

「起きて説明しろよ！　僕の水晶に何したんだ！」

兄は目をこすりながら僕を睨《にら》んだ。

「なんもしてないって。あと五分……」

兄はいつも僕にちょっかいを出すが、今の声音は信用してもいいように思われた。寝起きゆえに、無防備な反応が出ている気がする。

僕は首を傾げて、水晶を覗き込んだ。

全長二センチほどの細長い水晶――その中心に、何か男の顔のようなものが映り込んでいる。

男の顔は、何か薄膜《うすまく》を通して見ているかのように、ぼんやりとしている。男の顔は苦しげに歪《ゆが》み、何かを言いたげに口をパクパクと開けては閉じていた。まるで金魚のようだ。

なぜ金魚という連想が働いたのかも、すぐ分かった。男の顔が揺らいでいるように見えるのが、水中を覗き込んでいる時の様子に似ていたからだった。あたかも水晶の中に水が満たされて、男が閉じ込められている、とでもいう感じを受ける。

光に透かしてみても、男の顔はそこにあり続けていた。

最初は、兄が仕掛けた何かのトリックだと思っていた。水晶の中に水を満たして、男の顔の模型か何かを閉じ込める。具体的な方法は分からなかったが、最近読んだ本を使っていたずらでも仕掛けたのだろう、と。

だが、兄の様子に不自然なところはなかった。

では、この顔は一体なんなのか？

僕の空想は一瞬飛躍した。小説の中で読んだ、占い師の――。

いや、まさか。

その空想をすぐに打ち消し、僕は水晶を引き出しにしまいこむことにした。占いを本当に信じたわけではなかったが、水晶の中のものがひどく不吉なことに思われたし、兄に見つかって色々と詮索されるのも嫌だったからだ。

「最近は、紫水晶にべたべたしてないんだな。お前も存外、飽きっぽい奴だね」

兄にそうからかわれた時も、「うん」としか返事しなかったので、兄は不審そうにしていた。

ときどき、水晶を引き出しから取り出しては、こっそりと確認してみた。でも、いつまで経ってもあの顔は消えなかった。

僕はいよいよ気味が悪くなって、引き出しのもっと奥の方に水晶を突っ込んで、もう考えるのはやめようと決め込んだ。

ただ、最後に水晶を見た時、ある考えが僕の脳裏にきざした。

この顔に、どこか見覚えがある、と。

あらゆる疑問が氷解したのは、次の夏のことだ。僕たち四人家族は、海岸沿いの町に家族旅行に出かけた。

少し散歩にでも行かないか。きっと夜の海辺は気持ちが良いぞ。父の言葉に誘われて、僕たちは二人きりで浜辺に出た。

そうして僕はその日、父に溺死させられかけた。

仰向けの姿勢のまま、首を押さえつけられ、海の中に沈められた。浅瀬のあたりで襲い掛かられ、水中に体が没すると、服が水を吸って重くなっていく。抵抗すればするほど、父の手と海が体に絡みついてくるかに思えた。

塩水の刺激が目を突き刺してくるようだった。ゴボッ、と口から大粒の泡が吐き出され、呼吸しようともがいているうちに、余計に苦しさが増していく。

僕はその光景に、ひどい既視感を覚えた。

ああ、道理で見覚えがあると思った、と。

紫水晶の中で見た顔は、父のものだった。

二　獅堂由紀夫　二〇一八年

被疑者・玖木正彦《くきまさひこ》に対する捜索令状が取れたのは、二月九日のことだった。

俺は本庁の捜査一課で、荻窪《おぎくぼ》署の署員と協力して捜査に当たっていた。玖木の足取りを摑み、強盗殺人に用いた凶器の入手経路を特定したことは、俺とその署員の手柄だった。

あとは家宅捜索令状を執行し、証拠を押さえるだけ。玖木の二階建てのアパートのインターホンを鳴らした時、俺の心にそうした油断があったことは、否定できない。

玖木の家の中から、何かが倒れるような激しい音が聞こえた。窓から逃げるつもりだと咄《とっ》嗟《さ》に理解した。建物の裏手には人員を配置していなかった。

俺たちは階段を駆け下りて、建物の裏手に回り込んだ。

裏手に辿り着くとすぐに、男が一人、路上を裸足で駆けているのが目に飛び込んできた。今にもT字路を曲がるところだったが、まだ追いつけない距離ではない。

「野郎！」

玖木がアパート近くの公園に駆け込んだところで、俺たちが追いついた。

「くそっ！」

玖木は俺たちの姿を見て取るや否や、懐《ふところ》からバタフライナイフを取り出し、女性を一人、人質に取った。まずい、と呟《つぶや》いて、拳銃に手をかける。公園にいた人々が悲鳴を上げる。すぐに俺たちの周りを見物人が取り囲んだ。

「お前ら、そこを動くんじゃねえぞ！」

玖木が唾《つば》を飛ばして声を荒らげた。

人質の女性はすぐさま冷静さを失った。ヒステリックなわめき声を上げて、玖木の腕の中で激しく暴れた。女性の手には小さな紙袋が提げられていた。有名なチョコレート専門店の袋だ。バレンタインに誰か大切な人にチョコを渡すのかもしれない。女性の命を預かっていることが肩に重くのしかかり、自然に声が必死になった。大丈夫です、私たちが必ず助けます、だから落ち着いてください。

「女！　お前も動くんじゃねえ！」

俺たちの声は彼女に届かなかった。彼女は身をよじって玖木の拘束から逃れようとする。結果、彼女は玖木の怒りを買った。玖木は何のためらいもなく、女性の首を切り裂こうとした。

俺は引き金を引いた。飛び掛かるには距離がありすぎた。ナイフだけを狙うなどという曲芸は映画だから出来ることだ。銃弾は玖木の腹部に当たった。女性は拘束を逃れて、警察官に保護された。

拳銃を撃った後の耳鳴りが次第に遠ざかって、俺たちを取り囲んでいた路上の見物人が一斉に上げた悲鳴、あるいは興奮したような声、そして携帯のカメラのシャッター音が矢継ぎ早に聞こえてくる。

音の洪水の中で、俺が口にしたかった言葉は声にならなかった。

＊

玖木正彦は都立病院に搬送後、腹部からの出血多量と内臓破裂により死亡した。

＊

「獅堂《しどう》、悪いことは言わねえ。少し頭冷やしてこい」

本庁に戻ると、上司はそんな言葉で俺を迎えた。

「先に休暇を取っちまうんだよ！　そうすりゃ、自粛してるっていう言い訳になる。一週間でもなんでもいい。休暇を取って、親元にでも帰ってこい。それに、あの時取り囲んでいた見物人が写真や動画をアップロードしたみたいでな。徹底的に削除させているが、お前の面が割れているのは確実なんだ。なあ、悪いことは言わない。お前の身に危険が及ぶかもしれないんだぞ」

俺は自分の行動に対する釈明もろくに出来ないまま、追い立てられるようにして一週間の自主謹慎を言い渡された。一週間というのも、最短の見通しにすぎない。もっと長くなる可能性だってある。

一般市民のいる場所で無許可の発砲を行い、あまつさえ、被疑者を死亡させたのである。自主謹慎どころか、異動で一課を外されることも、懲戒解雇すらもあり得た。

――ここに来るのも、最後になるかもしれないな。

そんな感慨に打たれながら、俺は一週間の自主謹慎に入った。


ひとまず一週間。刑事になってから間もなく二年になるが、まとまった時間が取れることは稀《まれ》だ。俺はこの機に、故郷の入山村《いりやまむら》に行ってみることにした。

故郷といっても、さほど思い入れの深い土地でもない。俺が四歳の頃には、両親の都合で東京に引っ越してしまったのだ。四歳といえば、ギリギリ物心はついているとはいえ、まだそこまでハッキリとした記憶もない時期だ。小学校からは東京で通ったのだが、そちらの方が記憶はしっかりしている。

祖父母も亡くなっており、入山村に縁故がいるわけでもない。ただ、一週間の謹慎を言い渡された時、心の中に蘇ってきたのが、入山村の存在だった。

遅くに生まれた子だったこともあり、俺が二十五になる頃には、両親ともに亡くなってしまった。兄弟姉妹もいない。この世にただ一人きり取り残されてしまったかのような、似合わない感傷に取りつかれた時、東京の街が故郷と呼ぶにはあまりに味気ないものであるという実感が、じっとりと胸に下りてきた。

もちろん、最も土地勘があり、なじみのある場所は、東京である。

それでも、東京が故郷かと問われれば、心が否定していた。

自分にも故郷と呼べる何かの存在が欲しい。どうしようもない寂しさに取りつかれた時、俺はそんな感傷に囚《とら》われたのである。

だから、一週間の謹慎を過ごすにあたり、故郷を訪れることにしたのだ。初めは「入山」という名前すら忘れていたので、両親の遺品の郵便物を整理し、生家の住所を調べることから始めた。

男一人の気ままな旅である。さして荷物になるものもないし、最低限の衣類や本、身支度に使う品だけをボストンバッグに詰め、入山村の民宿の予約を取り、東京を発った。

東京から電車を乗り継ぎ、田舎の小さな駅から、一時間に一本しかないバスに乗って、ようやく入山村に辿り着いた。

早朝に発って、到着した時には既に正午を回っていた。

俺はバス停に設置された小屋のベンチに座りこむと、見渡す限り、残雪に彩られた田んぼと山しか見えない田舎の風景を味わった。色の褪《あ》せた木造の小屋、冬の田に寂しく佇《たたず》む案山子《かかし》の姿。まだ幼少期の記憶は蘇ってこないが、たとえその土地にルーツのない日本人でも懐かしさを感じさせるような郷愁があった。出来れば夏に訪れてみたかった、とは思うが、贅沢は言えない。

二月の山の気温は肌をチクチクと刺すかのようだった。ベンチもすっかり冷え切っている。俺はコートの襟を引き寄せてから、タバコに火をつけた。

小屋の掲示板を見ると、新しい紙で作られた『火の元注意!』の掲示が目に留まった。それによると、一か月ほど前に入山村の物見櫓《やぐら》が火事で焼失したのだが、その原因が火が消えきらないままポイ捨てされたタバコだったというのだ。冬の乾燥も相まって、被害が大きくなったのだろう。俺はタバコを手にしているのになんとなくきまりが悪い気持ちになってきた。

――さて。あまりここにいても体が冷えるだけだ。

停留所を離れて、自分のもといた家に向かった。

もちろん、今でも俺たちの家がその時の姿のままあるということはないだろうし、誰か別の人が入居しているかもしれない。それでも、そこに住んでいる人を一目見るだけでもいいと思った。家の姿を見るだけでも、何か感じるものがあるだろうと思い、家へ続くだらだらとした長い坂道を、一歩一歩登って行った。

坂の真ん中に、傾斜をうまく利用しながら建てたのが我が旧家だった。その坂道には、今も民家が並んでいたが、一つだけ、ぽっかりと空白があるのが見える。俺は何か信じられないような気持ちになって、坂を上がったり下がったりしながら、メモしておいた自分の旧家の住所と番地を矯《た》めつ眇《すが》めつする。

どうやら間違いなかった。俺の旧家はすっかり更地《さらち》になっていた。

立ち入り禁止のロープをくぐって、足元にある石を拾い上げてみる。どこかから転がってきたものだろうか。よく見ると、風呂場のタイルの色に似ている気もした。

体からどっと力が抜けるのを感じながら、遠くに広がるなだらかな山の稜線を眺めて、白い長い息を吐く。

鼻の奥がつんとするようだった。似合わない感傷だ。

山の枯れ木の中に、やや異質な、灰色の塊《かたまり》が小さく見えた。これだけ遠くから見ても存在感を放っているのだから、随分大きな建物らしい。あれは一体――。

「あんた、東京の人かい?」

突然声をかけられて驚いた。

隣を見ると、もこもこした防寒着に身をくるんだおばあさんが、気遣わしげに、俺に微笑んでいた。髪はすっかり白くなっているが、腰はしゃんとしている。山の中で畑仕事をしていると、自然と足腰も鍛えられるのだろう。

「ああ、すみません。今、外に出ますから」

「別に咎《とが》めちゃいないさね。何か思いつめた顔してるから、気になっただけだよ」

そんな顔をしていたのだろうか。少し恥ずかしくなる。俺はロープをくぐると、おばあさんに言った。

「休暇を取って、今日、東京からやって来たところでして」

「ほんじゃ、あれだ。隣の、未笠木村《みかさぎむら》にやって来たんだろう？」

「未笠木？」

「違うのかい？　東京から来る若え人《わけ》は、みーんなあそこに行っちまうよ」

「へえ……。でも、私は違います。実をいうと、入山の出身で。久しぶりに故郷に帰ってきたんです。両親はもういないので、せめて旧家だけでも見に行こうと思ったら、これでして」

俺は更地を示した。

「あらあら、それじゃア、あんた獅堂んとこの由紀夫《ゆきお》ちゃんだ！」

その甲高《かんだか》い声を聴いて、ようやく俺はおばあさんのことを思い出した。

「もしかして、林《はやし》のおばちゃん？」

俺がまだ四歳くらいの子供だった頃、世話になっていた近所のおばさんだった。彼女はいつも作りすぎたおかずを持たせてくれるのだが、特に山菜の佃煮《つくだに》を気に入っていたのを鮮やかに思い出した。いつだったか、母さんの作ってくれる飯よりうまい、なんて言ったものだから、母からどやされたこともあった。

先ほどまで孤独を感じていたのが、林のおばちゃんの存在が、俺が確かにここに存在していたという安心感を与えてくれたようで、嬉しかった。

「そうだよオ。あんた、随分大きくなったねえ。いんや、というより、コワい顔になっちまってまあ」

「東京で警官になりました。刑事です。コワい顔してないと、舐められちゃいますから」

林のおばちゃんの態度に心をほぐされて、こちらも自然、軽口がこぼれた。おばちゃんは「なーに言ってんだよ」と言ってころころと笑った。そうやって笑うと目尻の皺が深くなり、子供時代の自分を見守ってくれたその眼差しを思い出させた。

「それにしても、刑事さんにね。昔はあんな細っこかったのにねえ」

「いやだなあ。小さい頃の話でしょう?」

「まあとにかく、外は寒いから、うちにお上がんなさいよ。すぐ近くだから」

民宿に荷物を預けてから立ち寄ろうかとも思ったが、なんだか別れがたかったので、このままお邪魔することにした。

林のおばちゃんの家は典型的な古民家で、随所にしみ込んだ生活の匂いが、俺の記憶を刺激するようだった。

おばちゃんの旦那さんは、数年前に老衰で逝ったという。仏壇に手を合わせていると、おばちゃんが囲炉裏《いろり》に火を入れ、温かいお茶を淹《い》れてくれた。体が温まってきて、ひと心地ついた気がした。

「それで、未笠木村に東京から人がやって来るっていうのは……」

俺が子供の頃には、水晶がよく産出する、以外の特徴はない村だった印象がある。その村をめがけて東京から人がやって来るというのがひどく気にかかったのだ。これも一つの職業病なのかもしれない。

「ああ、由紀夫ちゃんは知らないんだね。今、未笠木村には、水晶の研究をするだとかなんだとか、けったいな建物が出来てるんだよ。〈星詠会《せいえいかい》〉とか言ったかね。三十年も前になるかねえ。突然あの辺の山で工事が始まって、大きな箱みたいな建物が出来たと思ったら、そこに若い人がどんどん入っていってね。通っている様子も見えないから、泊まり込んで、なんかアヤシイことしてるんだよ、あれは。水晶が採れる坑道をすっかり押さえちまってね。気味悪いったらないよ」

「へえ……」

三十年前からの話なら、まだ生まれる前の話だ。故郷のことはろくに調べもしていなかったので、初めて聞く話だった。

「あんな山に、一体何があるっていうんだろうね」

「さあ、水晶以外はろくすっぽ出ないはずなんだけどねえ。ああでも、由紀夫ちゃん、ほら、昔から言うじゃないか――」

林のおばちゃんは不敵に微笑んで、わざとらしく溜めまで作って言った。

「未笠木の水晶は、夢を見る」

その真剣な表情を見ているうちに、俺はなんだかおかしくなって、思わず笑い出した。林のおばちゃんも笑っている。

「それはちょっと、冗談がきついよ」

「由紀夫ちゃん、そういうことはちゃんと覚えてるんだね」

「今さっき、思い出したんだ。それ、俺が子供の頃、おばちゃんがこの囲炉裏端《ばた》でよくしてくれた昔話じゃないか」

三十年以上前からずっとその姿を留めているかのようなこの古民家が、急速に俺の記憶を呼び覚ましているのだった。

「また聞くかい？」

「細かいことは覚えてないからね。また聞いてみてもいいかな」

何言ってるんだよ、この子は、と林のおばちゃんは笑った。そう言いながらも、おばちゃんは雰囲気たっぷりに、その昔話をもう一度語ってみせた。子供の頃には難しかった部分も、今聞き直すと、よく理解できた。

時は戦国時代まで遡《さかのぼ》る。未笠木村で本格的な水晶の採掘が始まるのはずっと先のことになるが、城主の妻である鷺姫《さぎひめ》は紫水晶の美しさをいたく気に入り、自分の手元に常に置かせていたという。元よりワガママな彼女は、飽くことのない欲望を、全てこの水晶の収集に向けた。

「私はあの美しい石が欲しい。もっと、もっと欲しい……」

そんなある日のこと。うたた寝から目覚めた鷺姫は、自分が水晶を傍《かたわ》らに抱いたまま、眠っていたことに気付く。すると、水晶の中心に、ぼんやりとした影のようなものが浮かんでいるのが見えたのだ。

それは城主に十数年仕えてきた武将が、裏切り、城に襲い掛かってくる光景を映していた。城主の城は石組みの様式が独特で、水晶の中に映されているのが城主の城であるのは一目瞭然であった。水晶の写し絵で、武将は馬に乗って、武士の大群を引き連れて城に向かい駆けて来ていた。どう見ても、友好的な光景には思われない。

鷺姫はその水晶を城主に献上するが、城主は「くだらない」と言って取り合わなかった。

実際に城が襲われたのはその二日後のことだ。

城は武将の攻撃に辛くも持ちこたえた。城主は半信半疑ながら、鷺姫と水晶の魔術を、今度は利用してみる道を考え出した。

水晶は、姫が瞑想にふけると、何らかの光景を映し出すようだった。その光景は、近い将来鷺姫の身に起こる事件らしいことは、先日の襲撃の一件で見当がついた。

水晶の写し絵により、城主はそれから訪れる襲撃をほとんど完璧に予測し、対策を立てることが出来た。

しかし同時に、度重なる襲撃により、城は少しずつ、しかし、確実に疲弊していった。

いつしか、城主の脳裏には倒錯した考えが生まれてきた。鷺姫が未来を見るから、その通りになってしまうのではないだろうか？　事実、予言が出てしまった後は、どんなに回避行動を取ろうと、戦は起こってしまった。

鷺姫が最悪の予言を見たのは、その矢先だ。城を落とされた城主が、目の前で割腹自殺を遂げる、という予言だった。

運命の日まで、姫は自分の見た光景を夫に告げないでいた。夫はその時が来た時、姫にこう告げた。

「やはり、お前が災厄だったのだ。お前と水晶さえ出合わなければ、こんな戦は起こらなかったものを」

鷺姫はそのまま、夫が腹を切るのを眺めていた。

夫の言葉と死にざまが引き金になり、鷺姫も自決したという。

そこまで聞くと、俺は話を引き取った。

「この出来事以来、未笠木の水晶は夢を見る、と言われるようになった。そしてそれは同時に」

「見てはならない夢だ、ともね。由紀夫ちゃん、よく覚えてるね」

林のおばちゃんも、よくもまあこんな凄絶な話を四歳の子供に聞かせたものだ、と思う。俺は子供の頃から心霊番組とかが好きだったので、自分からせがんでいたかもしれない。

「大体、夢を見るって言っても、戦や人死にの夢ばっかり見るんじゃ、悪趣味じゃないか」

「違いないね」

林のおばちゃんは快活に笑った。

「だが、いくら未笠木村に変な研究施設が出来てるからって、それが未来を見るものだなどとは……到底信じられない」

「そりゃあアタシだって本気で言ってるわけじゃないよォ。でも、未笠木の水晶で何かする、って言ったら、アタシはすぐにこれを連想しちまうんだ」

「それに、この鷺姫の話だって、実際の出来事かどうか怪しい」

「ところがね、鷺姫の昔話自体は、ちゃんと古い巻物にも残ってる話なんだよ」

「巻物に書かれていたからと言って、事実とは限らない。昔の人が作った物語かもしれないじゃありませんか」

「夢がないねえ。刑事さんになってそうなっちゃったの？」

おばちゃんの言い方に嫌味はなかったので、俺も自然に笑えた。

「でもまあ、本当に未来が見られるようになってたら、大きな騒ぎになってるだろうさ」

世間話の一つとして話しているにすぎないらしく、さすがに「未来を見る水晶説」に固執しているわけではないようだ。

「しかしどうも、最近のあの村はキナ臭いったらないよ。この前も人が死んだばっかだしね」

「人が死んだ？」

俺は思わず聞き返してしまった。休暇に来てまでそんな話はごめんだ、という気持ちと、生来の好奇心がせめぎあっていた。

「すると……」

「確か、あの研究施設の誰かが、頭撃って自殺したんじゃなかったっけね。警察が来て捜査してたけど、自殺って発表して、それきりさ」

自殺か。事件性はないようで、ひとまずは安心した。

林のおばちゃんと積もる話を一通り済ませると、いつの間にか日が傾いていた。暗くなる前に、民宿まで辿り着いておきたい。おばちゃんに道を訊《たず》ねて、急ぎ家を出た。お土産に山菜の佃煮を持たせてもらった。

次第に暗くなる田舎の道を歩いていると、ふと、背中に視線を感じた。

(ん……?)

振り返ってみても、薄闇に紛れてか、視線の主は判然としないままだった。

どうにも薄気味悪かったが、よそ者がやって来たのだから、ある程度の注目は仕方がない、と割り切ることにした。

*

発砲の反動で、俺の手はまだ痺《しび》れていた。

目の前では、玖木が血を流して倒れている。腹部から血が止めどなく地面に流れ落ちていた。

俺たちを取り囲んでいた群衆のうちから一人が進み出て、俺に指を突き付けた。

「お前が殺した」

急速に喉が干上がっていくのを感じた。違う、と答えようとした声がかすれる。

玖木の隣に立ちすくんでいた女性が腕を持ち上げる。足元ではチョコレートの紙袋が潰れていた。ロゴだけが妙に浮き上がって見えた。白い袋に金色のロゴ。その色さえ、自分を苛《さいな》むようにギラついて見える。

「お前が殺した」

「だが、俺は――」

そこから先は、喉につかえて、言葉にならなかった。群衆から一人、また一人と何か声が上がった。耳鳴りが遠ざかっていくごとに、俺を糾弾する声が高まって、俺を圧殺する。耳を塞いで視線を落とすと、俺の足元に玖木の顔があった。血にまみれた唇、死んだはずの玖木の唇が動いて言葉を紡いだ。

「認めろよ。お前は俺を殺したんだ」

*

声にならない叫びが喉から漏れて、布団から跳ね起きた。

見慣れない畳の部屋の光景と、傍らのボストンバッグを認めて、ようやく自分の状態を再確認する。

……夢、か。

環境を変えてみても、見る悪夢は変わらない、か。

最前の夢のせいで、寝間着《ねまき》は汗でぐっしょりと濡れていた。冬の気温ですっかりと冷やされていて、思わずくしゃみが出る。この程度で風邪を引いたとは思いたくないが、すぐに着替えることにした。

庭に出て、朝の爽やかな空気を胸いっぱいに吸い込むと、ようやく気持ちが落ち着いてきた。

「獅堂由紀夫さん――ですね」

その時、少年の声が聞こえた。

見ると、道の向こうに、一人の少年が立っている。黒の学ランに身を包んだ、顔立ちの整った少年だった。寒さのせいか、顔色が蒼白なのが心配になる。ぱっちり開いた眼とまつげが、どこか目力の強い印象を与えるが、まだ声変わりのきていないようなその声音は可愛らしく、学ランに着られているという感覚も拭えない。

少年は俺の顔を食い入るように見つめていた。俺の名前を知っていることも気にかかる。いつもであれば、事件の関係者に恨みでも買われているのではないかと、警戒したところであるが、少年の目にどこか必死めいたものを感じ、正直に答えることにした。

「そうだけど、何かな」

「突然の訪問、失礼いたします。僕は香島奈雪《かしまなゆき》と申します」

そう名乗ると、彼は顔をまっすぐ向けたまま大股で俺に歩み寄り、目の前で頭を深々と下げた。礼儀正しい少年だ。

「獅堂さんにご協力いただきたく馳せ参じました！　お願いいたします、どうか、どうか師匠を救ってください……！」

俺はこの成り行きにすっかり面食らってしまった。

「ま、まあちょっと落ち着いてくれないかな」

「あ……」

香島は顔を上げて、申し訳なさそうな表情をする。

「ええと、色々聞きたいことはあるんだけどね……。まず、どうして俺の名前を知っているのかな？」

「東京から刑事さんが来ていると噂に聞きまして。その時にお名前も」

なるほど。田舎では情報が回る速度は速い、というわけだ。

「君、学校は？」

彼の学ランに目をやりながら言った。

「今は冬休みなんです。この服は……他に適切なものを思いつかなかったので……」

「じゃあ、次の質問。俺に協力してほしいこと、っていうのはなんだろう？」

「師匠を助けてほしいのです。師匠は今、殺人を犯したかどで捕まっていまして……」

香島は首をぶんぶんと振った。

「しかし、師匠はそんなことをする人ではありません！」

次第に事情を呑み込むとともに、この少年が、東京からやって来た刑事をまるでヒーローか何かのように勘違いしていることも分かってきた。

第一、殺人事件が起こっていたとしても、捜査権のない俺が関わり合いになるわけにはいかない。この地域は県警の管轄だし、それに、仮にも俺は謹慎中の身なのだから。

この時点で要求を退けてしまってもよかったのだが、俺に最後の期待を寄せているような少年の態度があまりにも哀れで、ついつい、事情だけでも聴いてみようと思ってしまう。少年はかなり緊張しているようなので、少し柔らかい口調を心掛けた。

「さっきから言っている、師匠っていうのは誰かな？」

「〈星詠会〉の幹部の、石神真維那《いしがみまいな》さんです」

「〈星詠会〉……？」

聞き覚えがあるが、半分寝ぼけているので思い出せない。

「東京からいらしたのでしたら、ご存じないですよね……。その、未笠木村に拠点を構えております、水晶の研究施設の名前です」

「えっ」

ようやく、昨日林のおばちゃんから聞いた話を思い出した。

「すると、君も〈星詠会〉の人なのかい？」

「はい。まだまだ下っ端《ぱ》ですが、師匠のもとで修業させていただいております」

修業、という言葉が何か引っかかったが、話を先に進めることにした。

「待って。その石神真維那さんが殺人事件の嫌疑をかけられているっていうけど、もしかして、最近〈星詠会〉で起きたっていう事件のことかな？　それなら、自殺として処理されたと聞いたが……」

「警察の人はそう判断なさいました。ですが、あれは本当は殺人事件だったのです。〈星詠会〉の上層部の方々は、独自に握っている証拠で、師匠のことを告発し、今は〈星詠会〉内部の部屋に閉じ込めてしまっているのです」

「なんという」

時代錯誤だろう、という言葉は飲み込んでおく。先ほどの修業という言葉といい、監禁まで行うところといい、香島少年には悪いが、〈星詠会〉という組織のキナ臭さはいよいよ高まってきた。

「ですが、上層部の過剰反応も無理からぬことかもしれません。この度殺されたのは、〈星詠会〉の発起人にして、〈大星詠師〉、言わばトップの存在の一人でした。ですが、ですが師匠だけはやっていないのです。師匠が殺人を……ともあろうに、自分のお父上を殺されるなど！」

香島は俺の両腕を摑んで、すがるような眼で訴えかけてきた。

「お願いします。どうかあなたに探していただきたいのです――石神赤司さんを殺害した、その真犯人を」

三　獅堂由紀夫　二〇一八年

朝はひどく冷えるので、ひとまずは民宿の居間に上がってもらって、話をすることにする。民宿の人に断りを入れると、気を遣ってお茶まで出してもらえたので、ありがたかった。熱い茶を飲むと、香島少年の頰にもようやく赤みがさした。落ち着いたところを見計らって、事件の話を聞き出す。

事件の発生は二週間前に遡る、という。

「二月一日の朝八時のことでした。石神赤司さんの奥方が、赤司さんの執務室である〈大星詠師の間〉で死体を発見されたのです」

奥方、ときた。彼の言葉遣いは年相応とは言えない。

「それが石神赤司……さんのものだったんだね。死体の状況を説明できる？」

いたいけな少年から殺人の事実を聞き出すのは心苦しいものがあったが、理解しないことには判断もつけられない。香島は少し言いにくそうにしながら、説明を始めた。

「ご自分の椅子に座ったまま、その、頭を、拳銃で撃って……」

拳銃、という言葉が、チクリと胸を刺す。

「自殺と判断された、ということは、撃ったのは口内か側頭部になるのかな」

「はい。側頭部です」

「どちらの？」

「左です」

つまり石神赤司は左利きだ。

「拳銃について何か知っていることはあるかな？」

「はい。紫香楽《しがらき》淳也《じゅんや》さんが——現在〈星詠会〉の経営のトップに立たれている方ですが——趣味で集められているものの一つで、六発装塡《そうてん》できるところ、二発が撃たれていました。以前使った後、弾をこめて自室の引き出しに入れておいたが、いつ拳銃がなくなったかは分からないそうです」

大方、拳銃の管理もいい加減で、入手できそうな人物から犯人を絞ることも出来ないのだろう。厄介なことだ。

「亡くなられたのは、発見された前日、一月三十一日の夜十時半頃とみられています」

「十時半頃？」

妙に正確だった。監察医は、そこまで断定的に死亡推定時刻を特定したりはしない。死体現象から分かることを積み上げて、絞りをかけた過程を、それでも確実とまでは言えないと言いながら提示してくるものである。

ここまで断定できる原因は、死亡時の記録がなんらかの形で取られているから、としか考えられない。

その疑問を香島にぶつけようとした時、玄関の方から大きな声が聞こえた。

「香島君！」

呼びかける声と共に、一人の男性が居間に入ってきた。

線が細く、背の低い五十代くらいの男性だった。頬は痩せこけているという印象で、目の下にはクマが出来ている。お世辞にも健康的とは言えない。居間に入った途端、かけていたメガネが曇ったので、ほっと息をつきながらメガネのレンズを拭《ふ》いている。

「ふう……探しましたよ。突然いなくなるものですから」

「ああ、ごめんなさい。心配させてしまいましたよね」

「えーと、香島君、この方は？」

「〈星詠会〉の研究員の一人で、千葉冬樹《ちばふゆき》さんです。千葉さん、こちら、東京から来た刑事の獅堂由紀夫さんです」

どうも、と千葉は軽く頭を下げた。社会人なら身内の人間に「さん」はつけないものだが、香島が子供であることもあってか、千葉も特段注意する素振《そぶ》りはなかった。

「刑事さん、ですか……なるほど。それで、居ても立ってもいられなくなって、来たわけですね」千葉はやれやれ、というように首を振った。「香島君。君の気持ちは分かります。ですが、〈星詠会〉の処分は既に決定しています。今更再調査などしたところで、容易には覆《くつがえ》りません」

「そんなことは分かっています！」

香島は声を荒らげた。千葉はため息をついて応えた。

「分かっていないから、こうしてここに来ているのではないかい？」

そう反論されて、少年はぐっと息を詰まらせてしまう。

「まあまあ、お二人とも」獅堂は仕方なく間に割って入る。「とりあえずは座りませんか、まずは落ち着きましょう」

「しかし……」

「千葉さん、でしたね。私は先ほど、風の噂でその『処分』とやらについて聞いたのですが――」

千葉は不安げな瞳を香島に向けた。

「話したのですか？」

香島は俯いたまま答えない。

「風の噂、と言っているじゃありませんか。それで、あなた方の取っている措置は、法治国家で行われるそれとしては、いささか野蛮だと思うのですがね……」

「おっしゃることは分かりますが」千葉は首筋を撫ぜた。「真維那が石神赤司を殺した、という事実が……あまりに決定的なものですから」

千葉の語気には力がなかった。組織人として発言しているからとも思えたが、何か、奥歯にものが挟まっているような口ぶりだ。

「本当に決定的ならば、警察に突き出せばいい話です。そうしないのはなぜでしょうか？」

「それは……」

「さっき香島君に話を伺《うかが》ったんですが、どうやら死亡推定時刻は十時半頃とみられているらしいですね。随分と具体的な数字です。そこまで絞り込めたからには、何らかの記録が残っていたからに違いありません。あなた方には、その記録を表に出せない事情があるんじゃないですか？」

千葉がグッとうなり声を漏らし、香島がハッと息を呑んだ。

「それは——違いますよ。記録など持ち合わせておりません。ただ、目撃者が警察の前に出ていきたがらないだけの話です。しかし、かといってお咎めなしというのではあまりにいい加減な話ですからね……」

香島が「えっ」と声を上げてしまい、二人はさっと目配せを交わした。

もう疑いようはなかった。彼らは何かを隠している。俺の頭は、休暇から刑事モードにすっかり切り替わった。

「どうやら、筋は通っているようですね」俺の挑戦的な言い回しに反応してか、千葉の眉根が動いた。「では、その目撃者とやらの話も、ぜひ聞いてみたいものです」

「お聞かせいたしますよ。目撃者は私ですから。あれはまさしく、一月三十一日の午後十時過ぎのことでした。私は赤司に研究の認可をもらうべく、〈大星詠師の間〉に向かうところでした……」

まさかこんなにも早く、「目撃者」の話を聞くことになるとは。だが、どうにも都合が良すぎると感じ、千葉の言葉を慎重に聞くことにした。とはいえ、低血圧そうな話し方のせいで、千葉に感情の乱れは感じられなかった。先ほどの挑発で引き出したイラつきも、すっかりなりを潜めている。

「ですが、〈大星詠師の間〉の扉の前に立つと、中から話し声が聞こえてきたのです。そこで、話が終わるまで部屋の前で待機することにしました」

「どのくらいの大きさで聞こえたか、覚えていますか?」

「そうですね」千葉は顎に手をやった。「……お互いの声がはっきり聴きとれる程度には。赤司の相手の声が誰かまでは、しばらく分からずに過ごしていました。顔も見えない状態ですから、声になんとなく聞き覚えがあっても、確信が持てなかったのです。それが分かったのはお相手の言葉がきっかけです。『黙れ。お前に真維那などと呼ばれたくはない』という言葉です」

「なるほど」

「それで、相手の声が石神真維那のものだと分かったのです。親子の間の険悪な雰囲気が私には恐ろしくなってきました。親子喧嘩に居合わせるのは気まずいと思い、部屋の前を離れました」

千葉はごくりと唾を飲み込んだ。

「自分の部屋に戻りかけていた私の背後で、銃声が鳴り響きました。私はまさかと思い、〈大星詠師の間〉にとって返したのです。部屋には、会の関係者しか持っていないカードキーを使わないと入れません。ドアを解錠した瞬間、銃声がもう一発。扉を開くと、拳銃を握った真維那と、椅子ごと横倒しになった石神赤司を発見した——ということです」

「決定的な状況ですね」

それが本当ならば。

「いくつか確認させていただいてよろしいですか?」

「どうぞ」

「警察では、石神赤司さんは自殺として処理されたと聞きました。ということは、彼の利き手から発射残渣《ざんさ》が出たということで間違いありませんか?」

「警察の方がそうおっしゃっていましたよ。左手から検出された、と。付言すれば、こめかみに焦げ跡も残っておりました」

至近距離から発射したことも間違いない、ということだ。

「つまり、犯人の行動を追うとこうなりますね。石神赤司さんの左横に立って至近距離からそのこめかみを撃ち、あなたが突入するまでの間に、椅子ごと倒れこんだ彼の左手を捕まえて、発射残渣を残すための一発を撃った。随分忙しいと思いませんか?」

この程度の言葉で動じる相手ではなかった。「事実、その通りでしたからね」とすげなく返される。

そう言い返されては仕様がない。まるきり不可能というわけでもないからだ。一度部屋の前を離れていた、というのも効いている。

「では次です。今しがた香島君から聞いた情報では、二月一日の朝八時の時点で石神夫人が死体を発見した、ということになっていました。ところが、今あなたが主張することによれば、赤司さんが死んだのは前日の晩から分かっていたことになりますよね。どうしてこの時点で通報しなかったのでしょう?」

「お恥ずかしながら、私はその様子を目撃してすっかり震え上がってしまいまして、そのまま逃げたのです。誰にもお話しできないまま、翌朝に仁美《ひとみ》さん——つまり赤司の妻ですが——彼女が死体を発見されたという次第でした。私が目撃証人として名乗り出ませんでしたので、公式には、仁美さんが発見されたということで記録に残っているかと思われます。私の不面目の致すところで、誠に申し訳なく思います」

どうにも信じがたいが、これもないとは言い切れない。千葉の嘘を突き崩すには少し弱かったようだ。

しかし、最後の矢はどうか。

「じゃあ、最後にもう一つだけ。部屋の前で立ち聞きをしていた時のことですが」

「立ち聞きとは人聞きが悪いですね」

「ではどんな言い方でも構いませんよ。その時に相手が真維那さんであると判断されたのは、『黙れ。お前に真維那などと呼ばれたくはない』という真維那さんの言葉を聞いた時。間違いありませんね？」

「そう言っておりますが」

「ところが、それはあり得ないのですよ」

「え――？」

千葉の鉄面皮にようやくヒビが入る。俺はその様子をじっくり観察しながら、わざともったいぶってみせた。

「確かに、『黙れ。お前に真維那などと呼ばれたくはない』という言葉は印象に残ります。変わった言い回しですからね。赤司さんと真維那さんは親子だというから、なおさら。『名前を呼ばれたくない』というのは奇妙なことです。ですが、この言葉で初めて真維那さんの存在に気が付いたという主張は成り立たないのですよ」

「ですから」千葉の声は平静を装っていたが、目はすっかり泳いでいた。「一体それはなぜですか」

「『お前に真維那などと呼ばれたくはない』という言葉の直前に赤司さんから、例えば、こんな言葉があったはずだからですよ。『まあ真維那、少し落ち着いて話をしようじゃないか』」

「どうしてそんなことが――あっ」

「気が付きましたか？　そうなんですよ。『お前に真維那などと呼ばれたくはない』という言葉が発せられたからには、その直前、赤司さんが相手に『真維那』と呼びかけていなくてはならない。ああ、その言葉だけ聞き取れなかったなどと言うのはよしてくださいね。立ち聞きをしていた時、お互いの声ははっきり聴きとれた、とお認めになったのはあなたなのですから」

香島少年からの羨望のまなざしを感じた。東京の刑事というだけでひとまずは頼ってみたが、実際、結構やるじゃないか、というような。くすぐったい気持ちになった。

千葉は肩を落とした。

「……ああ、そうですよ。私は犯行現場を見てなどいません。これで引き下がってくれれば楽だったのですがね」

「そいつは申し訳なかったな」

千葉冬樹は嘘をついていた。それは彼も認めたところだが、引っかかることもあった。お前に真維那などと呼ばれたくはない。これは咄嗟に思いつくには少しトリッキーな一文だ。自分が殺人を目撃した旨の真っ赤な嘘をつこうとする人間なら、むしろ、「赤司が『真維那、何をする！　やめろ！』と叫んで、その直後に銃声がした」というようなストーリーをこしらえるのではないか。自然なストーリー、貧困な想像力でも作れる嘘を。

しかし、千葉は呼びかけの矛盾にも気付かず、その一文の方を先に提示した。ここに、一片の真実味が感じられるのである。

（ひょっとすると、「お前に真維那などと呼ばれたくはない」という言葉を、彼は本当に聞いていたのではないだろうか？）

その疑問に符合するのが、先ほど俺自身が言及した「記録」の存在の可能性である。

しかし、それがどんな記録なのか、ということになると、再び壁に突き当たるように思われる。

すなわち、まず「十時半に殺人が起きた」と記録される記録媒体として、例えば録音や録画を想定する。この時、録音が取られたという発想は、「お前に真維那などと呼ばれたくはない」という言葉を千葉が実際に聞いているという解釈と整合的だが、石神赤司の声だけが都合よく残っていないというのはどうにも気にかかる。

一方、録画で撮られていたとするならば、「お前に真維那などと呼ばれたくはない」という言葉を待たずして、相手が真維那であると判断がついたはずである。隠しカメラなど、はっきり映らないアングルで撮影されたという解釈はなお残るが、赤司の真維那に対する呼びかけが記録されていないことはなお都合がよすぎるように思える。

いずれにせよ、記録媒体を見せてもらわないことには話は動かない。

香島奈雪が立ち上がった。

「千葉さん、もう隠し事は出来ません。やはり、全てを正直にお話しするしか——」

「私が再調査に同意していないことは言ったはずです」千葉の言い方はぶっきらぼうになった。「それに、あのことを部外者に話すなど、考えられません。……どうして波風を立てようとするのです」

「立てなければならぬ波風だからです！」香島は声高に主張した。「師匠はやっていないのです。あの映像は、絶対に何かが間違っているのです！」

映像。

今、香島ははっきりそう口にした。

「映像が、残っているんだな」

俺の言葉を聞いて、千葉が額を押さえた。

「そうなのです獅堂さん！　ですが、ですが違います！　師匠ではないのです」

香島の言葉はとりとめがなく、感情ばかりが空回りして説得力がない。朝の寒い空気の中、俺に会いに来た必死さから、彼に肩入れしたくなる気持ちもないではなかったが、あらゆる思い込みは捜査を歪めることを知っていた。

三人の間に重苦しい沈黙が流れた。

香島はしばらく暗い顔で俯いていたが、やがて意を決したように顔を上げた。

「……獅堂さん。確かに、現場の映像が残っておりました。師匠が……真維那さんが〈大星詠師の間〉に入り、赤司さんを撃つ、その一部始終が記録されておりました」

それが本当ならば、決定的な記録だった。

「それで、その記録はどこにあるんだい」

「しかし……！」

「香島君。君の主張は分かっている。だが、君の師匠に不利な証拠であろうと、証拠は全て検討しないと真実には辿り着けない。〈星詠会〉の人たちが言っているのと、別の解釈も生まれるかもしれない。まずは話してみてくれないか」

そこまで説得して、香島がためらっているのが全く別の要因であることに気付く。先ほど、千葉は「部外者には話せない」と言った。

「しかし、獅堂さん……信じてくださいますか？　もし、その映像は赤司さんの持っていた水晶の中に記録されていたと言ったら……」

四　石神赤司　一九七三年

僕の父による殺人未遂事件が起こってからすぐ、僕と青砥は母親に連れられて、母方の祖母のもとに引っ越した。その頃の記憶はひどく曖昧《あいまい》だった。無意識のうちに忘れようとさえしていたのかもしれない。

母がやって来て間もない夜に、祖母が母のことを口汚くののしっていたことを覚えている。フケツだのバイタだの、聞いたこともないようなひどい言葉がたくさん聞こえた。僕ら兄弟が寝静まった頃を見計らって口喧嘩を始めたのだろうが、僕はすっかり聞いていた。恐ろしくなって布団を握りしめ、頭からかぶって耳を塞いだことを覚えている。

僕ら兄弟は父の子ではないのだという。

母は誰か別の男の人と付き合って、僕と青砥を産んだ。

その事実が発覚したのは、あの時の父の出張のせいだった。母が僕に本を買ってあげたという一件が、父に不審を抱かせたのである。

——あれはクチドメリョーだったんだな。

後から兄がそう言っていた。兄の口にした耳慣れない言葉は、祖母が母のことをののしる言葉と同じくらい、薄汚いものに思えた。

結果、父は自分の出張に合わせて、十年前に不倫していたその男と母が密会していたことを突き止めてしまった。自分の息子ではない、と知ってしまった父は、激情に駆られ、最前の凶行に及んだというのだ。

祖母はそのことで、母を責めていた。確かに、僕らを産んだ時に不倫していた相手と、今でも繋がりがあったというのは尋常ではないことだった。父とは離婚して、その男と一緒になるつもりだった、という。

引っ越して一週間も経たぬうちに、母は簡単な置手紙を残して姿を消した。

僕たちには名も知れぬその男のところで、暮らしているのではないかと言われている。

父は殺人未遂で立件された。動機は情状酌量の要素となったが、犯行態様が悪質と考えられ、実刑判決が下った。祖母は僕と青砥を引き取り、まるで父母の愛情の不在を埋め合わせるかのように、懸命に育ててくれた。

祖母と同じように、僕らに愛情を注いでくれた存在が、紫香楽一成《いっせい》だった。

紫香楽一成は電子機器の製造・販売を中心として多事業を展開する紫香楽グループの頂点に位置する、紫香楽電機の社長だ。この頃、齢《よわい》五十で、精力的に事業の拡大に乗り出していた。地元の名士でもあり、本来なら僕が近付けるはずもない存在である。

祖母とは、地域の句会で昵懇《じっこん》になったという。忙しい身ではあるが、暇が出来ると、土産の菓子を持ってお茶をしに祖母のもとを訪れた。

「君が赤司君か。本が好きらしいね」

僕はそう問われた時、生返事をしたきりだったが、紫香楽は自宅で読まなくなった本をいくつか送ってくれた。絶版になってしまった作品もあったのが嬉しかった。送ってくれた箱の中には科学の本も入っていたので、青砥もその日から紫香楽のことが大好きになっていた。

誰に言い訳をするわけでもないが、僕は本をもらう前から紫香楽のことが好きだった。その理由は一言で要約できる。紫香楽は、僕らの境遇に対して憐れみを抱いているとは、ただの一度も感じさせなかったからだ。

裏を返せば、紫香楽以外の町の住人やクラスメートが向ける好奇の視線や憐れみの視線は、僕にとってひどく息苦しいものだったことになる。

祖母の住む下町では、噂はすぐに広がった。

僕たちが不倫で出来た子供であることも、僕が父に殺されかけたことも。

父に頸部を圧迫された時に残った赤い痣《あざ》は、まるで何かの印のようにつきまとい、僕を周囲の視線から逃れさせてはくれない。自然と、夏でも制服のボタンを上までしっかり留めるようになった。

そうした息苦しさのせいか、僕の空想癖はますますひどくなり、本を読む時間も加速度的に増えるようになった。

やがて物思いにふける時間も長くなっていく。物思いに沈むと、おもむろに引き出しから取り出してくるのが、あの紫水晶だった。

元の家から越してくる時に、衣類や勉強道具もろとも、引き出しの中身も持ってきていた。あれだけ美しく思われた紫の色もひどく不吉な色に見え始め、よほど捨ててしまおうかとさえ思ったが、この水晶を買ってきてくれた時の父の愛情は本物と信じたかった。血の繋がりは失ってしまったけれども、それでも残るものがあると信じたかった。

それで、手元に残したのだ。

それに、まだあの「顔」のことを確かめていない。

紫水晶を電球の明かりに透かして見る。

あれから一年近く経つのに、未だに水晶の中の「顔」は消えていなかった。

やはり、水の中から見上げた時の父の顔に似ているように思える。しかし、あの時は僕も必死だったし、似ているというのは偶然かもしれない。

「赤司、何見てるんだよ」

後ろから肩を抱かれて驚く。自分の顔のすぐ横に、青砥の顔があった。

あの事件を経て両親と別れてなお、青砥は生来の快活さを損なわなかった。事件の直接の被害者ではないのだから、という僻《ひが》みが僕の胸にはわだかまっていたが、兄が平常運転でいてくれることがせめてもの支えになっていた。

「へえ、お前、あの時の水晶まだ持ってたんだな」

「そういう兄ちゃんはどうなんだよ」

「引っ越しの時の荷物ちゃんと探してみたら、あるかもしんないな」

兄は僕の手から水晶をもぎ取った。

「おい——なんだこれ？」

僕は水晶の「顔」を他人に見せることに抵抗を感じたが、一人で考えるには限界を感じていたのも事実だった。

「分からないんだ。父さんにこれをもらって一週間後くらいに、突然現れて」

「お前、あんなことされてもまだアイツのこと父親だと思えるのな」

青砥は呆れたように言った。そう指摘されて気が付いたが、あの日以来、青砥が父のことを『父さん』と呼んだことはなかった。

青砥は僕の背中から離れて、畳の上にどさっと座り込んだ。

「一体どんなトリックだ？　水晶の中に水が満たされて、顔の模型かなんかが埋め込まれてるみたいだな」

「トリックなんかじゃないよ。もう一年近く前になるけど、朝起きたらこんなことになってたんだ」

「そう言われてもなあ」青砥は目に近づけたり遠ざけたりしている。「うーん。表面には全然傷がないな。一度溶かしてもう一度固めるなんていう手段がお前に出来たわけないし、そうならもっと不純物が混じっているだろう。この顔を除けば、水晶はまだ透き通ってるし……」

「だから言ってるじゃないか」自然と語気が乱暴になってしまった。「いつの間にか、こうなってたんだよ」

「でも、お前も知ってるだろうが、水晶は自然にこんなことにならないんだぞ」

僕はグッと息を詰まらせた。何も言い返せないでいると、青砥が満足したように鼻を鳴らして、また水晶を覗き込んだ。

「それにしても、この顔の模型よく出来てるよな。なんだかアイツに似てる」

その声音で、アイツというのが『父さん』のことだと察せられた。

「やっぱり、兄ちゃんもそう思う⁉」

「わっ」

驚いた青砥が水晶を取り落としそうになった。

「なんだよ、脅かすなよな」

「僕も、父さんに似てると思ったんだ。それも、父さんに……その、襲われている時に、海の中から父さんを見上げて……」

あの時の光景を思い出してしまい、呼吸が荒くなる。痣がかあっと熱くなるような気がした。青砥が立ち上がって僕の手を握り、黙って背中をさすってくれた。しばらくすると兄の手の感触が僕を楽にした。

「ありがとう、兄ちゃん……」

「なあ、お前、アイツがこの水晶をどこで買ってきたか、覚えてるか？」

「え？」

一年ほど前に聞いた、なぜだか耳に残るあの名前が記憶から呼び起こされた。

「ミカサギ——確か、そんな名前だったと思うけど」

ミカサギ、と兄は繰り返した。そう言ったきり、兄は黙りこくった。

翌日、中学校から帰宅した兄が興奮気味に言った。

「赤司、あの水晶の謎、解けたかもしれないぞ」

「エッ」

「ほら、これ見てみろ」

兄が取り出したのは、ひどく日焼けした一冊の本だった。

「図書館で借りてきた、予言者についての本だ。ミカサギ村について書いてある資料を探してたら、それを見つけたんだよ」

僕は兄の行動力に感動した。本の虫で、妄想にふけるばかりの僕とは違って、兄は現実的な性格なのだ。

本には『予言者の伝承』という素っ気ないタイトルが書かれている。「貸出カードが挟んであるところだ」と言われて開いてみると、「未笠木村の鷺姫」という文字が飛び込んできた。

「人気のないお話なのか知らないけど、図書館にある本で、鷺姫への言及があるのはこれ一冊きりだった。その本の作者についても調べたんだけど、日本中渡り歩いて民間伝承を収集するのが趣味なんだと。だから、ある程度は信じていいと思うぜ」

そこに書かれていたのは、戦国時代に生きた一人のお姫様の悲劇だった。未来を見る水晶のおかげで、城への襲撃を次々予言し、遂には愛する人の死まで予言してしまう……。

「未笠木村の紫水晶に未来が記録されてしまう。お前の水晶の話と符合すると思わないか？あの水晶には、未来でお前に起こる事件が映ってしまったんだよ」

「まさか……そんなのあり得ないよ」

「おいおい、いつもと立場が逆じゃないか」青砥は不敵に笑った。「こういう空想を言うのはお前の十八番《おはこ》だろ？」

「でも……」

「たゆたう水越しにアイツの姿を見るなんて、あの出来事の時しか考えられないだろ？　お前はあの出来事を予言していたんだよ」

「そんな……でも、本当に鷺姫みたいなことが出来るんなら、もっと話題になってるはずじゃないか」

「今の話、鷺姫以外の人間に水晶を使わせていないだろ？　色んな人が出来るなら、鷺姫以外の人間にもやらせていたはずだ。未来予知には軍事的な意味があるからな。つまりは、他の人間でも試してみたけど、結局、鷺姫しか扱えなかったってことなんじゃないか？　で、鷺姫以来の才能が、お前なんだ」

「信じられないよ、そんなの」

僕は兄の剣幕が怖くなって、思わず叫びだした。

「お前にはこの凄さが分からないのか？　紫香楽さんから聞いた話だけど、八年前、アメリカではコンパクトディスク——CDってものが発明されたらしい。プラスチックの板に、音の情報を記録して、特殊な光で読み取るんだ。レコードよりも小さくて、うんと上等なものだ。この水晶が記録する技術は、CDなんてとうに超えてる。この秘密を解き明かせば、どれだけの価値があるか……おまけに、CDもレコードも過去のものを再生出来るけど、これは未来を映せるんだぜ」

青砥は僕の両肩をがしっと摑んだ。

「なあ。お前は悔しくないのか？　俺たちは親に捨てられたんだ。その俺たちが、ようやく摑んだ成功のチャンスなんだぜ」

捨てられた、というひどく無遠慮な言葉に、かあっと顔が熱くなって、僕は思わず言い返した。

「うるさい！　兄ちゃんは自分の身に危険が及ばなかったから、そんなことが言えるんだ！」

「なんだと――」

僕らはそれからひどい言い争いをして、互いにふて寝することになった。

翌日、家に帰りたくなかった僕は図書館に立ち寄ることにした。

すると、兄さんから聞いたあの話が脳裏に忌々《いまいま》しくも蘇ってきた。そして、あの水晶が筆入れの中に入れっぱなしになっていることも思い出す。

（もし、本当にあの顔が、あの時の父さんの顔であるなら……）

僕は前から気になっていることがあった。苦しげに顔を歪めながら、パクパクと口を動かしている父さんに似た顔。その顔は、一体どんな言葉を口にしているのか。

水晶の中の映像には、音は記録されていない。嗅覚や味覚、触覚などといった感覚も惹《じゃっ》起《き》されない。ただ視覚的な部分だけが克明に記録されている。

とすれば、唇を読むことでしか、発話内容を読み取ることは出来ないだろう。

赤司はこの前読んだ外国の推理小説に、読唇術《どくしんじゅつ》——読話が出てきたのを覚えていた。それで、自分も勉強すれば、水晶の中の顔の言葉を理解できると思った。

図書館で読唇術についての本を借りる。読唇術では、正面から唇の動きをハッキリ読み取れることや、どうしても分からない時に文脈を利用して意味を確定する技術が肝要になるという。

水による揺らぎという条件はあったが、顔は正面を向き、ハッキリと口を動かしていたので、読み取りにさほど苦労はなかった。

——こ、ろ、す。

シンプルな三文字を口にしていた。

読唇術では、濁音・半濁音の有無の区別が難しく、更に、日本語に特有の「同口形異音《どうこうけい》語」というものが唇の読み取りの精度を下げるのだという。同口形異音語とは、同じ口の動きであるにもかかわらず、それに該当する音が複数存在する場合で、「マ、バ、パ」「サ、ザ、タ、ダ、ナ」などがある。読唇術においては、タバコとタマゴ、ナマコは同じ口の動きになるのだ。こうした言葉を読み取るには、文脈を利用するほかない。

僕はほとんど絶望的な思いで、「こ」「ろ」「す」の三文字に他の解釈があり得ないか確かめてみた。文脈。この映像に、父が僕を殺そうとしているという以外の読み解き方があるのか。その読み解き方さえ見つければ、父の唇の動きも別の形に読めることになるのだろうか。

しかし、何度試してみてもダメだった。濁音をつけてみても答えが変わることはなかった。

こ、ろ、す。こ、ろ、す。父の殺意は克明に、絶望的に、映り続けていた。

読唇術の本と水晶の中の顔を矯めつ眇めつしている間に、いつの間にか図書館の閉館時間になっていた。

帰宅して、すぐに兄の部屋に行った。勉強机に向かい本を読んでいた兄の背中が、僕と言葉を交わすことを拒絶していた。

「兄ちゃん、どうすればいい？」

仲直りの言葉を口にする前に、すがりついていた。

兄は音を立てて椅子ごと振り返った。僕の異変にはいつも敏感だった。兄もまた、謝罪の言葉を要求してきたりはしなかった。

「おい赤司、一体どうしたんだ？」

僕は調べたことについて洗いざらい話す。兄は黙って聞き遂げてくれた。

「兄ちゃん、この水晶が本当に——僕らを救ってくれるの？」

「実際のところは分からない。でも、俺はやってみたい」

青砥のまっすぐな瞳が僕を見つめていた。

僕は頷いた。

父の殺意を記録したその水晶は、僕にとって災厄をもたらすものとしか考えられなかった。

だが、兄がそう言うのならば、信じてみよう、と思う。

五　石神赤司　一九七六年

兄弟で決意を固めたはいいものの、道行《みちゆき》は簡単なものではなかった。

決意を固めたあの日、兄はまだ中学一年生、僕は小学六年生だった。

まず、先立つ物がない。

そして、この水晶のことを話せるような大人もいない。

自然、僕らは自分たちの手の届く範囲から調査を始めることにした。

最初に試してみたのは、とても卑近な実験だった。

第一の仮説はこうだ。鷺姫の伝承に加え、これまで大きな騒ぎになっていないことから考えると、鷺姫や僕など特殊な能力を持っている人間しか（僕は未だにそれを信じられていなかったが）水晶を扱えないのではないだろうか。

加えて、水晶の問題がある。僕は未笠木村に住んだことも近付いたこともないので、こうした能力を得るにあたって、未笠木の住人であることは必要ないようだ。とすれば、水晶を持つ人間がたまたまこういう現象を発現することはあり得るはずではないか。しかし、実際に記録に残っているのは鷺姫の伝承以外にはない。もちろん、発見した人間が黙っているという可能性はあるが、もう一つ有力な考え方として、そもそも未笠木村の水晶にしかこの能力はない、というものがある。

そこで、僕ら兄弟は二つの実験を試みた。

一つには、青砥が水晶を持って眠ってみること。

もう一つは、安い土産物屋などで買った水晶や、河原で拾う比較的綺麗な石など、他の石にも記録がされないか、僕が試してみること。

「科学の基本は、反復と比較だ」と、青砥は繰り返し言った。何かの本の受け売りだろうが、兄が生き生きとしているのが嬉しかった。二人で長い自由研究でもしているような気分だった。

僕がアイデアを出し、兄がその実行方法を詰め、僕が気付いた問題点を補足する。

その過程で、青砥が水晶に記録することは出来ないこと、他の水晶や石では僕でも何も記録できないこと、が判明した。

大掃除の時に、青砥が自分の荷物の中から、あの時にもらった白い水晶を見つけてきた。正真正銘、未笠木産の水晶だ。数週間、僕はその水晶を握って眠ってみたり、あるいは瞑想の真似事にふけってみたりしたが、芳《かんば》しい成果は得られなかった。そもそも、一度眠った時に予知が記録できたというだけで、寝たり瞑想したりすれば記録が出来るかどうかさえ、あやふやな状況からのスタートだったのだ。

「紫水晶じゃなきゃダメなんじゃないか」

何度目かの実験の後、青砥が出し抜けに言った。

「鷺姫の伝承で、わざわざ『紫水晶』と書いてあるのが気になったのさ。もちろん伝承だから伝えられるうちに変わったり、細かいところが一致していない可能性もあるが、紫とはっきり書いてあるからには、他の色の水晶ではうまくいかなかったってことなんじゃないか」

「じゃあ、これで手詰まりだね」

「そうふてくされるなよ」

あと三年待て、と青砥は言った。なぜ三年なのかよく分からなかったが、その時は従っておいた。

一九七六年になり、約束の三年が経った。

いつの間にか水晶のことを忘れ、中学生の僕は普通の生活を送っていた。少しだけ息苦しさを感じながら。余計に空想に没入するようになりながら。

高校生になった青砥はアルバイトを始め、僕と一緒にいる時間はどんどん減っていった。

その年の夏休みの終わりのことだった。青砥はバイトで貯めた金を元手に、一泊二日の旅行から帰ってくると、出し抜けに僕にこう言った。

「赤司、遂に手に入れたぞ」

兄は僕の目の前に、小さな水晶を掲げてみせた。紫色の水晶で、父親が昔買ってきてくれたものより少しばかり大きい。

「エッ。兄さん、友達と旅行に行ったんじゃ……」

「ばか。それは建前だよ。そうでも言わなきゃ出かけさせてくれないだろ？」

僕の口から、あっ、という声が漏れた。

「まさか兄さん、バイトしてたのって」

「当たり前だ。このために決まってるだろ？　言ったじゃねえか、三年待てって。もしかして忘れてたのか？　寂しいねえ」

兄の行動力には驚かされるばかりだ。

「それに、紫香楽さんがインスタントカメラ、貸してくれてさ。ちゃんと現地でこんなものも撮れたんだぜ」

青砥は一枚の写真を見せてくる。何やら古ぼけた巻物を写したものだった。

「未笠木村に、こんなものを保存してある家があったんだ。先祖の人が書き遺したもので、鷺姫の話が書かれてる。古い文字だから全部読むのは難しいが、『鷺姫』っていう字は見えるだろ?」

「こんなものまで……凄いよ、兄さん」

そう素直に感想を漏らすと、兄は得意げに鼻を鳴らした。

「これで、少しは水晶のこともっともらしくなってきただろう。後はこの紫水晶で、お前がもう一度実験してみるだけだ」

兄に詰め寄られ、思わず唾を飲み込む。兄がアルバイトまでして稼いで手に入れてくれたのに、自分が何も出来なかったら申し訳が立たないと、先のことを心配したのである。

僕が水晶を受け取るのをためらっていると、兄が言った。

「これでダメだったら、また別の方法を試せばいいさ。やるだけやってみようぜ」

まるで僕の心を読んでいるかのような兄の言葉が、優しく背中を押した。

そして翌朝、二つ目の映像が、水晶に記録されていた。

「やった! やったぞ赤司!」

朝に弱い青砥が、起きて水晶を見せられるなりそう叫んだものだから、よほど嬉しかったと分かる。

「さっそく兄ちゃんにようく見せてくれよ」

青砥は僕の手の上から水晶を奪い取る。

水晶の中心には、また顔のようなものが浮かび上がっている。今回は水のたゆたいがないので、顔の様子もハッキリ見えた。

「紫香楽さんだ――」

僕がそう指摘すると、兄も頷いた。

水晶の映像は、最初は木の開き戸のアップから始まる。我が家の玄関と特徴が一致していた。視界の右下から右手が伸びて、扉を開く。右手の人差し指の第二関節に、絆創膏《ばんそうこう》が巻いてあった。家で使っているのと違う種類だった。

扉を開ききると、スーツ姿の男性の胸のあたりに視線が合った。視線を上げると、紫香楽の顔が現れる。

紫香楽は何か口を動かして、手に持った青い紙袋を手渡してくる。

紙袋の中には、赤い包装紙でくるまれた長方形の箱と、レコードが一枚入っていた。ジャケットには、十字架のペンダントを首に提げた大人びた表情の女性がポーズを決めている。右肩には「パールカラーにゆれて」という赤字のタイトルが入っている。

「百恵《ももえ》ちゃんだ」

兄の言葉にうなずいた。山口《やまぐち》百恵は僕も兄も好きだったので追いかけていたが、このジャケットと曲名には見覚えがなかった。

「やっぱり、お前の目から見た映像が記録されるみたいだな」

「この映像、前の紫水晶で録れたものより長いね」

「ああ。本当だな。計ってみるか」

兄が時計を持ってきて、二つの映像を見比べる。水晶の中の映像は、音飛びのレコードのように同じ映像を繰り返し流し続けているので、その周期を計測した。

「前の水晶は、約五秒。今回買ってきた水晶の映像は、約十五秒だ」

「どうして長くなったんだろう？」

「今俺が考えた可能性は二つだ。一つは、以前水晶を使った時より、お前の年齢が上がっていること。年を取ると共に能力が伸びるのかもしれない。もう一つは水晶の大きさだ」

「確かに、兄さん、少し大きめのものを買ってきたもんね」

「次いつ行けるか分からないからな。予算ぎりぎりのものを買っといたんだよ」

「で、その二つの可能性を確かめるにはどうしたらいいの？」

「そりゃ比較実験だよ。もう一度、最初に予知が記録された水晶と同じ大きさのものを買ってきて、映像が約五秒になるか確かめる。お前の年齢を巻き戻すのはさすがに無理だからね」

自分の言った冗談が面白かったらしく、一人でくすくす笑っていた。

「こんなことなら、もっと買っとくんだったたな。あーもう、金さえありゃあなあ」

「ごめん。来年になれば、僕も働けるかな？」

「まあ、気にするなよ。ゆっくりやればいいさ」

兄は上機嫌だった。

「でもまあ、この映像が、本当に『未来に実際に起きること』なのか、まだ分からないわけだし」と僕は水を差す。

「それについては、待つしかないな。あ、ところでお前、この紫香楽さんの口の動きを読めたりするか？」

「あ。それなら、読唇術の本をまた借りてきてあるから、やってみるよ」

しばらくして、僕は解析に成功した。

「『おお、青砥君、旅行はどうだったかな？』」

「なんだって？」

「そう言ってる」

「青砥君？　おいおい、そりゃおかしいだろ。お前が水晶を持っていたのに、俺の未来が記録されたってことになるじゃないか」

「うーん。でも、『旅行はどうだった』って言っているのはヒントになるよね。兄さんは旅行から帰ってきたばかりで、それ以来、まだ紫香楽さんは来てないわけだから、これが予知だとすれば、紫香楽さんが次に来る時のことなのは間違いないと思うんだ」

「うん。もちろん、もっと先の旅行の可能性だって、あるわけだけどな……それにしても、青砥君、の一件は解《げ》せない」

二人して首をひねる。この時はそれ以上の結論は引き出せないままになった。


事態が動き出すのは九月に入ってからだった。

僕は帰宅するなり、勉強机に向かっていた青砥の目の前に右手を突き出した。

「兄さん、見てよこれ！」

「なんだよ突然――」

兄は僕の右手を摑んだ。

「おい、どうしたんだこれ？」

僕の右手、その人差し指の第二関節には絆創膏が巻かれている。

「今日の調理実習でケガしたんだ。包丁で切ってね。それで、同じ班の女子が絆創膏を巻いてくれたんだよ」

班の連中などはそのやり取りを見て囃《はや》し立てていたが、その時から内心、僕は別の理由で興奮していた。兄も「女子」という言葉には全く反応を示さない。

「なあ、俺、この前ばあちゃんに聞いてみたんだよ。俺と赤司の顔、似てるか、って」

「そしたら？」

「よく似てるよって。引っ越してきてすぐには、取り違えそうになることもあったって、笑い話のように話してくれたよ。一つ学年も違うし、あまり意識したこともなかったけどな」

「つまり、紫香楽さんが僕らのことを」

「そう。取り違える可能性はある、ってことだ」

青砥は大きく頷いてから、一枚のメモ用紙を提示した。

「ここにもう一つの事実がある。あの予知の中に映った百恵ちゃんのレコードが気になって、店に問い合わせてみたんだ。すると、あのレコードはまだ発売前のもので、発売日は明日だった」

「明日！」

絆創膏、兄弟の取り違え、レコードの発売日。ここまで揃えば、もはや間違いないように思われた。


翌日のこと、僕と兄が学校から帰ってきて畳の上でくつろいでいると、玄関の開き戸がドンドン、と叩かれた。

「赤司ーっ、私、今手が離せないから、代わりに出てくれるー？」

台所からばあちゃんが大声で呼びつける。「はーいっ」と大声で答えてから、青砥と視線を交わして、互いに頷いた。

僕は玄関に向かう。玄関扉のドアノブに右手をかけ、外側に開いた。

扉の向こうに、果たして、紫香楽一成の姿があった。

「おお、青砥君、旅行はどうだったかな?」

そう言いながら、紫香楽は青い紙袋を手渡してきた。

「私からのお土産。アメリカのお菓子だよ。赤司君と一緒に食べてくれ」

「あ、その、僕、赤司です……」

紫香楽は目をぱちくりと瞬《しばた》いて、やがて額をぺしりと打った。

「ああ、それは悪いことをしたね。君たち兄弟はよく似ているから」

紫香楽が家に上がり、ばあちゃんが出迎えた。

僕は受け取ったお菓子をばあちゃんに渡す。

「あら、紫香楽さん、このレコードは……?」

「ええ?」紫香楽はまた額を叩いた。「いけない! これは私が自分に買ったものだよ。同じ袋に入れてしまっていたんだね」

「やだよぉ、あんたももう年なのに、若い娘が好きなんだねぇ」

「いや、これは、なんともお恥ずかしい」

レコードがなぜ袋に入っていたのか疑問に思っていたが、どうやらアクシデントだったらしい。

僕は兄の部屋まで駆けていき、成り行きを報告した。

「俺たちの推理通りだったってことだな！」

「うん。やっぱりあれは、僕が未来に見る光景だったんだよ」

「アイツの時は急な事態だったから、水晶の映像と実際の光景を冷静に見比べてみたりは出来なかっただろう。見え方とか、光の加減とか、どうだった？　記憶が鮮明なうちに水晶と比較してみてくれ」

そう促され、僕は水晶を手に取った。

「うん――間違いないよ。扉を開けた時は、ちょうど紫香楽さんのネクタイのあたりを見ていて、それから視線を上げて、顔を見る――そういう目線の動きまで、そっくり同じだ」

「ああ。なんだか今でも信じられないような気持ちだが、未笠木村の水晶には、お前が未来に見る光景が映し出されるんだよ」

僕たちは途端に鼻息を荒くした。

「やっぱり――やっぱり未笠木村の水晶は未来を見られるんだ！」

「赤司、どうする？　お前、未来が見られるならまず何をしてみたい？」

「僕？　僕は……そうだなあ、ノストラダムスの大予言だ！　あれを崩してみたい！」

一九九九年に空から恐怖の大王が来て、世界が滅亡するという『ノストラダムスの大予言』を基にした映画が作られて、文部省の推薦作にまでなったのはつい一昨年のことだ。

「予知で予言者を超えるってことか！　なんだよそれ、ワクワクするな！　俺はな……」

青砥が興奮して語り始めようとした時、背後で声が聞こえた。

僕らは二人とも、成功の熱狂を前に無防備になっていたのだ。

「なんだそれは！」

僕ら二人の後ろで炸裂《さくれつ》した声に、思わず身を震わせた。

振り返ると、紫香楽一成が兄の部屋の戸口に立っている。

「あ……」

この水晶を大人に見せるのは初めてのことだった。本能的な怯《おび》えが体に走る。

「こ、これは……」

「この水晶は、どうやって作ったんだい？」

「え――？」

紫香楽は兄の手の上にある水晶に顔を近づけて眺めた。

「こ、これ、触らせてもらってもいいかい、青砥君？」

そう問われて初めて、紫香楽が強引に水晶を奪おうとしなかったことを意識する。

「え、はあ、どうぞ」

紫香楽は天井の電灯に水晶をかざしてみたりして、興味津々に水晶を観察していた。彼の目は子供のようにらんらんと輝いている。

「まるで録画機材だ。しかも、今うちで開発しているビデオカメラよりもずっと軽量だ。おまけにカラー映像！　鮮明に撮れている……これは一体どういう技術なんだい？」

紫香楽の問いに、僕らは答えるのをためらった。空想と現実の区別がついていないと言われたらそれまでだが、こういう未知の能力が大人に悪用される——そんな話も僕は読んだことがあった。つまるところは、紫香楽一成のことを信頼するかどうか、それにかかっていた。

しかし、もう一つ僕らが共有している思いがあった。

子供だけの力では、限界がある。

それは先日兄が直面した金銭面の問題も含んでいる。大きさの違う水晶をたくさん用意できれば、それだけ実験できることも増えてくる。

僕らはここに引っ越してきてから、様々な好奇と不審の視線に触れてきた。父に手ひどく裏切られ、大人への信頼も一度は失いかけた。そんな中で、愛情をもって接してくれたのは、ばあちゃんと紫香楽一成だけだった。

その思いが、僕らの後押しになった。

「紫香楽さん。今からする話を、信じていただけますか？」

兄がそう言うと、紫香楽は「ああ。約束するよ」と応えた。

それから僕たちは全てを話した。

紫香楽はしばらく考え込むような表情になったきり、押し黙ってしまった。ばあちゃんが晩ご飯の準備が出来たと呼びに来て、それをキッカケに紫香楽は腰を上げ、僕らの家を後にした。

　その夜はなかなか寝付けなかった。

　大人に打ち明けてしまったことは、果たして正しかったのだろうか？

　紫香楽との話があって、次の日曜日のこと。僕は遅くになってから起きだした。

　すると、居間に紫香楽一成が座って待っていた。

「おはよう、赤司君。ちょっと、青砥君を起こしてきてくれるかい？」

「はあ」

　寝ぼけていた僕は生返事をして、兄を起こしてから居間に戻ってきた。

「赤司君、青砥君、先日してもらった話に関してだけどね――」

　その言葉に、思わず身を硬くした。隣に座っていた兄も一気に眠気が吹っ飛んだらしく、
ピンと背筋が伸びていた。

「今朝方、話がついたよ。未笠木村の山を買った」

　言葉を失った。

「……え？」

　僕らは顔を見合わせてから、「あの、今なんと言ったのですか」と恐る恐る聞き返した。

「山を買った、と言ったのさ。つまり、山の鉱床も全て我々のものだ。これからは水晶を好

きなだけ使っていい」

想像を超えた成り行きに、僕たちは大いに慌てた。

「ちょ、ちょっと待ってください。いきなりそんな無茶苦茶な」

「そうです。もし僕らのためにやってくれたのだとしたら、あまりに過分といいますか」

「何を言うんだね。これは私のためでもあるんだ。あの映像記録技術は、全く未知のものだ。解明することで、我が紫香楽グループの製品技術も大きく前進するかもしれない。未来を見られるというなら、なおさらだ」

それに、と紫香楽は告げた。

「先ほど、我々と言ったじゃないか。私にも一枚嚙ませてくれよ。こんな面白い話、久しぶりで、年甲斐もなくワクワクしてるのさ」

僕は兄と顔を見合わせた。兄の目は潤んでいて、それを見ていると僕もつられてくるようだった。

僕らは、間違っていなかった！

こうして、僕——石神赤司、石神青砥、そして紫香楽一成による未笠木村の水晶の研究が、本格的に始動した。

六　獅堂由紀夫　二〇一八年

「水晶だって——」

俺は愕然《がくぜん》とした。香島は今、殺人事件の一部始終が水晶に記録されていた、と確かに口にしたのである。

(それではまるで、本物の鷺姫伝説ではないか)

「にわかには信じていただけないでしょうが……」

「それは——」俺は自分の反応を取り繕えないのを察して、素直に言いなおした。「すまない。水晶に映像が残るなんてことが、俺にとっては想像の埒外《らちがい》なんだ」

香島は自信をなくしたようにうなだれてしまう。

だが、記録媒体が水晶だとすれば、彼ら〈星詠会〉が警察に話せないことも、千葉が記録で見た情報を目撃証言にすり替えて話し、情報源を秘匿しようとしたことも、説明がつく。

「ほら、御覧なさい」千葉がため息をついた。「だから言ったではないですか。部外者に話しても意味などないと……」

「ですが、獅堂さんに見てもらわないことには」

「いや、千葉さん。何も、見ないとは言っていませんよ」俺は口を挟んだ。「香島君。その映像を俺が見ることは出来るのか？」

そう口に出すと、香島と千葉の両名は俺の顔を見つめて目を丸くした。

「あ……あの、〈星詠会〉の施設のサーバーに保存されています！　データの持ち出しは出来ないのですが、そこでお見せすることは可能です」

「しかし香島君、あそこに部外者を連れ込むなんて……」

「方法はそれしかないではないですか」

初老の千葉は、少年の熱量に押されるようにして次第に口を閉ざしていく。だが、こう続けた。

「そうですね。映像を見せれば、調査は無駄だと分かってもらえるかもしれませんし……。仕方ありません。私も少し手を貸しましょう」

「あっ、ありがとうございます！」

先ほどから俺に調査を諦めさせる、というような言葉を何度か口にしているが、これで面倒見はいい方なのかもしれない。

話がまとまると、朝食すらまだだったことを思い出し、まずは身支度や食事を済ませることになった。民宿の人の好意で、千葉と香島にも簡単な食事が出たので、二人はすっかり恐縮していた。

その食事の席で、一つ思い出したことがあった。

「すると、あれは香島君だったんだな」

「なんでしょうか？」

「入山村に着いてこの民宿に来るまでのことなんだが、変な視線を感じたんだよ。まるで俺のことをじろじろ見つめるみたいな……。あの時は不審に思っていたんだが、俺のことを聞きつけた香島君が偵察に来ていたんだろう？」

香島は首を傾げた。

「いえ……僕が獅堂さんのことを知ったのは今朝早くのことでした。もしもっと早く知っていたなら、夜中であろうとも駆けていきましたとも」

香島はそう言って、大げさなほど大きく頷いた。

買いかぶりすぎだ、と内心で呆れかえる。

しかし、香島に嘘をついている様子はない。だとすれば、あの視線の正体は一体誰だったのだろうか？

ところどころに雪が残るなだらかな山道を歩いて、俺たちは未笠木村に向かった。到着までの間、俺は香島に〈星詠会〉とはなんなのか訊ねた。

「未笠木村の水晶には、未来を記録する特別な力があります。その力を社会に役立てるべく、私たちは水晶を研究しているのです」

「三十年ほど前に発足されたと聞いたけど、実際のところは？」

「設立者の石神赤司さん、石神青砥さん、そして出資者の紫香楽一成さんは、一九八五年にこの組織を立ち上げたと聞いております。紫香楽さんは、石神兄弟がまだ在学中のうちに、未笠木の山中に施設を作り始め、お二人が大学を卒業する頃には活動を開始できるようにしていたそうです」

「石神赤司……というのは、今回殺された人のことだったね。あとの二人は？」

「青砥さんは赤司さんのお兄様です。紫香楽さんは、当時、紫香楽電機の社長でして、ご兄弟がまだ小中学生の時に親交を築きました」

「へえ。社長さんと。それはまた一体どういう……」

「はい！　そこにはですね、感動的な経緯がありまして！」

香島は鼻息を荒くして、石神兄弟の物語と、紫香楽との出会いを語ってみせた。ませた喋り方をしているが、その高揚した様子は子供そのもので微笑ましい。

とはいえ、赤司が親に殺されかけるエピソードや、水晶の秘密を読み解いていく行程には、驚かされた。そして三人が結託するところは、感動的ではあるが、それゆえにどこか作り話めいている。教団のパンフレットに書かれた信仰体験のようなものだ。

いや、作り話めいているといえば、まだ水晶の予知からして疑わしいわけではあるが……。

「――というのが、〈星詠会〉の設立の経緯なのです」

三人が結託するところで、香島の話は途切れた。

「すみませんね」千葉が申し訳なさそうに口を挟む。「今のは赤司がよく語り……いえ、語っていたエピソードでして。水晶の映像を見る時の基本的な検討方針なども詰まっておりますもので、〈星詠会〉の職員はみなこれを知っているのです」

「なるほど。基本的な検討方針というのは、例えば紫香楽さんが家を訪ねてくる映像を見た時の、兄弟二人の議論などのことですね」

「話が早くて助かります」千葉は頷いた。「香島君。私ももう、止めるのを諦めようと思います。基本的なことは一度話しておきなさい」

「はい」

香島は一つ咳払いをする。

「では簡単にご説明いたします。未笠木村の水晶には、水晶を扱うことの出来る人間が、その将来に見る光景が主観映像で記録されます。そして、水晶を通じて未来を見る能力を持つ人間を、私たちは〈星詠師〉と呼んでいます」

赤司は確か〈大星詠師〉と何度か呼ばれていた。更にグレードアップした存在ということだろう。

「一人称……。確かに、今聞いた話の中でも、赤司さんの視線の動きがそのまま映像に現れている、という話があったね」

「はい。そしてその人の視点であるがゆえに、〈星詠師〉自身の死後の出来事などは見ることが出来ません。例えば遠い未来のことですとか、極端に言えば、人類が今後どうなるか、というようなものは見られません。〈星詠師〉がその瞬間に立ち会うことになるというなら、話は別ですが」

「見たい予知は選ぶことは出来るのかな？」

「それが、先ほどのエピソードが『基本的な検討方針』であるとしたことの所以《ゆえん》です」

「というと？」

「結論から申し上げますと、特定の未来を見たい、という意思は有効に作用しない、という研究結果が出ています。水晶に記録される未来は、偶然によるのです」

「じゃあ、例えば『俺の将来の金運を見てほしい』とお願いするとか、そうした特定の悩み事を解決することは出来ないというわけだね」

「そうなりますね。もっとも」千葉が補足した。「〈星詠会〉がまだ出来たばかりの頃は、石神兄弟を中心に、特定の未来を見るべく研究を行っておりましたよ。数年してから、意思に予言が左右されないことが段々と浸透してきて、出た予言がいつのものか確定して役立てる、という方針に転換した、というのが経緯ですな」

「その確定の際の方針、というのが、先のエピソードに現れているわけです」

「段々分かってきました」俺は半信半疑なりに話についていこうとする。聞き役に回りつつ、理解していることを程よく知らせるのは聞き込みの鉄則だ。「予言の時期の確定というのは、例えばさっきの石神兄弟の昔話でいうと、絆創膏のことですよね？」

「まさしく！」香島が嬉しそうに頷いた。「あの話では、絆創膏が時期の特定の手掛かりになっていたんです。それも、ただ指を切って絆創膏を貼る、というだけではなく、同級生の女子に、普段使っていない絵柄の絆創膏を貼ってもらった事実によって、時期を大きく絞り込めています。

後は、紫香楽さん自身の言葉もあります。青砥さんが旅行から帰ってきてからの出来事、という手掛かりがここからも引き出せるのです。また、読唇術は今もよく使われている手法です。水晶の映像には音が記録されませんから。もっと露骨に時期を特定するのが、レコードの一件ですね」

「科学技術の進展に伴い、使える手法も増えてきました」千葉が低い声で話を引き継ぐ。「人の顔が映っていれば、顔認証技術によって人物の特定が可能で、顔年齢推定技術を用いれば、現在の年齢との比較で何年後のことか見当がつけられます。先ほどのお話で言えば、成長期であれば赤司自身の身長から時期を特定することも可能です。石神家の扉が映っている光景を切り出してきて、その視線の高さと扉の高さの実測をすり合わせることで、赤司の身長が判明します。それが現在の身長と一致するか、あるいは高いか……」

「子供が〈星詠師〉を務める場合は、かなり有効な手法になりそうだな。成長が早いから」

「まさしく」

目まぐるしい話の展開についていくのがやっとだったが、水晶がどんなもので、彼らが水晶の特質を前提にどのような運用をしているのか、その輪郭がおぼろげながら掴めてきた。

「水晶がどんな風に使われているのかは分かってきた……。だが、これを社会に役立てる、というのはどういう方法によってだろうか？　それに、もし本当に役立てるつもりならば、どうして早く世間に公表しないんだ？」

自分の口調が嫌味な刑事のそれになっていることに気付く。

「……やはり、あなたもそう言われるのですね」

「え？」

千葉の口調が冷酷になったことに驚いた。「香島君、私は少し先を歩いて〈星詠会〉本部の様子を偵察してきますので」と言い残して、ずんずんと歩いて行ってしまった。

しくじった。切り込むのが早すぎたようだ。

俺は香島といるのが気まずくなったが、殊勝にも香島は怯《ひる》まなかった。

「第一のご質問につきましては、見る未来を調整する営為によって、アトランダムな予言という水晶の弱点をカバーするように努めております」

「未来を調整、というのは？」会話が元に戻ったことにホッとした。

「卑近な例からになりますが、〈星詠師〉への出資者の方の中には、株取引で財を殖《ふ》やすことを目論《もくろ》んでいる方がいらっしゃいます。そうしたニーズに応えるべく、ある〈星詠師〉は、毎朝と毎夕、株式相場のチェックを行っております。習慣になっている行為は、未来においても繰り返されている可能性が高くなります。水晶に未来を記録する時、この相場チェック時の光景が映れば、それは株取引に役立つ情報になるでしょう」

「ほう」

呆れながら返事をした。この少年は幼い頃からこんなことばかり叩き込まれて、将来は大丈夫なのだろうか。

「同じ理屈で、〈星詠師〉のほとんどは新聞やテレビ等でニュースを見ることを習慣にしています。自然災害の情報や国家レベルの重大事件を我々一般人が目にする可能性が最も高いのがニュースですから。未笠木村は、以前は全国ネットの一部とローカル局しか電波が入らなかったので、情報も限りがありましたが、今はインターネットやスマートフォンからもニュースを見られますし、未来予測のための情報には事欠かなくなってきております。ただ、この間、ネット上のフェイクニュースが未来予知に映ってしまい、それで大騒ぎになったこともありましたが……」

ネットリテラシーの大切さを訴える最新の逸話だ。

「そして第二のご質問の点ですが」

「うん」

「随分前——学会に発表したことがある、と聞いたことがあります」

「えっ」

俺は香島の顔を見る。

「すみません。これ以上のことは、僕は何も知らないのです。生まれる前の、ことですから」

「ああ……そうなのか。悪かった」

刑事としての勘が、先ほどの千葉の態度と今の情報を結びつける。同時に、臆断は危険であるとも。

しかし、水晶のことが世間に広まっていない以上、当時の学会で黙殺されたことは間違いなさそうだ。

「まあ、後で必要になれば聞いてみることにするよ。今は水晶について、少しでも話を聞いておきたい。水晶への記録は、石神赤司さんのエピソードを聞くに、眠ることで出来るようだが、それで合っているのかな?」

「正確に言うと、少し違います。〈星詠会〉発足当初は瞑想を行うことでより高い確率で記録できる、という経験則で運用していましたが、僕が生まれる頃から記録方法の研究が進展しました。つまり、〈星詠師〉が水晶への記録を行う時の脳波を計測したところ、その波形がレム睡眠時の脳波の状態に似ているのです」

「レム睡眠」俺は懸命に、『良い眠りのために』というような表題の記事をネットサーフィンで読んだ時の記憶を手繰り寄せようとした。「ええっと……」

「Rapid Eye Movement の頭文字をとって、レム睡眠です。つまり、急速な眼球の運動が見られる段階で、この時、脳が記憶の整理を行ったり、ストーリーが明確な夢を見ると言われています」

「夢……」

俺は鷺姫の伝承のことを思い出した。未だ実態を目にしていない予知のことを夢と言い切るのは早すぎるが、イメージには合っているように思えた。

「すると、若い人間の方がより良く記録が出来る、ということだろうか？　若い人の方がよく眠れる、というし……」

「いえ。レム睡眠の状態になる時間は、睡眠時間の二十パーセントほどで、これは年齢に左右されないといいます。脳を休めたり、ストレスを取り除く、いわゆるノンレム睡眠の時間は加齢によって短くなっていきますから、若い人の方がよく眠れる、というのは、こっちのことですね」

「ふむ」

俺はなんとなく分かった振りをして頷いた。

「とはいえ、脳波が似ている、というだけのことで、具体的な要因は定かではありません。ともかく、予知には深い睡眠が必要であることが分かったため、深く眠るための専用の設備を用意して、〈星詠師〉の効率的な予知をサポートしているのです」

「では……結局、〈星詠師〉になるための条件、というのはあるのかな？　年齢によっても区別がない、となると、よく分からなくなってきたよ。香島君や、千葉さんは予知が出来るのだっけ？」

「はい。僕と千葉さんは〈星詠師〉です。あとは、石神赤司さん、師匠を始めとして、組織の〈星詠師〉は十五名おります」

「青砥さんや紫香楽一成さんという人は、予知が出来なかったんだね」

「そうですね。過去の記録には、お二人には能力がなかった、と。一成さんの息子で、今〈星詠会〉の取締役となっている、淳也さんもまた、予知は出来ません」

「ふむ。すると、遺伝が原因でもなさそうだね」

「はい。赤司さんと真維那さんの親子はいますが、血縁のある〈星詠師〉はこの一組だけです。実際のところは、未だに、〈星詠師〉同士の夫婦がいたことはありませんので、未知数というところです。あるいは隔世遺伝する可能性もありますが、まだ組織が出来てから三十年あまりですから……」

まだ徴候の出る段階ではない、ということだろう。〈星詠師〉が十五名しかいないのだから、組織内でカップルが出来なくても仕方がないだろう。当たり前ながら、普通の企業並みに〈星詠会〉の中でも自由恋愛の観念は生きているらしい。偏見が一つ払拭された。

「三十年以上にわたる研究をもってしても、未だ〈星詠師〉の力の源泉は明らかにされていません。ただ、目には見えにくいのですが、能力を持つ該当者には共通の身体的特徴があることは分かっています」

「それは？」

香島は自分の目を指さした。

「虹彩、です」

「なんだって？」

俺は驚いて香島の目を覗き込んだ。特段、目の色が違うようには思われなかった。まじまじと他人の目を観察する機会など、恋人相手以外には滅多にないので、香島の目が他人のそれとどう違うのかも見て取ることが出来なかった。

香島の頬が赤らんだ。「そ、そんなに見つめられますと、照れてしまいます」と言われたので、詫びを口にしながら離れた。

「ええっと、目には見えにくい、と言ったのは言葉通りの意味でして。虹彩の特徴と言っても、虹彩認証に使う際のデジタルデータのパターンに特徴があるのです。つまり、読み取った後のことなんですね」

「デジタルデータ……」

「はい。虹彩認証というのは、目の画像を撮って、それだけで個人を識別しているわけではありません。目の画像から、瞳孔を除いたドーナツ状の画像データを取り出し、それを更に長方形に広げ、縦横に細かく区分けしたデータを用いているのです。こうすることで、指紋と同じくらい高精度な個人識別の材料になり得るんですね」

おそらく一回りも年の違う子供に教わっていると、なんだか自分が情けなくなってくるが、「分かる人間に聞く方が早い」というのは俺のモットーでもある。

「なるほど。虹彩が特徴だと分かったのは、するとごくごく最近のことなのか？」

「いえ。虹彩が個人識別に使えることを発見したのは、一九八六年のアメリカの研究が最初です。〈星詠会〉ではその翌年には既に、虹彩の特徴を発見していたとの記録があります」

「えっ、そんなに早いのか」

紫香楽電機といえば、高度経済成長期から日本の技術の屋台骨を支えてきた大企業の一つである。先ほどのエピソードからも、アメリカなど外国の技術を積極的に吸収しようとするアンテナと先見性の高さは窺えた。その社長ならば、早い段階からそうしたアイデアを思いついたことも頷ける。

「〈星詠師〉の共通の特徴を発見しよう、という動きは〈星詠会〉発足当初から盛んでしたが、身体状況や指紋、健康状態など、様々な外形的特徴は検討して、手詰まりになっていた時に紫香楽一成さんが虹彩認証の研究を持ち帰られたのです。そして、予知の能力がある人物の目を調べて、結果、全員のデジタルデータにある共通の模様が浮かんでいるのを確認したのです」

香島は目を伏せてもじもじし、「笑わないで聞いてくださいますか?」と言った。今更大抵のことを聞いても驚かない心づもりではあったので、「請け合うよ」と冗談めかして答えた。

「つまり——白黒のデジタルデータには、歪んだヒトデのような形が浮かび上がっていたのです。ある人は白い点を繋いだ時に、またある人は、黒い点によって。また、個々人によっても位置や向き、大小など多少の差異はありました。ただ、共通のパターンとして」

「全員が目に、ヒトデ形の特徴——要するに、星の形を宿していた、ってわけだ」

「だから、〈星詠師〉の目のことを、僕たちは〈星眼《せいがん》〉と呼んでいるのです」香島は顔を赤くした。「出来すぎていますよね」

「どうかな」俺は首を傾げる。「どちらかというと、〈星詠会〉の名前は目の形から思いついた、と考えた方が、因果関係としては自然だと思うよ」

香島はきょとんとした顔をして、「……それもそうですね」と答える。生まれた頃からある言葉の意味を、改めて問う人間は少ない。

「ところで、さっきの君の発言で気になったことがあるんだ。水晶の記録は、施設のサーバーに保存されている、と言ったね。でも、さっきの話じゃ、水晶の中心に顔が浮かび上がっていた、という。これはどういうことなんだい？」

「はい。水晶に記録された映像を見るには、大きく分けて二つの方法があります。一つが、今おっしゃった、水晶の中心に浮かび上がる映像を直接見る方法です。これが最もアナログな形です。もう一つは、水晶に記録された映像を特殊な光線によってデジタルデータとして読み取る方法です。ＣＤやＤＶＤ、ブルーレイディスクと同じ原理とお考えください。現在はこちらの手法が主流になっています。水晶そのものを保存するためには膨大なスペースが必要になりますし、水晶の取り違え等の事故も起こっていましたものですから」

「意外と最新式なんだな」

　さっきの顔認証技術といい、現代的な印象がある。鷺姫の伝承からは随分かけ離れてきているようだ。いや、未来予知をする水晶をいかに組織立てて運用するかを、現代の人間が真剣に考えた結果としては、むしろ当然の水準と言えるのかもしれない。

「紫香楽一成さんは、電機メーカーの社長でしたから。ＣＤの生産が開始されたのは、一九八二年のことだそうなのですが、赤いレーザーでＣＤの凹凸面を読み取る、という技術を水晶にも応用できないか、というアイデアをその頃からお持ちだったそうで。実際に水晶への実用化に至ったのは一九九〇年代のことで、二〇〇三年にブルーレイディスクが発売される頃には、より鮮明な映像を水晶から吸い出せるようになりました」

「さすが紫香楽電機」俺がそう言うと、香島が笑った。「じゃあ次だ。〈星詠会〉という組織はどう成り立っている？　ああもちろん、香島君の分かる範囲で大丈夫だよ」

「僕、子供じゃありません」

香島は白い頬をぷくっと膨らませる。

「〈星詠会〉というのは通称で、正式名称は『イメージングメディア事業部』内の『クリスタル研究所』ということになります。ああ、もちろん、事業部の名前までは公開情報ですが、この研究所については社外秘の扱いになっております」

「意外と現代的な名前がついているんだな」

「もちろん、今の名前になったのは数年前の事業再編の時ですが。ともあれ、〈星詠会〉立ち上げ当初は、石神赤司さんが〈星詠師〉、石神青砥さんが主任研究員、そして紫香楽一成さんが幹部の代表を務めていました。構成員の区分は今もこれと同じで、〈星詠師〉、研究員、幹部、事務職員の方々、という構成です。組織としては、紫香楽電機内の研究所という形を取っていますので、研究の目的に共鳴する方々が研究員としてこちらにやって来ています」

日本の技術力を牽引《けんいん》する会社から、あまり優秀な人材を引き抜かれても困るのだが。

「青砥さんや紫香楽さんはご健在で？」

「……お二人とも亡くなっております。一九八九年に、それぞれ事故死と病死で」

「それは、悪いことを聞いた」

「いえ。それ以来、石神赤司さんが〈星詠師〉部門を一人で束ね、紫香楽淳也さんが経営を行っております」

空気が重くなったのを受けてか、香島が話題を変える。

「発足前からの最大の課題は、『二人目』の発見でした」

「二人目……というのは？」

「すなわち、二人目の〈星詠師〉——になります」

なるほど。俺は「赤司以外の〈星詠師〉が存在する」という知識を先に与えられたわけだが、赤司の能力が明らかになった段階では、鷺姫と赤司だけに特有の能力と考えても差し支えないわけだ。この時、数百年ぶりの奇跡だと妄信するか、科学の力で能力者の能力の源泉とその限界を探るか——。それは時代による態度の違いでもあり、研究者としての要請と言い換えてもいい。

紫香楽電機は後者を選び取った。その第一歩が、二人目がいるかいないか。それはその後の〈星詠会〉という組織の内容、規模を決めるうえでも、一つの大きな分水嶺になったに違いない。

「初め、紫香楽電機は会社内での水晶テストを行ったようです。その段階ではまだ、『水晶の傍で眠ることで予知が記録される』という以上の認識がなかったので、職場内の研修合宿などを利用し、社内に適合者が見つからないかテストした、と。社員には、『紫香楽一成社長の健康法を実践する』とか、適当な理屈を言い含めたそうです」

俺は思わず苦笑した。

「それで成果は上がったのか？」

「何を隠そう、このテストで引っかかったのが、千葉さんですよ」

俺は心底驚いた。あの男が「二人目」？

確かに、〈星詠会〉発足の年から考えると、初老の頃と見える千葉が発足当初から在籍したと考えても不思議はない。だが、あの男にはそういう「雰囲気」が感じられない。あの男の存在をもって、一つの組織が重大な決断を下した、という説得力がない。

内心で随分失礼なことを考えている、と思うが、すぐに得心がいく部分もあった。そう見えるのは、最前話が出ている、「学会」での事件が原因なのではないか？

「二人目の〈星詠師〉である千葉さんを見つけてから、事態は大きく動きました。〈星詠師〉の頭数を揃えることが出来れば、端的に、予知の絶対量が増えます。それだけ扱うことの出来るデータも増えるということです。そこで、その後〈星詠会〉は〈星詠師〉となる人材の確保に乗り出しました。

初めは未笠木村の人々を中心に能力テストというのを行っていきました。幼い頃から水晶の鉱脈の近くで暮らしている人々の方が、星詠《ほしよ》みの力が高いのではないか、という仮説に基づいていました」

星詠み、というのは、水晶を使った予知行為を指すらしい。

「能力テストを行う前提として、村民全員を対象に、無料の健康診断を行い、その際に目の画像を集めて、〈星眼〉保有者をリスト化したそうです」

「なるほど。健康診断の振りをして虹彩をチェックしていたんだな」

「ううん、なんだか言い方が悪いような」香島は不満げに言った。「そして〈星眼〉保有者には、爪の先ほどの大きさの水晶を使って、瞑想を行ってもらい、水晶に記録が残るかどうかを見ていきます。記録が残る人の中にも、映像が不鮮明であったり、落ち着きのない方のため映像がひどくブレていて使い物にならない、というケースがあり、それが『適性』の差ということになります。その中でも優秀な成績を残した者が、〈星詠会〉専属の〈星詠師〉として予知を行うのです。もちろん、やむを得ない事情で、山奥の研究所で働くのは難しい、という方もいらっしゃいますので、無理に連れてくることはしていません」

「適性のある人間は、組織に引き抜いてくる、というわけだな」

「もちろん、〈星詠師〉にはそれなりの待遇が与えられています。研究員も正社員並みの扱いですし」

「それだけ紫香楽グループが力を入れている、ということだろう」

「はい。先ほどお話しした通り、組織の〈星詠師〉は現在十五名です。赤司さんは、画像の鮮明さ・適性共に大変秀でており、《大星詠師》として《星詠会》のトップに君臨しておいででした」

ここで香島は得意げに胸をそらした。

「そして、僕の師匠である真維那さんは、その〈大星詠師〉赤司さんの一人息子です。最も期待されている人材――だった、のです。うう……」

香島は猫背になってうなだれた。

「まあまあ、過去形にならないために俺が行くんだ。そうだろう？」

そう言うと香島は元気になった。現金な子だ。俺にはまるで自信がないわけだが。

山道は少しばかり急峻となり、二人はV字の谷の底を歩くようにして進んでいった。「ここまで来れば、もう少しです」と香島が言うのを励みにした。

「能力テストに使うのは、爪の先ほどの大きさの水晶、だったな。さっきの話にも二つのサイズの水晶が出てきた。確か、水晶のサイズで予知が記録される時間量が変わるとか」

「はい。能力テスト用のものは安価に抑えるべく、そうした小さいものを使い、実際の予知にはもう少し大きなものを使います。現在主流となっているのは、直径三センチ程度のもので、これは三分程度の記録が可能になっています。どのくらい大きいサイズの水晶が扱えるか、というのは、〈星詠師〉の能力差の一つの基準にもなります。〈大星詠師〉と呼ばれる赤司さんだけは、直径十センチ以上の大水晶――三十分以上の記録が出来るものも扱うことが可能でした」

その赤司が亡くなったとなれば、〈星詠会〉にとっては大きな損失になるのだろう。

「じゃあ、いよいよ核心に入ろう。石神赤司さんが殺された事件で残っていた水晶、それは何分間の映像だったんだ？」

「三分間です」

「死亡推定時刻は十時半と断言されていた。そして、映っていたのは石神赤司さんが殺される時の一部始終だったという。そう時間が断定されたのは何が理由だ？　時計か？」

「いえ」香島は意味ありげに溜めを作った。「月蝕です」

「……なんだと？」

「去る一月三十一日の夜——皆既月蝕があったことを、獅堂さんは覚えておいでですか」

「ああ、そういえば……課の奴が騒いでたな。スーパーブルーブラッドムーンとかなんとか。皆既月蝕に様々な天文現象が重なる珍しい夜だったとか……」

「はい。その皆既月蝕の赤い月が、映像の中に映っていたのです……映像班の解析によって、映っていた月が、最大食の時のものであることが確認されています。そして、二〇一八年一月三十一日の月蝕の最大食は、午後十時半でした」

まだ映像を見てもいないのに、俺の頭の中にひどく禍々《まがまが》しいイメージが浮かんできた。殺人時刻を告げる、真っ赤な月のイメージが。

――その時。

左の方向から、ガラガラッと大きな音が鳴った。

急峻な坂の左側から、大きな岩が俺たちめがけて転がってきていた。

「危ないっ」

俺は香島の体を抱き留めて前方に飛んだ。

「うひゃっ」

香島が驚いて声を上げる。

石の転がる音が止んでから、ゆっくり体を起こした。あたりには土煙が舞っている。

俺は坂の上を見る。

そこに人影があった。男か女かまでは判然としなかったが、俺に見られた瞬間に脱兎のごとく駆け出して行く。

「待てッ！」

そう怒鳴りつけ、立ち上がろうとした時に、香島が呻《うめ》き声を上げた。

「ああ、香島君、大丈夫か？　ケガはないか？」

「はい……なんともありません。獅堂さんこそ、大丈夫ですか？」

「俺の方は平気だ」

「でも、顔に擦り傷が」

触ってみてようやく気付いた。しかし、血もあまり出ていないようだし、大したことはない。

「いや、このくらい、どうってことはないよ。それより今、坂の上に誰かいたようだが……」

「ええっ。それなら早く追いかけた方が」

「やめておこう。反撃に遭うかもしれない。君の傍を離れることは出来ないよ」

「す、すみません」香島は目を伏せる。「僕がどんくさいせいで」

「謝らなくてもいい。君はもう少し大人を頼るべきだ」

しっかりしすぎているのも考えものである。

「それより、襲われる理由に心当たりはないか？　今の奴は、俺を狙ったのか、それとも君を狙ったのか……」

「ええっ、襲われる理由？　まさか。心当たりなんてあるわけが――」

香島の言葉が途切れた。

「気が付いたみたいだね。もし、俺が〈星詠会〉の本部に乗り込んで、事件を再調査しようとしていることを、面白く思っていない人物がいるのなら……」

「まさか、それは」

俺は昨晩、入山村で民宿までの道すがら俺のことを物陰から見つめていたあの「視線」を思い出した。あの視線の正体こそが、襲撃者だったのではないだろうか。

俺は香島に笑ってみせる。

「なあ、香島君。俺は闘志が湧いてきたよ。どうやらこの事件、君の思う以上に根が深いみたいだぞ」


そんな話をしているうちに、俺たちはようやく未笠木村の〈星詠会〉本部に到着した。時刻は正午を回っている。入山村から一時間近く歩いてきただろうか。入山村と未笠木村の間に高低差はさほどなかったが、それでも山道を歩くのは足にこたえた。二月の寒い気温の中でも、自然に顔が上気している。

俺はようやく辿り着いた〈星詠会〉本部を見上げた。

最初の感想は、よくもまあこんな山の中に、これだけの広さの平地があったものだ、ということだった。もちろん、この施設のために紫香楽電機がその財力をもって山を切り開いたのだろう。

灰色の長方形ともいうべき外観がどうにも怪しい建物だった。未笠木村の森の中で、この建物だけがいかにも異質である。窓の配置を見るに、地上は二階建てなのだろう。研究施設だというから、地下に広い施設もあるかもしれない。

「水晶の鉱床は建物の向こう側——未笠木山の方にあります」

水晶を運ぶコストを最小限に抑える立地を考えたところ、森を切り開いて、鉱床の傍に建物を作ることになったのだろう。

「香島君。獅堂さん」

本部入り口のところで千葉が立っていた。そういえば、落石事件の段階では、千葉も我々の目の届かないところにいたわけだ。千葉を本気で疑うかどうかはともかく、このデータは覚えておこう。

「玄関に見張りが二名います。彼らの目をかいくぐるのは難しいと思われます」

香島がしばらく考え込んでから言った。

「裏からならどうでしょうか……？」

「……怖気《おじけ》づいてくれないかと、少々期待していたのですが」千葉がため息をついた。「本気のようですね」

「当たり前です！」

香島の力強い返答に千葉はたじろいでいた。

「獅堂さん、もう少し歩いて、建物の裏手に回り込みます。大丈夫でしょうか？」と聞くので、「これでも刑事ですからね。体力には自信がありますよ」と答えておいた。都会のもやしっ子と馬鹿にされるわけにはいかない。

「私はあまりお勧めしませんが……」

千葉はしぶしぶといった体《てい》で香島の先導に従った。

建物を回り込むように歩いて行くと、建物の影がどんどん遠ざかる。何かと思うと、「ここです」と香島が示した目的地が山の中腹にぽっかりと空いたうす暗い洞窟だったので、びっくりしてしまった。

「ここから少し暗くなりますが、中には要所要所に電灯もありますし、十分もしないうちに着くと思いますので、ご安心を」

洞窟に入ることになるとはさすがに思っていなかったので、少し嫌気がさしていたが、「やめたくなったのなら、引き返しますか」と千葉に声をかけられると、天邪鬼《あまのじゃく》の血が騒いで洞窟に入ってしまう。

暗い洞窟の中に、行く手を示すようにぽつりぽつりと明かりが見える。硬い岩盤に手をついて歩く。洞窟の中はひんやりとしているが、壁に触れる手を通じて更に冷たさが身に沁みてくるようで、一刻も早く目的地に辿り着くように、と願うような気持ちになる。洞窟の壁と天井に沿うように木の骨組みが組まれていることに、せめてもの安心感があった。

不意に、開けた空間に出た。

「うおっ……」

思わず声が出てしまうほど、そこに広がる光景は壮観だった。

高さ五メートル、広さはテニスコート二面分もあろうかという空間の壁という壁に、電灯の光を反射して、無数の紫水晶がきらきらと輝いている。中心にはひときわ大きい、高さ三メートルにも届こうかというほどの巨大な水晶が下から突き出しており、美しい六角形のフォルムを見せつけるようにして、ただそこに厳然と存在していた。自然というものの強さ、たくましさを感じる瞬間だった。

「これは〈星詠会〉が所有する水晶の鉱床です」

香島は俺の反応に気を良くしたのか、目を輝かせてニコニコしている。

「〈星詠会〉発足から三十三年、かなりの量の水晶が研究には使用されてきましたが、まだ向こう数十年はこの鉱床だけで研究を続けていける、と言われています。これでもまだ、鉱床の一角にすぎないんですよ。奥にもっと続いていいます。一番綺麗なのは、ここだと思いますけど。へへ、すごいですよね」

香島は子供らしい表情で笑ってみせた。

「へえ……」

俺はこの出来事に巻き込まれて以来、恐らく初めて心から感嘆していた。

自然の造物に心打たれながら、視線を移すと、ずっと奥の方に『ここから先　立ち入り禁止』という赤い看板が見えた。

「あの看板は？」

「もう随分昔になりますが、落石事故があって、一名死んだ方がいるらしく……。すみません、生まれる前の出来事なので、あまりよくは知らないのですが」

ふうん、と応じながら、看板に話が及んだ途端、千葉が目を伏せたのを見逃さなかった。隠し事の多い男だ。今は赤司の死を調査する方が優先されるので、まあ、ゆくゆく探り出していこう。

洞窟をまたしばらく歩いていくと、ようやく太陽の光が差した。洞窟を出ると、先ほど玄関から見た直方体の建物の裏口が百メートルほど前方に見えた。

建物の周りには鬱蒼とした森が広がっているが、広い更地になっている一角があったので、「あそこは随分広くなっているね」と呟いた。

「二か月くらい前に、あそこに建物を増設しようと、木々を切り倒したんです。おかげで、〈星詠会〉本部の二階から、場所によっては入山村の方まで見通せるようになりました」

まだまだ発展途上、ということか。

ともあれ、今重要なのは、洞窟の出口から裏口まで、人気《ひとけ》が全くないということだった。

「行けそうですね。中に入ったら、すぐに地下に移動します。水晶の映像が保存されたサーバーは地下にありますので」

香島に言われて、ようやく実感が湧いてきたが、これは立派な不法侵入である。一応、香島奈雪と千葉冬樹、この二人の協力者を得て中に入るわけだが、管理者の権限が彼らにないのは明らかだった。

（謹慎中に不法侵入か……これがバレたら、もう警察にはいられないな……）

もちろん職業倫理としてはためらう気持ちが強かったが、香島の熱に押されたのと、刑事としての好奇心が疼《うず》いてきたことが俺を動かしていた。それに、ここまで来たら、せっかくなので、水晶の映像というのを見てみようという気になってくる。信じたわけではないし、トリックで作られたパチモンが出てくる可能性もあったが、それも見てみないことには確かめられない。

（乗り掛かった舟だ）

裏口から侵入し、裏口近くの階段を降りていった。

モニター室に三人が入ると、そこには先客がいた。

正面にでんと据えられた複数の大型モニターが目を引く。壁に沿って大型の機械らしきものがいくつも設置されている。今、モニターの前の席に、一人の男が座って、パソコンのキーボードを叩いていた。浅黒い肌のがっしりとした体格の男で、背筋がピンと伸びているのが印象的だ。年の頃は千葉と同じくらいだろうが、姿勢や佇まいに力強さがあり、年齢を感じさせない男だ。

「鶫《つぐみ》さん！」

香島が大きな声を出すが、男は振り向かない。よほど集中しているのだろうか。そんなことよりも、俺が侵入していることが、この男にバレても問題はないのだろうか。

香島は男の横から回り込んで、手を振って自分の存在を知らせようとしている。声をかけたり、肩を叩いたりすればいいのに。

鶫と呼ばれた男はその間にもパソコンを素早く操作している。パソコンの画面とモニターが連動しているので、彼が『Akashi Ishigami 2017-2018』と題されたファイルを開いていることがすぐに分かった。ファイルの中には動画ファイルがいくつも並んでいる。

香島が視界に入ったのか、鶫はハッと息を漏らして、ウィンドウを手早く閉じた。

彼はゆっくりと振り向いて、俺と千葉の姿を見た。千葉に気まずそうな笑みを浮かべた後で、俺の顔を見て眉をひそめる。俺は「どうも、初めまして」と挨拶した。鶫は黙って会釈したが、未だに一言も発さないというのは、あまりにも寡黙すぎる。

「獅堂さん、こちら、〈星詠会〉の言語解析班の職員で、鶫津《つ》一郎《いちろう》さんです。読唇術の専門家なんですよ」鶫の方に向き直ると、大きく口を動かして香島が言う。「鶫さん、こちらは東京から来た刑事さんで、獅堂由紀夫さんです」

鶫は胸ポケットからメモパッドを取り出した。ページを前の方に繰って、俺にあるページを読ませる。

『鶫という。昔事故に遭って以来耳が聞こえない。こんな形で話すことになるが、よろしく』

何度も行っている説明なので、常備してあるのだろう。

そのメモを見て、幾つかの違和感が繋がった。香島が声を出しても気が付かなかったのも、声を出そうとしないのも、耳が聞こえなかったからなのだ。読唇術の専門家になったのも、それが理由なのかもしれない。

俺は人差し指と親指で丸を作り、鶫に大きく頷いてみせた。

「実を言うと、私の同期なんです」と隣で千葉が言った。

「鶫さん、パソコンをお借りしてもいいですか？」

鶫に代わって、香島はモニター前の椅子に座ると、キーボードを操作し始めた。

「香島君、今いくつなんですか？」

「十三歳だったかと存じます」と千葉が応じる。

「そんな年の子供があれほどパソコンを使えるとは……世代差、ってやつですかね」

「それもあるかもしれませんが、彼は真維那の弟子ですから。予知映像の整理をすることもありますし、自然、こういう業務に慣れているのです」

「師匠、弟子というフレーズも何回か出てきますね。水晶を扱えるかどうかは能力の差だと聞きましたが、それは生まれつきのものなのでは？　確か、虹彩が特徴になっているという」

「香島君、随分話したようですね」千葉は苦笑いした。「その通りです。だから、〈星詠会〉

では基本的に師弟制度はとっていません。香島君の言う『師匠』というのは、彼の思慕の念が表れているだけで、少し言い方がおかしいですが、勝手に言っているものなのですよ」

「お兄ちゃんと呼ぶのは照れ臭いってことですね」

「聞こえますよ」と千葉にたしなめられた。

その時、「あった!」と香島が声を上げた。

「石神赤司さんのデータの中に、問題のものを見つけました。事件現場に残っていた水晶を回収して、吸い出したデータになります」

「分かった。まずは見せてみてくれ」

香島が深刻そうに頷いて、キーボードに向き直る。

俺は香島が開いているファイルが、先ほどまで鶫が調べていたものと同一であることをさりげなく確かめた。

「鶫さんが読唇術により解析した会話も、内容の理解のために、映像を見ながら僕が補足していきます」

俺と千葉、鶫は目の前のモニターを見上げた。

いよいよご対面だ。

＊

その〈星眼〉は赤い月を見つめていた。

最初は空だけが映っているが、〈星眼〉が後ろに下がると、窓枠が見えてくる。窓を開けて皆既月蝕の月を観賞していたようだ。

〈星眼〉は左を向き、その部屋の奥に置かれていた机に向かって歩いていく。どっしりとした木製の机で、机の上はよく整理されており、コーヒーの入ったグラスが一つある。

部屋の中には、豪華な装飾のついた洋服簞笥《だんす》やキャビネットなどが並び、壁には鹿の頭の剝製が飾られ、床にはワインレッドの地に、優美な紋様の縁取りがされた絨毯《じゅうたん》が敷かれていた。絨毯の隅に落とされていた視線が動く。

〈星眼〉は椅子の隣に立つと、一度机を見下ろし、次いで正面を向く。〈星眼〉の視線の高さの変化から、椅子に腰かけたことが確認できる。机の上には大理石の灰皿が置かれている。

机の右下に並んだ引き出しの一番上が引き出される。引き出しの中には綺麗に整理された状態で筆記具や便箋などが入っていた。〈星眼〉の手は開かれた引き出しの陰に隠れている。

しばらくすると、引き出しの下の板がせりあがってきた。引き出しは二重底になっていたようだ。

その動きが突然止まった。

視線が大きく動き、椅子に座ったまま正面を向く。

正面には戸口があり、その前に一人の男が立っている。外套を羽織り、長いマフラーを巻いた背の高い男だ。

男は無言で〈星眼〉がついている机のところまで近付くと、外套をそっと外し、その顔を露わにした。

〈星眼〉の視線が男の顔を見つめている。何か言葉を発しているのかもしれないが、詳しいことは分からない。

その視線が急に男の手元に動いた。

黒光りする拳銃が、〈星眼〉にまっすぐ向けられている。

男は正面に拳銃を構えた。視線が男の顔と拳銃を同時に捉える。

男の口が動いた。

（香島から補足が入る。「抵抗しない方がいい。本物だからな」と言っているらしい）

視線は左右に大きく振れた。首を振ったらしい。〈星眼〉が喋っているのか、しばらく間を置いてから、男が次の言葉を発する。

（「残念だが、その通りだ。あんたがここで死ぬことはすでに確定している」）

また間を置いてから、今度は男に激しい動きがあった。目をギラッと光らせ、〈星眼〉を鋭く睨みつけ、今までになく大きく口を動かす。

（「黙れ。お前に真維那などと呼ばれたくはない」）

男はそう言い捨てると、拳銃を向けた姿勢を崩さぬままに、〈星眼〉の視界の左側に向けて歩いていった。

十数秒、画面は戸口を映し続ける——拳銃を突き付けられ、身動きすることもかなわないのだろう。

次の瞬間。

ドン、と大きく視界が揺れ、右の方向に弧を描くようにして視線が床まで落ちる。

〈星眼〉は右側頭部を下にして、絨毯の上に横倒しになった。

視線を男の方に向けた。痛みに耐えかねてか、視界が激しく上下に揺れる。やや不鮮明ながらも、男が持っている拳銃から白い煙が立ち上っているのが分かった。

生命力もここまでだったのか、また彼は右側頭部を下にして崩れ落ちた。

かすかに開かれた〈星眼〉は、戸口のあたりを見つめている。

今、その戸口に向けて男が歩いて行き、扉の向こうに姿を消した。

暗転。

＊

拳銃が撃たれた瞬間、俺はそっと目をつむった。

まるで自分が撃たれたかのような衝撃が襲ってきて、額にじっとりと汗をかいていた。呼吸が荒くなるのを自分で制御することが出来ない。雑踏のざわめきが耳に蘇ってきた。

玖木を撃った銃弾が跳ね返って自分に当たったかのような——そんな感覚だった。俺はこの休暇中にも、忌々しい拳銃に取りつかれている。水晶に音が記録されていたら、俺は思わず、叫び出していたかもしれない。

「——さん、獅堂さん！」

香島の必死な呼びかけで意識を取り戻した。

「大丈夫ですか？　獅堂さん」

香島が俺の腕にすがって、心配そうな顔つきで俺のことを見上げていた。どうやら立ったまま、固まっていたらしい。

「当たり前じゃないか」俺は笑顔を作った。「俺は刑事なんだぞ。このくらいのものは見慣れているよ」

そう言い返してみるも、よほど顔色が悪かったらしく、千葉にも心配されてしまった。

「まあ、無理もありませんよ」千葉が言った。「殺人の光景はともかく、水晶の予知映像を見るのは初めてでしょうからね」

「……とりあえず、どなたか、真維那さんの写真か何か持っていませんか？」

はい、と返事して、香島がポケットから手帳を取り出した。師匠の写真を挟んであるらしい。可愛いところがある。

石神真維那は端正な顔つきをした男だった。薄い肌の色に、切れ長の目と薄墨で引いたような眉がそっと映えている。唇は薄く、顎は細い。髪は長めで、耳をすっかり覆い隠していた。

そして、何よりも重要なことに、映像で見た男とそっくりだった。

「顔認証にはかけてみたのですか?」

「九割方一致、と聞いています」千葉が応じた。「……もちろん、水晶の映像の不鮮明さから出る誤差の範囲内です。真維那の長い髪が、耳を隠しているのが、残り十パーセントの原因であろうと、解析班の者が話しているのを聞きました」

つまり、ほぼ決定的ということだ。彼らの「常識」の範囲内においては。

「水晶は現場に残されていたということだが、どこから発見されたんだ?」

俺の質問に香島が応じた。

「現場のカーペットの上。机の右脚の足元あたりです。赤司さんの……死体が倒れこんでいたあたりに落ちていたとのことです」

ちょうど、二重底の隠し引き出しがあったあたりだろうか? 映像に水晶は映っていなかったが、あの二重底の中から取り出そうとした時に落とした、という可能性はあり得なくはない。

今はともかく、水晶が落ちていた位置と、引き出しの位置の関係を覚えておくにとどめておいた。

「やれやれ。本当に来たようだねえ」

背後から声が聞こえた。

見ると、戸口に立っていたのはベージュ色のスーツを着た大柄な男だ。年齢は五十代後半だろうか。手にゴテゴテした指輪を嵌《は》め、髪の毛は後ろに撫でつけてある。大きくエラの張った顔に迫力があった。

男の背後から、白い服を着た男女の集団がぞろぞろと入室してきた。

「飛んで火に入る夏の虫、といったところだ……いや、もちろん、今は冬だがね」

「し、紫香楽さん……」

千葉が呻き声を漏らした。

紫香楽一成は一九八九年に亡くなったというのだから、目の前にいるこの男こそが、〈星詠会〉の経営を担っているという、一成の息子、紫香楽淳也なのだろう。

つまり、相手方のボスということだ。

まずいところを発見された。

七　獅堂由紀夫　二〇一八年

「困りますねえ。部外者を勝手に立ち入らせるなんて」

淳也はゴツゴツした指輪を指で弄《もてあそ》びながら、居丈高《いたけだか》に言い放った。

「君は香島奈雪だったたね。大方、真維那のことを腹に据えかねてこんなことをしたんだろうが、あまり勝手な真似をされてはこちらも困るのだよ」

「す、すみません、紫香楽さん、その……」

香島の目はすっかり泳いでいた。年端もいかぬ少年にここまで高圧的になることもないのではないか。

「紫香楽所長、恐れ入りますが、どうか香島君だけをお咎めになるのは……」

千葉が声を上げる。真っ青な顔をしていた。

〈星詠会〉という通称をとっているが正式には「クリスタル研究所」だという。その長だから「所長」になるのだろう。赤司の役職は〈大星詠師〉というらしいが、名称だけ見れば、実質的な実権は紫香楽の方にあるように思える。

「ああ」淳也は千葉から視線を外したまま口を開いた。「誰かと思えば『ユダ』の千葉冬樹じゃないか！」

彼は芝居がかった口調で続ける。

「どうやら君には、御船千鶴子《みふねちづこ》の教訓——あるいは、長尾郁子《ながおいくこ》の反省というやつが、何一つ身についていないらしいね。かつては学会に媚を売り、今回選んだのは凡庸な一刑事というわけだ」

「それは——」

「イスカリオテのユダは十二番目の使徒だ……。君は確か『二番目』だったはずだよ。その自覚さえ忘れて、また同じ過ちを繰り返すのかな？」

千葉は口を開きかけたきり、俯いて押し黙ってしまった。

〈星詠会〉の研究内容は一度学会に公表されたことがあるという話を先ほど聞いた。千葉の反応から予想していたことではあったが、やはり、公表したのは千葉だったらしい。

「あの、御船千鶴子さんと長尾郁子さんというのは」

俺の問いに答えたのは、白い服の一団の中の一人だった。

「明治時代、千里眼を持っていると騒がれた二人の女性だ」

声のした壁際の方を見ると、白い服に身を包んだ男が、腕組みをして壁にもたれかかっていた。ほかの白服がみな綺麗に整列していることに引き比べると、随分偉そうな態度だ。口元には皮肉な笑みを浮かべ、自分が優位に立っていることを全身で示そうとしていた。

「明治時代に、学会まで巻き込んで千里眼の真贋《しんがん》が問われたことがありましてね。そうして長い論議の末、御船千鶴子は自死を遂げ、長尾郁子は病死した。『千里眼は科学ではない』という声明を最後に、全ては闇に葬り去られた」

「ご教示いただき痛み入りますよ」俺はあえて強調するように口にした。「あなたの名前を伺っても？」

「手島臣《てじましん》」白服の男は髪を掻き上げた。「石神赤司に次ぐ能力を持つ、じきに〈星詠会〉のトップになる男とは僕のことですよ。以後、お見知りおきを」

「重ね重ね痛み入ります」

「あなたの名前は言わなくても構わないよ。どうせ調べはついているからね」

「それはお手数をおかけしまして申し訳ありませんでした」

お互いに「なんて嫌味な奴だ」という印象だけが残る会話だったが、ペースを乱してやることにだけは成功したようだ。俺と手島の無駄話を遮《さえぎ》るようにして、千葉が声を上げた。

「違うのです、紫香楽さん。これは研究成果の公表を企図したものではなく、あくまで事件の再考のためであって――」

「何が違うというのだね。結果的に、部外者に水晶の秘密を漏らし、ここまで引き入れたことには変わりないではないか」

千葉は押し黙った。

「君も『あの時』に痛い目を見たはずなのだがね。我々の長年にわたる研究の成果が、オカルトの一言のもとに切り捨てられ、顧みられることさえなかった。あの屈辱を忘れたとは言わせないぞ」

「いえ……」

「大体、香島君も香島君だ。師匠のことになると周りが見えなくなってしまうのだね」

「所長。そんな言い方はないんじゃありませんか」

後ろに控えていた白い服の一人が進み出る。髪を飾りけなくポニーテールに束ね、年の頃は二十代半ばだろうか。黒縁の薄いフレームのメガネの向こうで、好奇心の強そうな大きい目が嫌悪感にすがめられている。

「香島君はまだ若いんですよ。こういうことの一つや二つあるでしょう。むしろなかったら心配になります。それに」彼女は腕を組むと、堂々と言ってのけた。「真維那さんのことを決めた時のあなたは、少々強引でした。当然、こうした異議申し立ては想定してしかるべきかと存じますが」

「ふん」紫香楽は鼻で笑った。「随分とお優しいことだね」

女性は俺の方を向くと、口元を緩めて会釈した。

「高峰《たかみね》瑞希《みずき》。〈星詠会〉の主任研究員です。よろしく」

ようやく話の出来そうな人間が現れた、という印象だった。もちろん、香島と千葉を除いて、ということだが。

「た、高峰さんの言う通りです」

これを好機とばかりに、香島が声を上げた。

「〈星詠会〉の師匠に対する措置はあまりに性急にすぎるのではないでしょうか。どうか、ご再考を――」

「あまり調子に乗らないでもらいたいね」

淳也の声が低くなった。香島は蒼白になって震えている。

「水晶の映像が完璧に立証しているではないかね。石神真維那は〈大星詠師の間〉に侵入し、石神赤司を射殺したのだよ」

「その完璧な立証、というのが、問題でしてね」

俺は口を挟んだ。

香島と千葉は再起不能なほどうなだれてしまっている。鵜は敵か味方なのか判然としないが、無表情に押し黙ったきりだ。ここで俺が口火を切らなければ、いつまで経っても戦況は不利なままである。

「ほう」淳也は興味深そうな笑みを浮かべた。「なぜそう言えるのかね？　これはごくごくシンプルな話ではありませんか。人は自分の目で見たものを信じられるかどうか。獅堂さん。

あなただって今、その二つの目であの映像を見たのでしょう?」

「ところが、目で見たものさえ疑ってかかるのが、私たちの商売でしてね」

俺は挑発的に言った。

「ああ、これは勘違いしないでほしいのですが、今回の調査は私の方から言い出したことでしてね。映像を見せてほしいと香島君と千葉さんに頼み込んだのですよ。どうにも『臭う』と思ったものですから」

香島は不安げな瞳を俺に向けた。もちろん嘘だが、こうでも言わないと淳也はいつまでも二人をネチネチと攻撃し続けるだろう。

「ほう。君から、ねえ——」

淳也の矛先が、ゆっくりと俺の方を向くのを感じる。

「まず、大きな疑問が一つあります。もし石神赤司さんが事件を予知していたというなら、なぜみすみす殺されたりしたのか? 月蝕の月をヒントに、今年の一月三十一日の未来であることは赤司さんにも予想が出来たはずですよね。もちろん、こうやってサーバーに映像が上がっているのなら、あなた方も警戒態勢を敷いていたはずですね。それなのに、なぜ殺されてしまったのでしょうか?」

「なるほど。大体のところは聞いているらしい。それに、理解力はおありのようだ」淳也は喜色を浮かべて頷く。「だが、二つの事柄について、まだ香島が教えていなかったらしい」

俺は身振りで先を促した。

「一つは、水晶の映像は全て開示されているわけではない、ということですよ。特定の場合においては、〈星詠師〉が予知情報を独占することも許されているのです」

「というと？」

「未来がアトランダムに記録されることはお聞きでしょうね？」

「ええ」

「アトランダムであるがゆえに、水晶は『プライベートな体験』を映してしまうこともままある。そうですねえ、典型的には情事の光景、とでもお考えいただきましょうか」

淳也は下卑た笑みを浮かべた。

言われてみれば確かにそうだ。真にアトランダムならば、トイレに行っている光景とか、風呂に入っているところとか、そういう至極どうでもいいものが水晶に残ってしまう可能性もあるだろう。

「そうした映像まで、〈星詠会〉の内部で閲覧されるというのはいかにも不都合です。そこで、〈星詠師〉本人から、『プライベート指定』という公開差し止め措置を取れることにしているのです。これは制度上当然の要請ですよ。〈星詠師〉が最初に予知映像を見た段階で差し止め、データとしてサーバーに上げず、水晶の形で〈星詠師〉自身の手元に残す。むろん、その水晶を取っておくも、処分するも〈星詠師〉本人に任されています。

すなわち今回の事件では、赤司が自分の死の光景を映した水晶を、このプライベート指定にかけていた、という次第なのですよ。そして、件《くだん》の水晶を手元に保管していた。これを我々が発見したのは彼の死後のこと……警戒態勢を敷こうにも、全ては遅すぎた、ということです。痛ましいことですが」

「赤司さんは自分が殺されようというのにあえて黙っていた、ということですか？　いかにも不自然な話ですね」

「自分の死が〈星詠会〉にもたらす影響を鑑《かんが》みて、公表を差し控えていたのでしょう。トップが倒れるとなれば混乱を招くことは疑いありません」

「混乱が予測されるからこそ、公表するべきなのではありませんか？　未来予知を通せば、恐ろしい未来に備えることも出来る……これを予知研究の目的と考えると、本末転倒の主張に思えますが」

「なるほど」淳也は忌々しそうに肩をすくめた。「一理あるかもしれませんね。まあ、赤司がどう考えていたかなど、本当のところはどうか分からないわけですがね」

死人に口なしだ。通そうと思えばいくらでも理屈は通せる。

「それで、私がまだご教示いただいていないもう一つの事柄っていうのはなんなのでしょう？　お聞かせ願えますか？」

「水晶に映された未来は、どうあがいてもその通りになるということですよ」

「ふむ。未来を変えることは出来ない、というわけですね。しかし、未来を覗き見たのであれば、人の行動は変化するでしょう。それさえねじ伏せて、全ては水晶の映した未来に収束する、という理解でよろしいので？」

「収束。いい言葉ですねえ」淳也は拍手した。「まさしくその通り。たとえばこの村で事件が起こり、三人死ぬというニュース映像の予知が出たとしましょう。私たちは当然、この事実を公表し、避難を呼びかける。しかし、私たちを信じない三人はそれでも亡くなってしまう……ですが、本来はこの事故で、五十人が死ぬところを、私たちの行動で三人に抑えた、と私たちは考えるのです。予知からの逃避行動さえ、予知で見た結果に向かうよう運命に組み込まれているとするこの考えを、私たちは『組み込み仮説』と呼んでいます。この仮説に従えば、自分が死ぬ光景を運悪く目撃してしまった〈星詠師〉は、その時になれば自分は必ず死ぬと覚悟して生きるほかない」

「残酷な世界ですね」

「未来を築く技術には犠牲が伴う。この世の摂理ですよ」

「ところで、あなたご自身は水晶を扱えるのでしょうか？」

「……お聞き及びかは分かりませんが、私には〈星眼〉の徴《しるし》がありませんのでね。それが何か？」

「ああ、いえ。犠牲を払わないものが利権を得る。これもこの世の摂理と思っただけでして」

淳也の眉がぴくりと動いた。

「話を戻しましょうか」俺は素早く言った。「あなたの言う通り、未来は変えられない。しかるに、石神赤司さんは自分の死を予見していた。それが避けられないことも。そこまでは良いとしましょう。ではなぜ、せめて警戒態勢を敷いておかなかったのでしょう？　監視さえあれば、自分の死が避けられないまでも、犯人を捕まえることは出来たのではありませんか。お話を漏れ聞くだけでも、赤司さんという人物がそれくらいのことを考えなかったとはとても思えませんが」

「はっ！　それくらいのことも分からないのですか」手島が嘲笑《あざわら》うように言った。「刑事というのも大したことありませんねえ。ちょっと考えれば分かるじゃありませんか。映っていたのが自分の息子だったのですよ？　かばいだてするのはむしろ自然なことです」

かかった、と俺は内心でほくそ笑んだ。

「お説ごもっともですね、手島さん。それではお聞きしますが、なぜ、水晶はそのまま保管しておいたのでしょうね？」

手島が口を閉ざした。

室内に沈黙が広がり、ただ香島だけが、ひそかに興奮した雰囲気を放っている。

「説明できないでしょうね。本当に息子をかばう気だったなら、水晶は真っ先に処分したはずですから。

おかしな点といえば、もう一つあります。石神赤司さんが自殺で処理されたというなら、利き手に発射残渣が残っていたはずですね。一方、『予知映像』に残されていた拳銃の発射は一回、つまり、犯人の手によって石神赤司さんの左側頭部が撃たれた一回だけでした。つまり、左手に発射残渣を残すためのもう一発を撃つ必要がある。ところが、犯人は赤司さんを撃つと部屋の戸口の方に向かい、外へ出ていくようでした。もう一発はいつ撃ったのでしょうね？」

淳也が静かにうなり声を発した。

「……細かいことにいちいちよく気が付くね」

「ほんとですね」高峰はそう言いながら、目を輝かせ始めている。「なかなか探求心をそそります」

俺は一つ咳払いをしてから、この優位を逃さずに切り込んでいく。

「今指摘した点は、〈大星詠師の間〉の実地検分で方《かた》が付くでしょう。机の左側に立った状態から、戸口に歩いていくまで、映像に映っていた男と同じペースで歩いた時にかかる時間が、水晶の映像と一致するかどうか。あるいは、水晶が残されていたという問題も、第一発見者の話を詳しく聞くことが出来れば、解消されるかもしれません」

俺はとびきりの営業スマイルを浮かべる。

「いずれにせよ、更なる調査が必要と考えますが、いかがでしょうか？」

大げさな拍手の音が聞こえた。手島臣が、悠然と両手を打ち鳴らし、小馬鹿にするような笑みでこちらを見据えている。

「素晴らしい」

手島はつかつかと淳也に歩み寄り、顔を覗き込む。

「紫香楽所長、素晴らしいじゃありませんか。彼らにやらせてあげましょう。獅堂さんは、心の中ではどう思っているかはともかく、理屈の上では完璧に水晶のシステムを理解しているじゃないですか。その理解の上に、緻密な分析が成り立っている――。

そんな男が、自分の行く末を知らされながら、絶望の旅路を往《ゆ》く。所長を愉しませるにはなかなかの余興かと存じますが」

手島が悪魔めいた笑いを浮かべる。

一体彼らは何を言っているのか。冷汗がじわりと体に流れ出した。ひどく嫌な予感がする。

「香島君、その席を貸しなさい」

「えっ……」

手島に促されて、香島が立ち上がった。手島はキーボードを素早く操作して何かの映像を呼び出す。

「……ほんと趣味悪い」

高峰が一転、うんざりとしたような声で言った。手島は顔を曇らせたが言葉では応えず、モニターに表示された時計を見つめている。

「3、2、1」

手島がエンターキーを押す。すると、モニター一杯に、まるで入れ子のように、モ、モ、モニター、の映像が現れた。

手島が椅子ごと振り向くと、映像がブレて、モニターに俺の姿が映し出された。背後には香島や千葉、紫香楽、白い服を着たほかの〈星詠会〉の人々の姿。

俺の顔には擦り傷がついていた。先ほどの落石でケガをしたものだ。

瞬間、体に震えが走った。

「先ほど、目で見たものさえ信じない、とあなたは言いましたよね。どうですか、なかなか面白いでしょう？　これが、今まさに『この僕』が『この〈星眼〉』で見ている映像なんですよ」

その光景の異様さに、喉がひどく渇いていく。どうにか声を絞り出した。

「一体、何のつもりですか？」

俺が喋ったのと全く同じタイミングで、手島が同じセリフを発した。手島は肩を震わせてひとしきり笑ってから、皮肉な笑みを浮かべて言った。

「はっは。獅堂さん、そんなに驚いた顔をしないでくださいよ。読唇術で言葉を読み取れるというのは、きっともう香島から聞いているでしょう？　これはなんの魔術でもありませんよ。ただ僕が『知っていた』だけのことです。あなたがこの瞬間に発する言葉をね」

手島は立ち上がってから、つかつかと俺に歩み寄ってきた。

「どうですか？　少しは信じる気になってきましたか？」

モニターの中で淳也が動いた。思わず警戒して振り返る。

「そう」淳也が笑った。「些細な矛盾を一つや二つ見つけて悦に入《い》っているようでしたので、あなたに少し、現実というものを分からせて差し上げる必要があると思いましてね。というのも、私たちはこの映像を一週間前に予知として見ていましたから、刑事のあなたが再調査のために〈星詠会〉にやって来ることなんて、とうに予想がついていたのですよ。君のことはネットで話題になっていたから、顔認証もすぐに済みました。写真がたくさん撮られていましたからね。確か」

淳也が俺に流し目を向け、嘲《あざけ》るように言った。

「凶悪犯を一般市民の目の前で銃殺した刑事、でしたか」

俺の息が詰まる。香島の視線を痛いほど感じた。

「まあ、あなたがどれほどの頭の持ち主か、そしてここでどんな推測をぶつけてくるか、そこまでは分からなかったわけですが」手島が芝居がかった身振りを交えて言う。「おっと、『映像』はここでおしまいのようです。しかし我々の現実はこうして続いていく」

「そしてねえ、獅堂さん」紫香楽は言った。「話はこれだけではないのですよ。昨日、〈星詠師〉の一人が、あなたの未来をまた予知しましてね」

「へえ」俺は自分の声が震えていないか心配になった。「それは面白いですね。聞かせてもらえますか？」

「おそらく数日後のことになるがね。あなたは我々に深く謝罪し、非礼を詫び、それはもう惨めな姿で頭を下げることになる」

ここがミソなんだが、と紫香楽は続ける。

「数日後に謝罪発言を行うと確定しているということは、あなたはこの数日間、ここでなんらかの捜査活動をすると、こういうことになるのです。疑問の余地なく、ね。水晶に映った以上は、『そうなる』ということですから」

「だから私に捜査を認める、というわけですね。……それならそれでも構いません。私は徹底的に再調査をさせていただきますよ」

俺は紫香楽を見据えた。

「敗北すると分かっているのに？」

「自分の未来は自分で決める主義なのですよ」

「威勢が良いのは気に入ったよ。いいでしょう。香島君！」

「は、はい！」

香島が直立不動の姿勢で身を硬くしていた。

「君の連れてきたこの刑事さんに、〈星詠会〉の中を好きに見せて差し上げなさい——。容疑者の石神真維那にも会わせて構いませんよ。みなも、この刑事さんが質問してくることがあったら、快く協力しようではありませんか」

淳也はにこやかに指示を出している。その穏やかな表情が逆に恐ろしかった。

「香島君。石神真維那の処分は、獅堂さんがなんらかの結論を引き出すまでは猶予してあげることにしますよ。君も自分が連れてきた刑事が手も足も出なかったとなれば、諦めることを覚えるでしょうから」

「そんなこと……」

香島の語気は萎《しぼ》んでいた。

「香島君、そう気落ちすることもないよ。これで大手を振って捜査が出来るわけだからな。むしろ望むところだ」

「楽しみにしているよ」

手島はそう言い残して淳也と共に部屋を出ていこうとした。その背中に、俺は滑り込ませるように質問を投げかける。

「ただ、岩を落とすような野蛮な真似だけは、勘弁してもらいたいんですがね」

「なんのことでしょう?」

淳也はそう言いながら振り返った。何やら虚を衝かれたような表情だ。

俺は質問を発した瞬間、紫香楽、手島、それだけではなく、室内にいた〈星詠会〉の面々の顔を見渡した。千葉や高峰と名乗った女性にも、そして俺の唇を注視している鵜にも疑いの目を向けた。

他の者からも有意な反応は何一つ引き出せなかった。

「いえ、こちらも命までは取られたくないのでね。ただの言葉の綾ですよ」

いずれにせよ、調査することは認められたのだ。この中にいるはずの襲撃者を、必ず暴き出してやる。この事件はまだ終わってなどいない。嗅ぎ回られたくないと思っている人間がこの中に一人、必ずいるはずなのだ。

ともあれ、今は一人でも味方を増やしたい。その時、赤司夫人のことを思いついた。夫を亡くし、息子を牢獄に入れられた未亡人。その心労を慮《おもんぱか》るだけで胸が痛むというものだ。逆境だらけのこの場所で、取り入ることが出来るとすれば、最優先の候補になるだろう。

「ああ、そうだ、あともう一つだけ」

俺は部屋を出ていこうとする淳也の前に割り込んだ。

「なんだね」淳也は眉をぴくりと動かした。「私も忙しいのだがね」

「ほんの確認です。事件の第一発見者であるという、石神赤司夫人なのですが、どうやらここには姿が見えないようですね。どちらに行けば会うことが出来ますか？」

その時だった。淳也の体から何かを拒絶するような気配が噴き出た。彼は強い口調で「必要ない」と口にした。

「必要ない、というのは？」

「いえ。今回の事件を捜査するにあたって、彼女に質問する必要はないでしょう、という意味です」

「いやいや、それはないでしょう」俺は食い下がった。「赤司夫人は第一発見者なのですよね？　だとすれば、彼女の話を聴取するのは捜査の鉄則で――」

「必要ないと言っているだろう！」

淳也は怒鳴った。俺の体は震えた。怖かったというわけではない。ただ、この男が初めて剝《む》き出しの感情を顕《あらわ》したことに高揚していた。

「し、紫香楽所長……？」

隣の手島は困惑気味の表情である。両者の反応の違いは心に留めておこう。同時に、千葉と鶇が目を伏せているように思えることも。

淳也はハッとした顔つきを浮かべると、バツが悪そうに、「……失礼した」と目礼した。

「どうしても彼女の話を聞きたいと言うのであれば、香島に案内してもらうといいでしょう。どのみち、自分からは出てこないと思いますからね」

「というと？」

「最近では、真維那の面会以外では家に引きこもりがちですから」

まるで「だから清々している」とでもいうように、淳也は言った。

「ところで、赤司さん殺害に使われた凶器の拳銃は、あなたのコレクションにあたるそうですね」

「ああ。真維那が私の保管庫から盗み出したのでしょうね」紫香楽は心底不愉快そうな顔になった。「それが何か?」

「いえ。持ち主なら盗み出さなくても済みますからね。手間が一つ減ると思っただけです」

紫香楽は憤然とし、「失礼する」とだけ言い残して去っていった。だが、石神夫人への拒絶を示した時ほどの強い反応ではないのが興味深かった。

俺は捜査の権限や情報をもらったことに深く感謝しながら、赤司夫人に必ず会いに行くことを腹に決めた。味方を得るという意味だけではない。彼女は恐らくこの事件のキーパーソンになる。

八　獅堂由紀夫　二〇一八年

「妙な成り行きとはいえ、自由に調べていい許可が出たわけだけど」

　俺は長い息をついた。

「さて、何から手をつけようか」

　モニター室には俺と香島だけが取り残された。千葉はいつの間にか姿を消してしまっていた。彼にも仕事や立場が色々あるのだろう。

「君の師匠を救うためには、あの映像を崩すしかない。そのための手掛かりを一つでも多く持つことが最優先だろう。よし、まずは石神真維那さんに会ってみたい。それから、事件現場を見る」

「かしこまりました」

　香島に連れられてモニター室を出る。石神真維那が捕らえられている部屋は同じ地下階にあるらしい。殺人の容疑をかけられて、しかも地下に監禁されているとあっては、さぞ心細かろう。

「この部屋を抜けた先です」

香島が両開きの大きな扉を開ける。その先に広がっていた光景に俺は息を呑んだ。

地下の広い空間を利用して作られた大きな部屋だった。奥行と幅がそれぞれ十メートルほどだろうか。両の壁には透明な円筒形の容器のようなものが横向きでずらりと並んでいる。

今、その円筒形の容器の一つに、先ほど俺に絡んできた手島臣という男が横たわっていた。さながら棺の中で眠りについた死者のように。先ほどまでの嫌味な笑みはどこへやら、修行僧のような清らかな表情を浮かべている。円筒形の機械の横では、パソコンを前に秘書らしき女性が作業をしている。女性は俺の姿を認めると会釈した。

さながらSF小説のような光景だった。もしホラーであれば、円筒形の容器にはホルマリン液が満たされ、中に死体が保存されているところだ。そんな思いを抱かせるほど、目の前の光景は現実離れしたものだった。

「これは一体？」

「ああ、まだご説明していませんでしたね。ここは〈星詠みの間〉と呼ばれています。〈星詠師〉が予言を水晶に記録する部屋になります」

「へ、へえ」

ネーミングのせいだろうか。どうにも、知れば知るほど宗教色のようなものを感じてしまう。

「〈大星詠師〉ほどの方になれば、通常の環境下で瞑想を行っても、水晶に予知を記録することが出来ます。ただ、一般的な力を持つ〈星詠師〉にとっては、〈星詠み〉に適した環境が必要ですから、このような部屋が作られたのです。〈星詠会〉が出来た当初は、仕切りのある畳の部屋などが用意されたようですが、今ではご覧のように、専用の機械を置いています。中は無菌状態で快適な室温に保たれ、完全防音となっております。今の形になったのは二〇〇〇年代に入ってからと聞きますね。レム睡眠下の高速眼球運動が予知に関係あると分かり、快適な入眠を促す設備への投資が行われたのです」

「それにしても手島さん、本当に静かだ」

さっきまであんなにうるさかったのに、という言葉はかろうじて飲み込んだ。

「手島さんは〈星詠会〉でも指折りの優秀な〈星詠師〉なのです。現に、ほら――」

香島は女性に近づいて、「ちょっと見せていただいてもいいですか」とお伺いを立てた。女性は快く応じ、「あなたが東京から来たっていう人ね」と俺に話しかけるので、軽く会釈した。

「ほら」香島に声をかけられる。「ご覧ください、獅堂さん。今まさに記録が取られているようですよ」

手島の入ったブースの床に小さな台座が置いてあった。台座には直径三センチ程度の水晶が載っている。今、その水晶の中心に、霧のような何かが渦巻いていた。

「あのようにして、〈星詠師〉は水晶に記録を取っていくんです」

「今は中身を見られないのか？」

「水晶の真ん中に、何か見えることはあるかもしれませんね。ただ、先ほどの話にもありましたように最初に映像を確認するのは〈星詠師〉本人ということになっておりますし、こっそり覗き見るわけにも参りません。本人の確認の後、〈星詠師〉本人が公開してよいと言えば、映像を機械で読み取り、データにして保存、あるいはデータを解析班に回して解析します」

「見てみますか？」

女性が声をかけてくれた。

「先ほど、手島の確認が済んだ水晶がありまして。それを今から読み取るところです。もしよろしければ、手順を実際にお見せいたしますが」

「ぜひお願いします」

女性は手元にあった小さめの水晶を、パソコンの横に据えられた機械の中に入れた。機械の蓋が閉じて、彼女がパソコンのキーを操作すると、ジー、という音が機械から聞こえ始める。

「水晶からの記憶の取り出しには、特殊なレーザーを用いています。我々の研究では、人間が予知を感応する時の思念によって、水晶に特定の紋様が刻み込まれると考えています。紋様の凹凸を機械で読み解き、鮮明な映像を取り出すわけです」

それだけ聞くとどうにも胡散臭《うさんくさ》い話なのだが、本物の映像を二つも見せられた後では、あながち笑い飛ばすことも出来ない。

「予知の記録は、未笠木の水晶でしか行えないのですか？」

「はい。刑事さんは、クォーツをご存知でしょうか？」

「クォーツ？」唐突な単語に面食らった。「それは、ええと、アレですよね。確か時計とかに使う……」

「はい。水晶を使って分、秒の制御を行う時計をクォーツ時計と言いますね。この時の水晶の振動は一秒間に三万二千七百六十八回とも言われています」

「そんなに――」

「クォーツ、水晶振動子《しんどうし》の発振周波数は、その水晶の特性によって決まる固有のものです。

未笠木村の紫水晶は、偶然、人間の思念と周波数が一致したものと考えられています。三十数年前から、研究グループを立ち上げて、国内外の様々な鉱床から取り寄せた水晶を用いて実験を行っていますが、目立った成果は上がっておりません。しかし、未笠木村の水晶だけでも、向こう百年は研究を続けられるだけの豊富な鉱床ですので」

水晶振動子あたりからろくに聞いていなかったが、とにかく、未笠木の水晶が特殊なのは分かった。

「ここだけの話」彼女は薄く笑った。「『他に使える水晶がない』ことを確認しているのは、研究資源を殖やすためでもありますが、もう一つ、紫香楽電機による予知技術の独占状態を作るためでもあります」

なるほど。いざ事業展開、商用利用をする時のことを見据えているわけである。その段階まで来れば、紫香楽一成が初手で未笠木村の山をまるまる買い上げたことも、勇み足でも暴挙でもなく、先見性のある投資だったということになる。

「ついさっき聞いたのですが、〈星詠師〉によるプライベート指定という制度があるらしいですね。映像の公開を差し止めて、記録のアップロードもしないようにする、という」

「はい」

「つまりは、例えば手島さんがプライベート指定をかけたものは、あなたであっても見られないわけですね？」

「はい。本人以外は一切見る機会はございません」

「そして、それらは水晶の形で〈星詠師〉の手元に保存される、と。これらを〈星詠師〉が自分で処分することは出来るのですかね？　水晶の中に映像が浮かび上がっている、となると、廃棄には相当気を遣わねばならない気がしますが」

「ええ、その通りです。鋭いですね」女性はにこやかな笑みを浮かべた。「例えば水晶を割ったとしても、散逸した欠片から映像の断片を読み取れる場合があります。そこで、どうしても処分をしたい水晶がある方については、半年に一度こちらで回収をし、紫香楽電機の工場にある炉の中で溶かしてしまうことにしています」

プライバシー管理が随分と徹底しているが、水晶が個人の体験を映し出すものであるとすれば、その扱いに慎重になるのは当然のことだろう。

今回の事件では、石神赤司は予知をした後、自分の秘書にも見せずに水晶を自ら保管していたことになる。そして、半年に一度の廃棄処分の段階でも、捨てずに取っておいた……。ますます不自然ではないか。処分する機会が用意されていたのにしなかった、ということは、石神赤司にはそれを保存しておく理由があったのである。もしくは処分できなかった理由が。

「香島君。石神赤司さんがいつ頃あの予知をしたのかは分かっているのかな？」

「はい。その件については記録をあたりまして、赤司さんは一九八五年の創立の時から、四十回余り、プライベート指定の制度を使っていることが分かっております。ただ、映像の中身はご本人にしか分からないことですので、どの指定があの映像に対応していたか、までは掌握できないのです。今回の記録が残っていた三分間記録の水晶が対象の指定は、二十回、全体の半数を占めます」

「その二十回のうちのいつか、までは特定が不可能ってことか。分かったよ、ありがとう。ところで、石神赤司さんの秘書というのは？」

「一時期は、赤司さんの妻の仁美さんが務めておいででしたが、今は事務方の男性が務めています。お二人とも、在職中に問題の水晶を見たことはないと証言しています」

二人の言を信じるならば、赤司自身が隠していたという推測はますます盤石《ばんじやく》になる。

「今機械にかけている水晶は、一分記録用のものですので、そろそろ読み取れると思いますよ――あ、来た来た」

女性がキーボードを操作して、画面に映像を映し出す。彼女は椅子を引き、どうぞ、と身振りで示してくれる。

再生ボタンを押した。

画面いっぱいに無機質な廊下が映し出される。まだじっくりと建物の中を観察したわけではないが、〈星詠会〉本部のものに似ていた。

廊下の向こうで扉が開く。豪華な装飾のついた木製の扉だ。扉から出てきたのは、俺と、そして先ほどモニター室で出会った「高峰」という女性だった。映像は「高峰」を追い、次いで俺の方へ動いた。視線は上下に揺れながら俺に近づいていく。画面の右下で手島のものらしき右手が激しく動いている。映像は、時折ちらりと「高峰」の方を見ながら、俺のやや困惑した表情を映している。やがて、俺はニヤニヤとした笑いを浮かべて、何かを言う。次の瞬間、俺の背後から香島がやって来た。

映像はそこで終わっていた。

「これ、何でしょうね。最後の方、僕も映っていましたけど」

「さあ。俺とあの高峰って女性が、どこかの部屋から出てくる映像みたいだけど」

「あ、部屋なら分かります。あんなに立派な扉は〈大星詠師の間〉にしかありませんから」

「ふうん。ってことは、俺と高峰さんが現場を見に行っているところに出くわして、手島さんが慌てて駆け寄ってきたことになるね。なぜ慌てたんだろう。困惑。動揺。いや、右手の激しい動きはもっと……怒り？」

とすれば、何に怒っているのだろうか。事件現場を見られるとまずいことでもあるというのか。

「どうですか刑事さん、参考になりました？」

女性が話しかけてきた。

「ああ、大いに参考になりましたよ。私の笑顔は、客観的に見ると少し気色悪いことが分かって」

女性はまたひとしきりくすくす笑ってから、「初めて自分の映った映像を見る方は、大体そう言いますよ」と言って俺を安心させた。とはいえ、俺はなんで笑っていたんだろう。気になるところではあったが、あれが未来のことなら、いずれ分かるだろう。

「じゃあ、この部屋のことと水晶についても説明できましたので、奥の部屋に向かいましょう」

見ると、装置の並んだ大広間の奥に扉が一つある。

女性に礼を言ってから、真維那がいるというその部屋に向かう。

畳敷きの殺風景な部屋だった。真ん中に目の粗い鉄柵が用意されていて、中には水洗式のトイレまであり、牢獄そのものに見えた。

「……昔、瞑想のために使われていた部屋だったと言います」

「それにしたって、この扱いはひどいじゃないか」

他に隔離しておけるような部屋がなかったと言えばそれまでだが、被害者の持っていた水晶の映像のみを証拠にここまでの仕打ちをするとは、どうあってもあの紫香楽という男、まともとは思えない。

いや——石神赤司夫人に対して紫香楽が向けたあの強烈な拒絶を思い起こすと、もう一つ見えてくるものがある。その息子である真維那に対しても、同じような感情が働いている、とは考えられないだろうか。

とすれば、赤司夫人とは一体どんな存在なのだろう？

目の前の牢獄の中では、男が一人、そっと目を閉じて座禅を組んでいた。線の細い体で、腹の前で組み合わされた手指の細さが儚《はかな》げだった。肩口ほどの長さの髪にはゆるりとしたウェーブがかかっており、その細さも相まって、遠目から見たら女性と見間違えてしまうかもしれない。彼はきゅっと唇を引き結び、深く長い呼吸を繰り返していた。

「師匠、失礼します、師匠……」

香島が何回か呼びかけると、ようやく反応があった。

真維那はゆっくりと目を開き、顔を上げた。黒い瞳がまっすぐに俺を見据える。その目は大きく見開かれることも、怪訝そうに細められることもなく、俺が目の前にいるのがまるで当たり前だとでもいうように、いかなる変化も表さなかった。ただただ穏やかに、心さえ凪いでいるようだった。

あの映像で拳銃を握っていた男の顔そのものだった。

俺は檻の向こうの人物が怖くなった。その目に吸い込まれそうな気がしたからだ。真維那の瞳には、不思議な魔力があった。

「水晶を通じて、あなたと会う夢を見ておりました」

彼の声は落ち着いていて、この牢獄の中でも綺麗に澄み渡った。

彼が「夢」という言葉を選び取ったことを意識する。未笠木の水晶は夢を見る。どこか浮世離れした真維那の佇まいが、俺に鷺姫の姿を思い出させたのかもしれなかった。

鷺姫の昔話は悲劇だった。では、俺たちは？

おそらく、彼はこの時か、あるいはもっと先のことか、俺のことを水晶の映像の中で見て、俺との「出会い」を果たしていたのだ。この状況に呑まれ、この雰囲気に呑まれ、段々と順応していく自分が嫌だった。

「あなたを一目見た時から、この日を待ちわびていた気がします」

俺と香島が鉄格子のこちら側で畳に座ると、対する真維那は「どうぞお使いになってください」と言って、鉄格子の隙間から煎餅《せんべい》のような座布団を手渡してきた。ここが牢獄の中とも思われない弛緩した雰囲気の中で、俺は一心に真維那の顔を見つめていた。

石神赤司が所有していたという水晶。その中に映っていた、赤司が殺される時の「予知」の記録。先ほどモニターで見たあの映像の中の殺人者に、目の前の男はどこまでも似ていた。映像の中のような険相を浮かべていないから、印象はまるで異なるが、顔の造形はまさしく映像の男のそれだった。

人はその人物が殺人を犯す「光景」を見せられてなお、その人物を信じることが出来るだろうか？　俺が今直面しているのはそんな命題だった。

目の前の男が激昂するところなど想像できない――だからあの映像に映る人物は真維那ではない、のかもしれない。

だが、一方でこういう考え方も出来る。目の前の男にあれほどの険相を浮かべさせるような出来事が、彼の身に降りかかったのではないか？

俺は香島の協力者ではあるが、真維那が有罪かどうかについてはまだ第三者の立場でいようと考えていた。石神真維那という男が信頼に足る人物か確かめるためには、少々揺さぶりをかける必要がありそうだ。

「いくらなんでも、この扱いはひどいですね」俺はわざとらしく部屋を見まわしながら切り出した。「この部屋にはいつから？」

「三日前からになりましょうか。食事や本は香島も母も運んできてくれますし、不自由はしていませんよ」

そうは言っても、自由には程遠い環境であることは疑いない。この青年には欲と言うものがないのだろうか。俺の脳裏に聖人のイメージが去来したので、すぐに振り払う。

「一週間ほど前のことになりますが、あなたと香島とこうして、牢獄の鉄格子越しにお会いする光景を見ていたのです」

「それはそれは」

「ですので、何か間違いがあって、ここに、あるいは、どこかの刑務所にでも入れられるのかもしれない、と思っていました。なので、事前の準備はあらかた済ませておいたのです」

頼りない体つきではあるが、したたかな面もあるようだ。

「面会にはお母さんも来ているんですね。ええと……」

「石神仁美といいます。母もいたく心配してくれておりまして……。本日もほら、このように、握り飯を」

真維那はおにぎりの入った容器を見せる。形が整えられていないこと、海苔の巻き方が不揃いなことを一目で見て取って、まだ見ぬ仁美夫人を想像しようとした。

「優しいお母さんですね」

「……はい。善い方、なのです」

その時の真維那の瞳には思わず興味をそそられるものがあった。母親に対する親愛でも心遣いでもない。

その瞳に映っている感情は、憐れみだった。

揺さぶりをかけるなら、今だと思った。

「ご主人を亡くされ、あなたもこのような状況では、その心労はいかばかりか、考えるだけでゾッとするというものですね。――ああ、これは失礼」

香島が怒ったように体を震わせたが、真維那は微笑み一つで香島を押しとどめた。

「はい。私個人としては、このような事態も組織の中では致し方ないことだと思っていますが、母のことを思うと……」真維那が唇を噛んだ。ようやく感情の一端を表してくれた。

「このような状況からは、早く脱さなければならない、と思います」

「では、抗議すれば良いではありませんか」

「もちろん、私からも反論はしております。このような取り扱いに本当に根拠があるのか、と」

「根拠というと、石神赤司さんが持たれていたという、あの水晶のことでしょうか」

「あれをご覧になったのですね？」

「ええ。見れば見るほど、あの水晶で見た顔とそっくりですね」

「そうでしょうね」真維那は目を伏せた。「私も初めてあの映像を見た時は——めまいがいたしました」

「『そうでしょうね』とは変な言い回しですね。もしかして、ご自分でお父上を殺害されたから、映っていて当然だ、という意味ですか？」

「獅堂さん！」

香島が俺の隣で立ち上がり、激昂したように叫んだ。「見損なった」とでも言いたげな瞳に俺の心がチクリと痛んだ。こんな視線に晒されるのにはもう慣れたはずなのに。休職中の自分の心がだいぶ弱っているのを実感する。

俺はじっと真維那の反応を窺っていた。彼の瞳は少しも揺らがなかった。だが、内心の怒りをこらえるように握りしめられた拳には一片の真実味が含まれていた。

「殺していません。自分の父親を殺すなど、あり得ません」

一切のためらいなく、力強く言い切った。

もちろん、石神真維那が眉一つ動かさず嘘をつける極悪人である可能性はあるのだが、そんな極悪人なら怒りを覗かせることはしないだろう。何よりも彼の瞳と力強い言葉が、俺に彼の無実を信じさせた。その気配が伝わったのか、後ろで香島が深く呼吸するのが分かった。絶望が希望に変わる音というものがあるなら、こんな音かもしれない。

「色々と無礼なことを聞いて、申し訳なかった」

俺はまず深々と頭を下げ、丁重に詫びを入れた。

真維那は「刑事さんというのは、人が悪いんですね」と笑って言い、快く俺を許してくれた。

「今から俺は、あなたの無実を信じます」

意識的に「俺」という一人称を使った。胸衿を開いて語りたかったからだ。

「いわば弁護士のようなものと思ってほしい。つまり、自分に不利になる事実を含めて、俺には真実を語ってほしいのです」

「はい。感謝いたします」

真維那が深々と頭を下げる。

「それでは手始めに、一月三十一日――つまり事件当日のあなたの行動について話してください」

「はい。あの日はいつも通りの一日でした。朝の六時に起きて、日課の体操をしてから、〈星詠会〉本部に向かいます。日中を瞑想による水晶への記録に費やします。香島はまだ学校に通っているので、放課後に来てもらい、五時には家に帰すようにしています。それから先の事務仕事は、私が」

「すみません……僕、早く大きくなりますので」

「そんなことを気にしなくてもいいんですよ。本当は、何も気にせず部活動にでも打ち込んでもらいたいのですが」真維那の優しい微笑みに、彼らの師弟の情愛が覗いていた。「ただ、〈星詠会〉本部内の自分の執務室に、思わせぶりな手紙が舞い込んでいたのが、妙でしたね」

「手紙？」

「はい。内容はこうです。

『真維那様へ。折り入ってお話ししたいことがあります。未笠木村の裏手の森で、午後十時半にお会い出来ないでしょうか？　奈雪』」

俺が香島の顔を見ると、彼はぶるぶると首を振った。

「結局、何者かが香島を騙《かた》って出した手紙だったということです。ですが、その時の私は本物だと思っていたので、この手紙に従って、未笠木村の裏手の山に向かいました。夜遅くに子供が一人で出歩くなど危ないと思いましたが、それだけに、本当に香島が暗い森の中で待っていたら心細かろうと考えたのです。十時半から一時間ほどでしょうか。そこで待っていましたが、結局香島は訪れず、未笠木村の香島の家を訪ねて、彼の無事を確認してから、ようやく帰宅したのです」

「一時間ほど待っていたのはなぜですか？」

「すれ違ったら大変だと思いましたから。結局、香島の家に行ったら、『もう眠っています』と香島の母君に言われました。それでようやく安心しました。待っている間も、木立の隙間から月蝕も観察できましたので、退屈はしませんでしたよ」

「いや、そういうことを聞いているのではなくて……」

真維那のおっとりとしたペースは、いつもは魅力的なのだろうが、こういう状況ではやきもきしてくるというものだ。俺は頭を掻いてから言った。

「要するに……あなたはその手紙でおびき出されて、事件当日の午後十時半のアリバイを奪われたってことですね？　……殺害時刻と推定されている、最も重要な時間のアリバイを」

「うーん。そうなりますね」

さほど大事には捉えていそうにない口ぶりである。

「手紙が偽物であると、出かける前に気が付かなかったのですか？」

「そうですねえ。筆跡が明らかに違っていれば気付けていたかもしれませんが、大体同じように見えましたので。それはもちろん、直接口で伝えずに、ああした手紙を残していったこと自体には何か不自然なものを感じましたが、直接呼び出すのも憚《はばか》られるような話題なのかと思いましたので。ほら、恋の相談とか」

「や、やめてくださいよ師匠」

「香島はもう少し年相応にしていた方がいいのです。獅堂さんもそう思われますよね？」

「大人びすぎていると思うことはありますが」俺は咳払いをする。「話を戻しましょう。手紙はあなたの執務室にあったのですね？」

「はい。机の上に、封筒に入れて置いてありました」

「あなたの執務室には鍵がかけてありましたか？」

「いえ。取られて困るようなものは置いてありませんから」

要するに、手紙を置くことは誰にでも出来たわけだ。手紙の指示通りに真維那が動くことは、彼らの師弟関係の親密ぶりを見れば相当程度確信できる。

やはり、何者かの明確な悪意が働いている。

「鍵については、他の〈星詠師〉の部屋も似たり寄ったりではないかと。ああ、でも、〈大星詠師の間〉は別ですね」

「別、というと？」

「もう半年ほど前になりますが、父は部屋に電子ロックを設置したのです。〈星詠会〉の各自に配られている会員証——社員証のようなものと思ってもらえばいいですが——をカードキーとして利用したロックです。部屋に入った時の記録が残るという優れものでしてね。父は昔、自分の水晶を盗まれたり、解析の過程で他人のものと混じったり、色々と苦労をしたようで、その時の反省を基に導入したんだ、なんて言っておりましたが……」

水晶の映像をデジタルデータに落とし込めなかった時代には、取り違え等の事故が多発していたと香島も口にしていた。

とはいえ、電子ロックを施していたというのは厳重だ。石神赤司は自分の死を覚悟していたというが、やはり身を守るための手段を講じ、警戒していた、ということだろうか？

「鍵については、後で調べてみます。それで、肝心の手紙は今どこにありますか？」

「事件当日、帰宅してから、自宅のゴミ箱に捨ててしまいました」

「はっ？」

「ですから、今はもう回収されて燃やされている頃かと存じます」

体からどっと力が抜けてくる。確かに、死体が発見されたのは翌朝のことなのだから、その前日の夜の段階で捨ててしまっても無理はない。事件性のない、誰かの悪戯と考えて看過してしまっても、不自然だとまでは言えない。とはいえ、だ。

「なんてことを……」

「す、すみません獅堂さん！」香島が後ろで頭を下げた。「僕がもっと早くに気が付いていれば、ちゃんと保管しておいたのですが……」

「いや、謝らなくていいんだ。ないならないで仕方がないよ」

俺は真維那に向き直った。

「真維那さん、もう一つ聞いておきたいことがあります。事件当日、あるいはその前の石神赤司さんに、何か変わった様子はありませんでしたか？」

真維那の顔が初めて曇った。

「変わった様子と言いましょうか——。事件の二か月ほど前から、父は私のことを避けるようになりました」

「そんなに前から？」

「はい。以前から、こう、よそよそしいと言いましょうか、私がどれだけ父とお話をしたいと思っても、早々に切り上げられてしまうようなところがありました。母は『気にしなくていい』と言ってくれましたが、近頃は、私を廊下で見かける度に手近な部屋に入って隠れ、食事の時間もずらすというような徹底ぶりで、私が〈星詠会〉の本部に泊まる時は自宅に、自宅に帰る時は本部に、といった有様でした。もちろん、父も〈大星詠師〉ですから、お忙しい身であるのは承知の上でしたが、それでもひどすぎます」

真維那の頬が少し紅潮した。

「事件当日の午後四時半頃には、〈大星詠師の間〉にいた父に書類を届けたのですが、集中してお仕事をしていたので、少し悪戯心《いたずらごころ》が芽生えました。父の背後にそうっと回り込んで近づいて、驚かせようといたしました。そうしましたら、私の姿を認めるなり、父はアッと叫んで、私のことを突き飛ばしたのです。今から思えば、あれは私に殺されると思って怯えていたのだと理解できますが、その時は茫然としてしまって」

真維那はややためらってから言った。

「私はその時、父にののしられたのですが……実はその時、父が気になる言葉を口にしていました」

「どんな言葉ですか？」

「あの火事だって、お前のせいなんだろう……」

火事？　唐突な言葉だった。

「それは、あの物見櫓の火事のことですか」

香島が聞き、俺の記憶は刺激された。この村に着いた直後、『火の元注意！』の掲示を見た。

「恐らくそうだと思います。確かに、あの火事は今から一か月前——父が殺される一週間ほど前に起きた記憶があります。ですが……」

真維那の困惑はよく理解できた。赤司殺害とあの火事の間に、一体どんな関係があるのだろう？

「結局、父の言葉の意味は分からずじまいでした。一通り話したら落ち着いたのか、『どうも気が立っているから、今日は少し距離を置くことにしよう』などと父に言われ……あとは取りつく島もなく、部屋を出ていくしかありませんでした」

「師匠、そんなことが……」

香島はやや瞳を潤ませて、牢獄の中の真維那を見つめていた。

「最後に父と話した言葉が、あのようなものだったのは、慙愧《ざんき》に堪《た》えません」

真維那はそう話を締めくくった。

「獅堂さん。私は父を殺しておりません。映像には確かに私の姿がありましたが、私にもさっぱり、どういうことか見当がつかないのです」

「分かりました」俺は深々と頷いた。「つらいことを思い出させて申し訳ありませんでした」

最後にもう一つ、気になっていることがあった。

「ところで、俺のことを水晶で見たと言っていましたが、それはこの光景だったのですか？　それとももっと先ですか？　もっと言えば、牢獄から出た後のことですか？」

「さあ。よく分かりません。鉄格子越しだったので、今かもしれませんし、出していただく時かもしれません。プライベート指定にかけて隠してしまったので、読唇術にもかけておりませんし……」

「それじゃあ、俺が来たからといって、助かる保証はないじゃないですか」

紫香楽から聞かされた、俺が敗北する時の映像というのが気にかかっていた。実際に見せてくれないのは、嘘をついているとも考えられる。だが、裏もある。本当に存在はするが効果的なタイミングでカードを開くために伏せてあるのかもしれない。俺はこの摑みどころのない事件に対して、すっかり自信を失っていた。

「いいえ、必ず助かりますよ。私はあなたを信じていますから」

「初対面なのに？　買い被りすぎですよ」

「ふふ。どうでしょうか」

真維那は微笑んだ。

「水晶で一目見た時から、感じるものがあったのです」

「期待が重い」ただ、少しばかりは励みになった。俺はおどけたように言った。「まあ、あなたはそこで、救出を待つお姫様のようにしばらく待っていてください。必ず助けにあがりますよ」

「私はこれでも」真維那はムッとしたように言った。「男ですよ」

その顔が頬を膨らませた時の香島の顔に似ていたものだから、俺は思わず、「香島君と兄弟みたいですね」と笑った。

「とにかく、赤司さんが真維那さんを避け始めた頃には、赤司さんが水晶によって自分の死を知っていたこと——そして、手紙を書いたのが犯人であること、この二点は間違いないでしょう。犯人はあなたからアリバイを奪って、容疑者に仕立て上げるつもりだった」

「恐ろしい奸計《かんけい》です」

「ええ。だけど、もっと恐ろしいことがありますよ。真維那さんを犯人に仕立てようと考えた、ということは、真犯人自身もあの映像の存在を知っていた可能性が出てくるんです」

香島と真維那が息を止め、静寂の一瞬が流れた。

「で、ですが、プライベート指定をかけた水晶を他の人が見る機会などないはずです」

「ああ。今日は何度もそう聞いているよ。だからさっきからずっと考えているんだ。抜け道がないのかどうか——そうでないと、俺たちはこの偶然を信じざるを得なくなる。真維那さんが犯人として映った水晶が見つかり、同時に、その事件の真犯人が罪を着せる相手として、たまたま真維那さんを選び取ったなんて偶然の一致をだ」

そして、俺は偶然を信じない。

九　獅堂由紀夫　二〇一八年

師匠との別れに名残惜しそうな香島を連れて、一階に上がってくると、廊下の壁に一人の女性がもたれかかっていた。

「おっ。来た来た」

「確か、あなたは……」

「さっきも少し自己紹介しましたけど」

彼女はメガネを押し上げてから、薄く微笑んだ。

「改めて。高峰瑞希です。〈星詠会〉の主任研究員で、映像解析班のリーダーです。よろしくお願いしますね」

「映像解析班、というのは？」

「つまり、水晶の予知映像を解析して、年代・状況・社会背景等々を推定しているのです」

「水晶の予知を生かすための要……と言ってもいいものです。研究部門の花形ですよ」

「ふふ。香島君にそうまっすぐ言われちゃうと、なんだか照れくさいな」リラックスした笑顔を見せられて、彼女への警戒心がだいぶ薄らいだ。「改めまして。紫香楽所長から案内を頼まれて来ております。獅堂さんに中を色々見せてあげるようにって」

「た、高峰さんが協力してくださるなんて、光栄です！」

香島が鼻息を荒くして目を輝かせている。どうやら研究所内ではすごい人らしい。

「案内役を手配してくれるとは、紫香楽さんも結構親切ですね」

「ううん、多分親切心からじゃないと思いますよ。思い知らせるだけ思い知らせたいんだと思う」

俺は肩をすくめた。いかにもありそうなことだと思ったからだ。

「ま、私としては、あなたが所長に果敢に向かっていくのが、なんだか痛快だったしね」

「〈星詠会〉も一枚岩じゃない、ということですか」

「ううん、自分に累の及ばないところで、上司が痛い目に遭うのってサイコーでしょ？　あなたの頭の回転の速さに、個人的に興味があるし。ま、今のところは所長が優勢だけど」

「まあ、理由はどうあれ、協力してもらえるならありがたいですよ」

「うん。素直でよろしい」

高峰はおどけたように言って、「獅堂さんって、随分若そうに見えるけど、幾つなの？」と聞いた。

「二十七です」

「へえ、それじゃ、同い年ですね」

「ええっ。二十七で……主任研究員なんですか？」

「なんですか、その驚きようは」高峰はくすくすと顔をほころばせて笑った。「じゃあ一体、幾つに見えたんでしょうね？」

「違いますよ、そういうことではなくて」俺は慌てて言い添えた。

「高峰さんは飛び切り優秀なんですよ」香島は飛び跳ねるように言った。「五年前に紫香楽電機に入社して、〈星詠会〉の研究理念にいち早く共鳴して研究所に所属してから、その実力を紫香楽さんに認められて今の職に就いておられるのです。面白い研究をたくさんされていまして……」

「ここの研究所は成果主義なんですよ」と高峰が苦笑いした。

「今はどんな研究を？」

「ああ、ちょっと、コンタクトレンズを開発中なんです。つまり……〈星詠師〉の虹彩に共通の特徴があることはもう聞いていますか？」

「ええ。確か、星形の紋様が浮かんでいるとか」

「その特徴を再現したコンタクトレンズを作れないか、と思っているんです。もし、星の紋様自体に力が宿っているのだとしたら、〈星詠師〉の素質を持たない人物に、このコンタクトレンズをつけてもらえば、星詠みを行うことが出来るのではないか、と」

「もしそうなれば、画期的ですね！」

香島がまたも興奮している。

「うん。実際のところは、予知を行うためにはコンタクトレンズをつけたまま眠らないといけなくて、目に負担をかけるのですけどね。瞼の裏に貼り付いたり、失明の危険さえありますし。能力の差はやっぱりなかなか埋まりきらないというわけです」

「うーん……」

香島は考え込んでしまった。反応が素直なのでついつい目で追ってしまう。

「ですが、この研究にはもう一つのメリットもあるのです」高峰はふふんと鼻を鳴らした。「この実験が成功すれば、〈星詠師〉の能力を持たない人の目の見え方を確認することが出来るようになるのです。つまり、医療的なメリットです。飛蚊症《ひぶんしょう》や白内障……目の病気は他人からは分かりにくいですからね。それが可視化されるというだけで大いなる前進になるはずです」

「そ、それって、すごいことじゃないですか！」

「そうでしょ。コンタクトレンズの開発費出してもらうために、必死で考えた理屈ですからね」

香島は狐につままれたような顔になり、俺は思わず笑った。

「結局、制作の本意は私の興味を満たすため、と言った方がいいかもしれませんね。私が着手したのはつい最近ですが、もうすぐ試作品が完成するんです」

「はは、そりゃあすごいですね」

お世辞ではなく、どうにも胡散臭いと思っていた組織の中の人々は、真面目にかつ論理的に物事を進めているのだと理解して、本当に感服したのである。

「でも、獅堂さんや香島君みたいに、素直に『すごい！』って受け止めてくれるだけならいいんだけどね」

「実際には、苦労がつきまとうわけだな」

「そうなんです。今は私の研究を巡って会内も真っ二つに意見が割れているような状況で……」高峰はこめかみに手をやってため息をついた。「〈星詠師〉の能力を特別なものに留めたい〈星詠師〉の人たちは、コンタクトの開発に反対しているの。紫香楽所長もそちら側ですね。一方で、自分も能力を手に入れることを期待する職員は賛成している。真維那さん、鵜さんのように、私の研究の価値に心から同意して賛成してくれる人は稀ですよ。結局、権力闘争に使われちゃってるんです」

「へえ……。千葉さんや手島さんはどうなんですか？　二人とも〈星詠師〉でしたよね」

「千葉さんは珍しく反対派なんですよ。あ、でも、手島さんは賛成してくれていますね。それがどうにも気になるんですよね。手島さんの方が権力には貪欲そうなのに」

いずれ次の〈星詠会〉のトップになる男。手島は自分のことをそんな風に表現していた。確かに、高峰の分析は当たっているだろう。

ふいに、赤司を殺し、真維那を追い落とした時に、一番得するのは誰か、という観点が頭をよぎった。真維那の次に権力を握りそうな人物は誰だったのだろう。学会発表のせいで、組織の中での発言力を失ってしまったように見える千葉が、〈星詠師〉の能力の特権性を担保しようとしているように思われるのは、それと関係があるのだろうか。

「あ、ごめんなさい」高峰は香島の顔を見ると、バツが悪そうな顔をした。「こんなこと、香島君に聞かせる話じゃなかったね」

香島はいえいいえ、と首を振った。随分と生々しい話を聞かされたが、コンタクトレンズの話を通じて、メンバーの権力欲を分析できて、俺にとっては一つの収穫ではあった。

「そういえば、獅堂さん。私たち同い年みたいだし、他人行儀な話し方はやめてみる?」

「そうですね……ん、いや、そうだね」

俺はなんだか背中がムズがゆくなって高峰を見た。お互いに苦笑して、「やめましょうか」「ですね」と合意した。

高峰という新メンバーを加えて、俺はまず館内の概略を把握することにした。侵入した時は見つかってはならないと気持ちが急《せ》いて、建物の中をゆっくり眺めることも出来なかったが、現場である〈大星詠師の間〉に案内されるまでの間に、だんだんとその雰囲気が摑めてきた。

建物は地上二階建てで、地下に一階層ある。館内入り口に設けられた平面図を見ると、地下には先ほどまでいたモニター室、星詠みの間のほかに、「保管庫」などの表記が見受けられる。

地上建物には、真ん中に吹き抜けの大きな集会所があり、その集会所に沿うように「ロ」の字の廊下、廊下から外周に向け各部屋がずらっと並ぶ形だ。各〈星詠師〉の部屋や、種々のチームの研究室、会議室などの部屋がひしめいている。二階の南東の角部屋には、なぜか大きく×が書かれていた。使われていない部屋なのだろうか。

〈大星詠師の間〉は、二階の北東の角に位置していた。平面図を見る限り、他の部屋より少しばかり広めに造ってあるらしい。

話に聞いていた通り、部屋の入り口には電子ロックが設置されていた。高峰が首から下げた自分の会員証をタッチして、ノブを回すと部屋の中に入って行った。機械のランプが赤から青に変わっただけで、別段音もしない。

「あ、いけない。これ、獅堂さんの分。ゲスト用の会員証です」

カードを投げ渡されると、目の前で扉がロックされた。どうやら、ロックは一人ずつ解錠して、一人ずつ通ることになっているらしい。駅の自動改札と同じ仕組みと考えればいいだろうか。

室内に入ると、既視感があった。先ほど映像で見せられたので当然といえば当然だが。

部屋の奥に大きな机と椅子がでんと構えている。いずれも木目の味わいと暗い茶色の色合いが確かな風格を醸《かも》しており、そこで仕事をしていた石神赤司という男の雰囲気を感じさせた。机の上の大理石の灰皿にも趣がある。

両の壁に、それぞれキャビネットや洋服箪笥といった家具類、鹿の剝製が並んでいた。いずれも映像で見たものだ。足元に敷かれたワインレッドの地の絨毯にも見覚えがある。

「発見された時、死体は絨毯の上に倒れていました。机の右側に倒れていたから、そう――このあたりですね」

高峰が指さした箇所には血痕が生々しく残っている。ワインレッドの上でも、色味が違うので血の位置はすぐに分かった。その血痕から少し離れたあたり、絨毯の四隅の一つにより近いあたりに、大きな黒いシミもあった。

「死体は机の右側に背中を丸めるようにして倒れていた。血痕のあるあたりが頭の部分だったらしいですね。椅子も同じ方向に倒れていた、と」

「黒いシミの方は？」

「死体が発見された時、ちょうどその位置でグラスが割れていたそうです。先ほど見た映像にコーヒーが映っていましたよね？」

「そう言われてみると、あったような……」

細かい点にまで意識を向けずに見たものだから、コーヒーのことは詳しく思い出せなかった。あまり気は進まないが、あの映像を何度か見直す必要があるかもしれない。

机の引き出しを開く。映像で二重底になっていた部分だ。引き出しの下の板に手をやる。触ってみると、手前のあたりに小さな穴が空けられているのが分かった。

机の上から鉛筆を取って、穴の中に差し込んだ。底が持ち上がっていき、中が露わになる。中身は空だった。

「ここには何か入っていたのでしょうか？」

「何もありませんでしたね。収穫ゼロです」

俺は机の上から鉛筆をもう一本取って、引き出しの下に潜り込ませた。左手で差し込んだ方の鉛筆を動かして、蓋を元の位置に戻す。持ち上げないギリギリの長さまで突き入れると、その位置で印をつけた。定規を探し出して鉛筆の印にあてがう。

「高さ三センチってところですかね。香島君、問題の映像が記録されていた水晶のサイズは分かるかい？」

「三分の記録が出来るものですから、直径三センチ程度になります。あとでもう一度正確に計測させましょうか」

「念のためにお願いするよ。でも、水晶の大きさと符合する以上、石神赤司さんがこの隠しスペースに水晶を隠していたのは、まず間違いないだろうね」

その水晶を取り出そうとしている時に襲われ、水晶は床に転がった。かくして、空の引き出しが残されることになった。

引き出しにこれ以上の手掛かりはなさそうだ。

東側の壁に、大きな窓がある。あの映像の起点となっていた窓、石神赤司が殺された日、月蝕を眺めていた窓だ。窓から外を見ると、木が伐採されていて見晴らしが良かった。二か月前に建物増設のため切ったと香島が言っていた。景観にも関係があるのかもしれない。

ふと、遠くの方に、黒くなった地面が広がっているのが見えた。一か月ほど前に、物見櫓が焼ける火事があったというのを思い出す。あそこが、櫓のあった場所なのだろうか。

「あの映像を崩すには、なんらかの矛盾を見つけるほかない」

俺は香島と高峰にそう切り出した。

「一つ一つ行きましょう。冒頭、映像ではこの窓から石神赤司さんが月蝕を見つめている。当時の月蝕の状況はどうだったのだろうか？　この窓から見ることが出来たのですか？」

高峰はタブレット端末を操作しながら言う。

「二〇一八年一月三十一日。皆既食の開始は二十一時五十二分、終了が二十三時九分。で、映像に映っているのは、最大食の時の月になる。この最大食の時刻が二十二時三十分で、月が出ているのは東南東から南東の方角でした。これは〈大星詠師の間〉の窓の向きと一致しています。

ついでに言えば、その時の月の高度を基にして、石神赤司さんの死亡時の身長でこの部屋から見上げた時の角度も計算済みです。そして、矛盾はありませんでした」

「抜かりないですね」

「雲の状況も問題なし。当日は未笠木村も寒波に襲われていた時期だったのですが、未笠木村の上空ではくっきり見えました」

「映像解析班ってのはそこまでやるのか」

「当然。それに、天体現象はうちの仕事でもよく使うから慣れているの。時間の特定とか、季節の特定とかに役立つ大きな手掛かりの一つですから。今回みたいに珍しい天体現象があれば仕事はよりやりやすくなりますね」

「へえ、大したものですね」

前に聞いた顔年齢の推定も仕事の一つにあたるのだろう。

「見えた未来がいつ来るか分かりませんじゃ、役に立たないことも多いですから」そう答えてメガネを押し上げる高峰の表情は少し誇らしげだ。「映像に映っている全てのものを手掛かりにして、その推定を支える屋台骨が、私の仕事ってわけ。植物やモノだって、生育や傷のつき方から分かることが多いの」

「よし、じゃあ次は、その『モノ』について話をしましょうか。

映像は月蝕の月を離れ、この〈大星詠師の間〉の家具を映しながら、机に向かっていく。

これらの家具について、この部屋のものではないと考える根拠は何かありませんか？」

「というと？」

「同じ種類の家具と同じ広さの部屋を用意してくれれば、別の場所でもあの映像と同じものが『作れた』かもしれないでしょう？」

高峰は口笛を吹いた。

「獅堂さんって結構面白いこと考えるんですね。うちに向いてるかもよ」と言って笑いながら、首を横に振った。「でも、残念ながらその線はありません。第一に、家具の経年劣化の状態が一致しています。あの部屋の家具は、四年前に全部買い替えたらしくてね。家具の状態も一つ一つ確認したんだけど、年数との矛盾は見当たらなかった。特殊な傷がついていることもありませんでした。第二に、〈星詠会〉本部内にはこれと同じ広さの部屋は今は存在しません。〈大星詠師〉用に少し大きな部屋になっている、というわけです。最後に、これが一番の根拠になりますが、この部屋の絨毯は世界に一点ものの超貴重品なんですね。紫香楽一成前所長が、フランスの職人にオーダーメイドで作らせたもの、と聞いております」

そんなに良いものなのか？　と思ったが、確かに四辺を彩る紋様は特徴的だった。とは言え、四辺とも同じデザインなので、どうもオーダーメイドの高級品というほど、手がかかっているようには見えない。

「つまり、家具は全てこの部屋のもので間違いない、というわけですね……。それにしても、映像解析班っていうのは家具の来歴まで調べ上げるのですか？　大変なお仕事ですね」

「まさか」高峰は肩をすくめた。「計算はこっちで受け持つけれど、こういう事務的な調査業務は他のチームに専門の担当者がいる。だからまあ、家具についてはこっちから仕事を投げたってわけです」

意外に分担のしっかりした組織らしい。

「ところで、四年前に全部買い替えたというのは……一体なぜなんだろうか？　一部ならともかく、全部というなら、それなりの理由があるのだと思いますが」

刑事の勘が不自然であると囁《ささや》いていた。考え付く理由は、引っ越しなどによる移転に伴った買い替えだ。

「四年前のクリスマスの事件が原因でした。私が〈星詠会〉に来た直後だから、よく覚えていますが……」

「来た時期と一致しているなんて、随分怪しいですね」

「はは。私、犯人にされちゃうのかな」高峰は俺の台詞《せりふ》を笑って受け流して続ける。「そのクリスマスの日に、以前の〈大星詠師の間〉でボヤ騒ぎがあったんです。壁に飾り付けてた、リースやらリボンやら、色んな飾りに火がついて。幸い、建物まで燃え広がらずに済んだのですが、以前の〈大星詠師の間〉の壁には黒い焦げ跡が残って、家具も一部が焼けたり、そうでなくても煤《すす》けたりしてしまって……。それで、〈大星詠師の間〉は今の位置に移転して、家具もそっくり揃え直した、ということです。黒焦げになった以前の部屋はもう使われていませんね」

「もしかして」俺はこの建物の図面を見た時のことを思い出していた。「二階の建物の図面、その南東の端の部屋に×が書かれていましたが、あの部屋が以前の〈大星詠師の間〉の位置？」

「さすが観察が鋭い」高峰は呆れたように肩をすくめた。「じゃ、獅堂さんが欲しいであろう情報を教えてあげようか。以前の部屋の広さはこの部屋と全く同じ。それに、窓の数も位置も一致しています」

「じゃあ――」

「ところが、お生憎《あいにく》様。部屋の中はすっかり煤けちゃって原形を留めてないの。さながら『黒い部屋』ってところですね。もし『水晶に映った現場』が以前の部屋だったとすれば、映像解析なんてしなくても、一目で矛盾してることが分かったはずです。誤魔化しようがないほどひどい有様ですから」

「そうか……」

「それにしても、ボヤ騒ぎがあったのに、絨毯は無事だったのですね……不思議です」

香島がもっともな疑問を口にすると、高峰は大きく頷いた。

「ボヤ騒ぎがあった時にはちょうどクリーニングに出してたって話だったかな。クリスマスパーティーを前に綺麗にしておきたいとかで」

ともあれ、ボヤ騒ぎによって、見せかけトリックに使えそうな部屋は潰されてしまったわけだ。しかし、俺は諦めずにこの可能性を蒸し返す。

「でも、絨毯ごと外に持ち出せば、同じ広さの部屋は確保できるんじゃないか」

「案外しつこいですね」高峰は苦笑する。「そんなこと、部屋の主である赤司さんに気付かれずにどうやるって言うんです？」

「それに、いくら部屋を取り換えましても、師匠が映っている事実は変わらないと言いますか……」

香島がそう言って萎《しお》れてしまった。

「そこも弁護してあげられないですね、技術屋としては」高峰が首を振ると、後ろに束ねた長い髪も揺れた。「もう聞いたかもしれませんが、映像に映っていた男の顔は、真維那さんのものと九割方一致しています。あのマフラーと髪の毛が邪魔で、九割ってところですが」

「……ちなみに、映像に映っているのは本物の人間ってことでいいんですよね」

「ん？　どういう意味？」

「いや、例えば石神赤司さんの見た幻覚であるという可能性はないのか、ってことですよ。赤司さんは、月蝕の夜に、真維那さんに殺されるという強迫観念を抱いていたのでしょう？水晶で未来を見て自分の死を覚悟していただろうし、真維那さんに対する著しい拒絶反応からも、それは分かる。そうすると、目の前に現れた別の男を、真維那さんと脳が錯覚したということもあり得るかもしれないでしょう？　もちろん、そうした幻覚も水晶が読み取れるのなら、の話ですが」

高峰は大きく二度、三度と頷いてから、「獅堂さんすごいですね。まるで私たちの三十年余りの研究成果を駆け足で辿ってるみたい」と満足げに言った。

「ご質問の点ですが、残念ながらその線もあり得ません。水晶には目で見たありのままの光景が記録されるの。これは、後年アルコール依存症が原因で幻覚を見るようになった、とある〈星詠師〉の実例から分かったこと。二つの目でものを見て、世界を知覚し、二つの目の視座から脳が立体映像として構成する――まさにこの瞬間で水晶は記録を行っている。つまりカメラと同じと思ってもらって構いません。人間の空想にしか存在しないものは映さない、ということですね」

「要するに、映像に映っているのは石神真維那さんか、石神真維那さんに限りなく似ている男」

「ええ、そうなりますね。限りなく似ている方が、都合よく存在するなら、の話ですが」

高峰は爽やかな笑みを浮かべてみせる。

「ところで、その男がマフラーをしていた理由は分かっているのですか？」

「真維那さんはその点、何も証言はしていないみたい」

「当たり前です！　師匠は犯人ではないのですから……」

「気持ちは分かるけど、ね」香島に気遣わしげな笑みを見せてから、高峰が言う。「つまるところ、マフラーを巻いていた理由は、屋内が寒かったからとか、そんなものだったかもしれませんね。一月末の夜に窓を開けていたわけだし」

「そんないい加減な」

後で真維那に確かめておくべきだろうか？　しかし、映像の中の男がマフラーをしていたことには、何か別の理由がある気がする。

「疑っていることが実はもう一つあります。……いえ、これが核心と言ってもいいかもしれません」

「何？」

「映像を見ている人物――つまり問題の水晶の記録を行った〈星詠師〉は本当に石神赤司さんなのですか？」

高峰がぴたりと動きを止めて、信じられないものでも見るような眼で俺のことを見つめた。

「獅堂さんって本当に面白いですねえ。私もこの仕事続けてるうちに、頭が硬くなっちゃったんですかね？」

　彼女はくすくすと鈴を転がすような笑い声を立てていた。

「まだ水晶の予知を完璧に信じていないからこその発想なのかもしれない」と俺は譲歩した。

「ま、疑《うたぐ》り深いだけですよ」

「私も段々闘志が湧いてきました」

　高峰は肩を回してから、タブレットを素早く操作し、映像を呼び出した。

「さあ、獅堂さんはなぜ、この映像の〈星眼〉の持ち主は別の人物だと考えたのか――その根拠を挙げてみてください！　さあ、さあ！」

　高峰の熱気にたじろいでしまうが、負けてはいられなかった。

「第一に、〈星詠師〉は映像の中の視点人物だからもちろんではありますが、顔が映っていません。とすれば、石神赤司さん以外の人物が〈星眼〉を通して見た光景と考えても差し支えないでしょう。

　第二に、〈星眼〉の持ち主に対して『真維那などと呼ばれたくはない』と発していること。これは親に向ける言葉ではないでしょう」

「うん、うん。第一の点ですが、〈星眼〉の持ち主は通常顔が映りません。ですから『映っていないから別人』というだけでは、我々解析班にとっても少々酷な理屈ですね」

　俺は肩をすくめてみせた。

「もちろん、映像中の鏡や水面に顔が映った場合には、〈星眼〉の持ち主本人の顔が確認できるわけですが、〈大星詠師の間〉には鏡がないから、ないものねだりをしてもこの点は仕方ありません。今回の場合、コーヒーの入ったグラスの中身でも覗き込んでくれたら手掛かりが生まれたかもしれないですが、銃を突き付けられながらコーヒーを飲むでもないでしょう。

ですが、この点、私は別の観点から気になっていたんです。つまり、この映像には手が映っていない」

「手？　それは一体……？」

高峰は動画の再生を始めた。俺と香島は手が映っていないかどうか確認しながら、高峰の話を聞く恰好になった。

「獅堂さんは一成前所長と青砥・赤司兄弟の出会いのエピソードを聞いていますか？　……うん、その様子だと大丈夫そうですね。あの話の中でも、赤司さんが指に巻いていた絆創膏、というのが出てきましたよね？　あんな風に、映像に〈星詠師〉自身の手が映ることはままあります。ものを書く、パソコンを操作する、食事する――自分の前方でいかなる作業をするにせよ、自分の視界に手は入ってくるものです。それが手掛かりになることが結構多いのです」

「というと？」

「まず、手そのものからおおよその年齢が分かることがあります。肌や皺から推測できるのです。次に、これは映像に映っている他の人物にもあてはまることだけど、指紋から身元を特定できてしまうことがあります」

「指紋だって？」

「ＳＮＳにアップされたピースサインの写真から指紋を抽出されちゃって、指紋認証を突破されるっていう事件、聞いたことありませんか？　言ってみれば、あれと同じことをするのです。

今回のケースだと、赤司さんが一度でも自分の手の平を見ていれば、そこから指紋のデータを取り出せたのです。あとは赤司さんの指紋を採取して照合すれば、水晶に予知をした〈星詠師〉が石神赤司に間違いないことが確定していた……」

俺はそう言われて、高峰の手からタブレットをもぎ取り、もう一度頭から映像を再生してみた。拳銃が発砲されるシーンでズキリと頭が痛んだが、もがき苦しんだ状態で手が映り込むかもしれないと思うと、画面から目を離せなかった。

「……ううん。今まで意識してもみなかったですが、確かに映っていませんね」

「椅子を引く時は視線より背後に手を引いています。引き出しの二重底を上げる瞬間ですら、引き出された部分に隠されて、赤司さんの手は全く映っておりません。次の瞬間には、男が現れて、一度も映らないうちに映像が終わる。ジ・エンド」

「いや、ここまで映らないなんておかしい。そこに何かの作為を感じませんか？〈星詠会〉の内部にいる人間が偽装映像を作ろうと企んだなら、君が今言った指紋検出の危険も織り込んで、指を映さない映像を作り上げるでしょう。違いますか？」

「なかなか諦めないですね」

「当たり前です」俺は背後に控える香島のことを思いながら切り込んだ。「犯人の男が入室してからでさえ、一度も手が映っていないというのはおかしい。指をさすとか抵抗するとか、いくらでも手を動かすタイミングはあったはずです」

「ところが、作為はないと考えられるのです。いわば、〈星詠師〉が自分の置かれた状況に従った結果、自然と手が映らなかった、と」

「それはなぜだ？」

「ホールドアップ」

「は？」

高峰は指で拳銃の形を作り、俺の顔に真正面から向けた。先ほど見た映像や、あの射殺事件の情景が脳裏に蘇り、鋭い痛みがこめかみに走った。

「ああ……なるほど」香島は律儀に顔の脇に両手を上げていた。「獅堂さん、これはやってみた方が早いと思われます」

「獅堂さんと私の身長差だと、実際に椅子に座ってもらった方が話が早いですね」

俺は高峰に追い立てられて、現場の椅子に腰かけることになった。机を挟んで、正面に高峰が立ち、拳銃を擬した指を突き付ける。まさに映像の中の〈星詠師〉が置かれていたのと全く同じ状況だ。

俺は両手を上げた。

「今、獅堂さんは仰角で私のことを見上げる形になっていますよね。拳銃を向けてくる相手を注視するんだから、そうなるのは当然。そして、そのまま両手を上げると、両手は視界の端に来る」

「ええ。目を左右に動かせば見えるが、拳銃を突き付けられてるんだからそんな余裕もない」

「そう。手が映らないわけが分かりました？」

高峰は自慢気な笑みを浮かべた。

「もちろん」俺も負けじと笑顔を返した。「だが、そうなってくると、ますます分からないことがありますよ。結局、映像内の〈星詠師〉が石神赤司さんであるという推定は何によって支えられているのです？」

「第一に、この水晶を赤司さんが持っていたという事実。第二に、〈大星詠師の間〉での映像が記録され、事件が起こっていることから、その人物は〈大星詠師の間〉を使っている赤司さん本人である可能性が高いこと。第三に、引き出しに仕掛けられた二重底という、私たちも知らなかった事実を映像内の〈星詠師〉が知っていること」

逆に言えば、それだけこの推定には脆《もろ》さもあるということになる。

「今希望を見つけたような顔をしたけど、どうしてもあの映像に矛盾を見つけたいなら、映像内の〈星詠師〉だけじゃなくて、真維那さんの顔のことや月蝕、その他諸々の映像に映っているもの全てについて、一貫した説明をつけられなきゃダメですからね」

「推理の基本まで教えていただいて、ご親切にどうも」

高峰は肩をすぼめてみせた。

「あ、そうでした。最後に、当日の〈大星詠師の間〉への出入り記録を渡しておきますね」

「出入り記録？　……そうか。〈大星詠師の間〉の扉は電子ロックだから記録が残るのか」

「そういうこと。カードキーを使うと、入室した記録とＩＤが残るようになってます。警察の捜査の時にＩＤが誰かも調べて渡したので……」

「なるほど。その情報を流してくれるってわけだな」

「うん、話が早い」

高峰はウィンクしてから、タブレットに資料を表示した。本来の記録は全てＩＤで残るようだが、今の説明通り、高峰の手であらかじめ名前に置き換えてある。

さすが電子ロックだけあって、分単位で記録が残っている。

〈大星詠師の間〉入室記録　２０１８／１／31

八時二分　石神赤司
九時五分　石神仁美
十一時五十五分　中野《なかの》（アルバイト職員）
十二時半　鵜津一郎
十三時十二分　手島臣
十四時三十六分　石神赤司
十五時　中野
十五時十二分　美田園《みたぞの》（石神家の家政婦）
十五時二十八分　石神仁美、美田園
十六時三十一分　石神真維那
十八時二十七分　千葉冬樹
二十時五分　石神赤司
二十二時三十一分　中野
二十三時二十六分　中野

十六時半頃に真維那の入室記録がある。赤司に突き飛ばされた一件はこの時のものだろう。

何よりも目を引くのは、凶行時点——二十二時半前後の入室記録である。

「この中野さんというのはどなたですか？」

「うちで雇っていたアルバイトの女性職員」

「どこに行けば会え——」俺はハッとした。「雇って『いた』？」

「そう。よりにもよって、事件当日にクビになったんですよ」

「クビって、一体どうしてそんなことに？」

「さあ」高峰は呆れたようにため息をついた。「これが詳しいことはさっぱりなんです。赤司さんに失礼を働いたから、と聞きましたが、一体どんな出来事があったかは分からずじまい。赤司さんも中野も言いたがらなかったようで、中野は事件の日の十八時には、荷物をまとめて未笠木村を出たと聞いています」

「じゃあ、このカードキーの記録——二十二時三十一分と二十三時二十六分に残っている、中野さんの記録は、彼女本人ではないってことか？」

「そういうことになりますね。犯人は中野が出ていってからそのカードキーを奪っておいて、現場への侵入に利用したわけです」

「中野さんがクビになったのも、犯人の策略ってことですか？」

「まさか。それだと赤司さん本人が企んだ、ってことになっちゃいますよ。中野の一件がなければ、他の人間のカードキーを奪ったまでじゃないですかね。他の〈星詠師〉の部屋にはロックなどかけられていませんから、不用心な職員のものなら比較的容易に入手できるでしょうし」

まるで一度考えたことがあるとでも言うように高峰が言った。

もちろん、中野がクビになった原因が、犯人の支配によって起こし得るものであるなら、高峰の主張は崩れるわけだが、今はそれだけの材料もない。クビの原因を知っている人間から聞き出す方が先だろう。

「二十三時二十六分の記録は、犯人が現場に何かを取りに戻った、ということだろうか」

「恐らくは。獅堂さんが指摘していた、赤司さんの手に発射残渣を残す件もありますしね。用事を思い出して戻ってきたんでしょう」

「ふむ。ところでこれ、退室記録は残らないのですか？」

「出るのには鍵がいらないですから。記録は残らないのです。記録を読み返してみれば、赤司さん自身、何度も入室しているのがお分かりになるかと」

俺は頷いてから、高峰にこの記録のプリントアウトを頼んだ。

退室記録は残らない。裏を返せば、赤司は二十時五分に入室して以降、部屋を出ていないことになる。死体が〈大星詠師の間〉で発見されているのだから、これは当然の帰結である。

十五時二十八分に、石神仁美と美田園の記録が両方残っているのは、部屋の電子ロックが一人一人開けるものであることを示唆している。赤司が一度外に出たとしても、誰かに付き添って入る方法は使えないのだ。

いや、死体になった後に運び入れるなら、もう一度入室も可能かもしれない。考えを進めてみたが、やはり壁に突き当たる。後から運び入れたなら、現場に残された血痕とどこかしらに矛盾が生じてしまうだろう。血痕の飛び散り方、形状は、予知映像で映っていた通りの状況で犯人が発砲したものによると考えて相違ないものだった。血液の凝固が始まった死体を運び入れても、ここまで見事な偽装は行えないだろう。

やはり、石神赤司はここで殺されたのだ。

「〈大星詠師の間〉で調べられることはこのくらいですかね。じゃあ次は第一発見者に話を聞きに行こうか……」

「あっ、じゃあ僕、仁美さんに連絡を取ってみます」

香島が部屋を飛び出していった。電話でも取りに行ったのだろうか。

ふう、と高峰が長い息をついた。

「次は仁美さん、か」

「被害者の妻でもあるわけですし、やはり話は聞いておかないと」

「……ま、話になればいいですけどね」

「そんなに気難しい人なんですか？　先ほど紫香楽さんも強い反応を示しておられたようですが……」

強い反応。我ながら控えめすぎる言い方だった。

——必要ないと言っているだろう！

「気難しい……というか、ね。なんて言ったらいいのか」高峰は視線を宙にさまよわせた。

「人を惑わせるようなところがあるんですよ、あの人は」

「惑わせる？　というと……」

「ま、想像されるような意味もあるかもしれませんね」

高峰は冗談めかして肩をすくめた。

「昔、色々あったらしいんです。私はここに四年くらいいるだけなので詳しくは知らないのですが、度々問題を起こされていたようで」高峰は咳払いした。「まあ、仁美さんは赤司さんと大学時代に出会われて、交際に至ったということで、付き合いも長いのです」

「それだけ長い付き合いなら、問題の一つや二つ起ころう……ということですか？」

「ええ、まさしく。ですが、長さだけでは説明できない問題なのです。なにせ、ある時から、紫香楽所長が〈星詠会〉本部への立ち入りを制限するようになったほどで」

「そんなにですか？」

俺は思わず面食らった。高峰は曖昧に微笑んでみせた。組織のトップの人間の妻が組織から締め出しを食らう——どれほどの恨みを買っているというのだろう？

「……あれ。でも、死体の第一発見者は奥さんだったんでしょう？　それなら、制限されているというのはどうにも」

「もちろん、組織のトップの妻ですからね。立ち入りを制限すると言っても限度がありますよ。本部近くの未笠木村の一角に住居も構えていますし、用事があれば会いに来ます。赤司さんの秘書として本部に勤めていた時期もあったそうですから、確かに、その頃よりは本部に立ち入る回数は減っているでしょうね」

「ふうむ。だが、そうなってくると、夫亡き今赤司夫人の立場は――」

「まあ、あまり言いたくないんですけどね」高峰はため息をついた。「これを機に村から追い出してしまおう、という声もありました。息子の真維那さんがそれでも庇っていたのですが、今回の一件で容疑者として捕らえられて、いよいよ肩身が狭くなっているようですね」

高峰は目を伏せた。

「背中を丸めて、人の視線から逃げるようにかつての職場にやって来る仁美さんを見ると――やりきれなくなることがあります」

それほどの責め苦を負うほどの何かが、過去にあったというのだろうか。話を聞けば聞くほど、仁美夫人という女性が分からなくなってくる。紫香楽からは蛇蝎《だかつ》のごとく嫌われ、息子からは愛情と共に憐れまれている女性。「人を惑わせるようなところがある」という言葉が脳裏をよぎった。

では、赤司本人にはどう思われていたのだろう？

俺の思索を切断するように、高峰の声が聞こえてきた。

「獅堂さんも大変なことに巻き込まれちゃいましたね」

「どのみち休暇中でしたし、問題ありませんよ」

「ダメですよ。休暇ならしっかり休まないと」

「どうやら俺の好奇心は病気らしい」俺は肩をすぼめてみせた。「それに、あの子の熱意にあてられたせいでもありますよ」

「あー、香島君、ね。すごいですよね、ほんと」

「あんなにまで真維那さんにこだわるのには、何か理由があるのですか？　あと、あんなに小さい子供に秘書をさせてるなんて、親御さんは一体どういう……」

高峰は頰を掻きながら困ったように目をそむけていたが、やがて「まあ、本人からは話しづらいかもね」と言って向き直る。

「香島君は未笠木村で生まれた子供なんです。両親は当時十八歳同士のカップルでした。二人の家は出産に猛反対だったんだけど、結局、母親は産んだ。ここからがひどいのですが、男の方は生まれる直前に行方をくらましてしまったのです。母親は頑張って女手一つで育てようとしましたが、実家からも勘当されて、心労もひどかったようで。若いのに病気でお亡くなりになった、と。まだ香島君が三歳にもならない頃でした。

母親は死ぬ前に、香島君の眠るベッドに、〈星詠会〉が渡したテスト用の水晶を入れておいたと言います。せめてもの贈り物——と考えていたのかもしれませんね。そしたら、その水晶に鮮明な予知が記録されたから、当時の〈星詠会〉の人たちが、優秀な〈星詠師〉になる見込みがあると引き取ったのです。虹彩は二歳児までの眼球の動かし方が『模様』となって刻まれるものなのですが、香島君の虹彩を三歳時に確認した記録に、鮮明な星形の紋様が現れていました。母親が亡くなった後は、香島君は母親の実家に預けられていたのですが、手元に幼い子供だけ残されて、どうしていいか分からなくなっていたのかもしれません。快く引き渡してくれたという話ですよ」

事務的な報告は終えたとばかりに間を置いてから、高峰はにじむような声で呟いた。

「ひどい話だと思いますけどね」

あまりに凄絶なエピソードに、俺は言葉を失っていた。

「で、香島君は〈星詠会〉本部の中に臨時で作られた育児室で育てられた。石神家の家政婦に美田園という人がいるのですが、その人が当時は乳母をやっていたそうです。その頃から香島君を可愛がっていたのが、真維那さん。十八歳の頃だと思うから、お兄ちゃんが弟を可愛がるみたいなものですよ。それで、香島君の方も物心つく頃にはすっかり真維那さんに懐いて、自分から真維那さんの『弟子』になることを志願した、ってことです。小中学校にもちゃんと通いながら、真維那さんをサポートするのに必要なスキルもスポンジみたいに吸収しているっていうんですから、本当はたくましい子なんですよ」

「……それほどまでに信頼している男が殺人犯だったら、そりゃ、やりきれないでしょうね」

「はい。ちょっと下品な言葉を遣わせていただければ」高峰は鼻から息を吐いた。「一から十まで胸糞《むなくそ》悪い事件なんですよ」

高峰は自分の言葉に自分で怒ったかのように、体を震わせた。胃の中に溜まった重いものは未だに残っているが、快活な口ぶりで言いきってくれたので、俺はほんの少しだけ楽になった気がした。

「香島君が小学校に入学する頃には、里親も無事に見つかりました。きちんと養子縁組も結んで、未笠木村の家庭に引き取られています」

「そうですか。そう聞いて安心しましたよ」

聞けば聞くほど、〈星詠会〉に対する最初の偏見が取り除かれていき、必要な手続き等は堅実に着実に踏んでいる組織であることが分かってくる。

こうしてじっくり話を聞いてみると、他のことにも興味が移ってきた。つまり、目の前の女性のことに。

「すると、あなたはどうなのでしょう？　どうして〈星詠会〉でこんなに熱心に研究をなさっているのですか？」

「え、私の話？」高峰は目を丸くした。「私、ねぇ。そうだなあ、何を話せば求める答えになるのか分かりませんが……私は、大学を出た後すぐに紫香楽電機に就職しました。そして、紫香楽所長に直接声をかけていただいて、この研究所に異動しました。……実質において、スカウトに近いですかね」

「引き抜きってことだな」

「ええ。そして私自身、大いに興味を惹かれてここにやって来ました。もちろん、本社に残って出来ることも面白そうだったのですが、こっちにもっと惹かれちゃったんですよ。だって、他人に見えているものをそのまま覗けるなんて、こんなこと、滅多にありません」

高峰はうっとりしたような表情を浮かべた。

「他人に見えているもの……？」

「その通りです。自分に見えている世界と他人に見えている世界が違うかもしれないと、考えたことはありませんか？　今獅堂さんが見ている私の服の白と、私が思う白は別の色かもしれない」

「哲学の講義は嫌いなんだ」

「ふふ」高峰は口元に手を当てて笑った。「まあ、水晶が映すものはそこまで極端に違わないのですけどね。さっきも説明した通り、カメラと同じように見たものを切り取るだけですから。それでも、これが色々と雄弁に語るのです。視線の動かし方一つとっても、その人の個性が出ます。カメラのフレームに目の前の風景をいかに収めるか、そこにカメラマンの個性が出るのと同じようなものです。

何気なく道を歩いている未来でも、足元を見て黙々と歩いている人もいれば、草花を見てあちこちに視線をやる人もいる。感情が記録されているような気になることだってありますよ。昔、とある〈星詠師〉の出産の時の映像が記録されたことがあったんです。赤ん坊を見つめているその〈星詠師〉の目線は、見てるこっちまで温かくなるような、安堵と幸福に満ち溢れているような気がしましたよ」

もちろん、と高峰は続けた。

「綺麗なことばかりじゃありません。明らかな悪意を映像から読み取ってしまうこともあります。でもそれも含めて、他人は世界をこんな風に見ているのか、と知ることが、私には面白くて面白くてたまらないのです!」

研究一筋という言葉が似合う目の煌《きらめ》きだった。俺は心の中で自分に問う。では、そんな彼女が、自分の『理』を守るために殺人に手を染めることは、あり得るだろうか?

彼女は目を伏せる。

「でもまあ、赤司さんの映像みたいなのは、気分のいいもんじゃありませんよ。赤司さん自身の恐怖があそこに刻み込まれていて、自分が何度も殺されてる感じがする」

「研究者にしては感じやすすぎますね」

「あら? 繊細と言ってほしいですね」

高峰は得意げに薄い胸を張った。

考えすぎ、なのかもしれない。俺は少し安心していた。〈星詠会〉にどことなく漂う宗教色や、トップの紫香楽淳也の性格から、どこか気色の悪いものを覚えていたが、現場の人間はもう少しまともで、面白い人間たちであると感じることが出来たからだ。

「あーあ、あらたまって自分の話するなんて、疲れちゃいましたよ。それで？　聞きたいことはこれで終わりました？」

「ああ、ひとまずは。感謝します」

二人で部屋を出ると、どこかで同じ景色を見たわけではないのに、妙な既視感があった。隣に立っている高峰を見て、ようやく既視感の正体に思い至る。先ほど、地下室で手島臣の秘書に見せてもらった、彼の予知映像。その中には、〈大星詠師の間〉から出てくる俺と高峰の姿が映っていたのだ。

廊下に目をやると、手島が大きく肩を揺らしながらずんずんと歩いてきた。あれくらい激しい動き方で歩けば、たしかに視線は上下に揺れるだろう。

彼は俺の目の前に立って、何か難詰するような口調で言う。

「き、君たち、一体そこで何をしていたんだね？」

「何って、捜査ですが……」

「それは分かっている！　なぜ二人きりだったのかと聞いているんだ！　あの少年はどこへ

行ったのか！」

「なるほど、こう言っていたのか」

「何？」

背後から、「何かありましたか！」という香島の声が聞こえた。電話での連絡が終わって、騒ぎを聞きつけて戻って来たらしい。

そこまでの成り行きと、水晶からのデータで見た映像、そして高峰に聞いた話で、全てが緩やかに繋がってきた。俺は自分の口元が、映像で見たようなあの「気色悪いニヤニヤ笑い」になっていくのを堪えきれなかった。

水晶の映像は、最初に扉から出てきた高峰瑞希を捉え、俺を難詰しながらもチラチラと彼女を見ていた。こうして目の前で他人の顔を見ているより、水晶の映像は何よりも雄弁に自分の感情を語ってしまう。高峰の言う通りだ。

「なんだ——何がおかしい」

「いや、『じきに〈星詠会〉のトップになる男』様も大変だなと思っただけですよ。何かとお察ししますよ」

口角から唾を飛ばして俺を問い詰める手島を置いて、「さあ香島君、行こうか」とその場を後にした。

高峰という自らの好奇心にまっすぐな女性に出会ったことが、俺の気持ちを少しずつ和らげていた。妙な成り行きではあるが、俺はあの水晶の力というものを、段々と信じ始めたようだ。

「なあ高峰さん」俺の顔には、まだあの予知映像で見た気色の悪いニヤニヤ笑いが貼り付いているはずだ。「視線というのは、本当に雄弁なものですね？」

十　獅堂由紀夫　二〇一八年

手島が気性荒く息巻いているので、急ぎその場を離れて〈星詠会〉本部の一階に下りてくる。

その廊下で香島から石神仁美との連絡の成果を報告してもらうと、返ってきたのは意外な答えだった。

「仁美さんと連絡がつかないんです」

「どういうことだ？」

「はい……。ご自宅にはいらっしゃるようなのですが、電話には出てくれないのです。今日は家政婦さんもお昼で上がっているようで……」

香島はまるで自分が責められているように丸くなってしまう。俺は特段きつい言い方をした意識はなかったのだが。

「連絡がつかない、と言っても、何か有事だというわけではなさそうなんだな？」

「はい……午前中に師匠との面会に来られていますし、家政婦さんに電話をしたら、お昼まではお元気だったとおっしゃっていました。ですので、多分……シアタールームに籠っているのでしょう、と」

「へえ。家の中に大層なものがあるんだね」

「赤司さんも仁美さんも、映画鑑賞が趣味ですので……ご自宅に映画のコレクションを持っていて、休みの日には一緒に映画を見に出かけることも多かったようです」

見えてくるのは幸運にも趣味が一致した一組の夫婦の姿である。今までに聞いていた話とは随分違う像だ。それとも、趣味が同じだからこそ、諍《いさか》いも多かったということだろうか？

「シアタールーム内には電話がありませんし、奥様は映画を見る時は携帯を部屋に持ち込まないのです」

「とすると、直接乗り込む以外にはないみたいだね」

「はい……」

香島は明らかに尻込みしているようだ。どうやら香島は仁美夫人のことが少し苦手らしい。

「どうなさいましたか。そんなに香島君をいじめて」

廊下の向こうから千葉がやって来た。手元には分厚い資料を抱えている。隣には鵜がおり、俺の顔を見ると小さく目礼した。

「いじめているわけではありませんよ」俺は両手をひらひらさせた。「石神仁美さんと連絡が取れない、ということなので、事情を尋ねていただけです」

「ああ。よくあることですよ。シアタールームに籠るとてんで連絡がつかなくなってしまうものですから」

千葉は肩をすくめてみせるが、その呆れたような物言いには強い憎しみの感情は現れていなかった。

「やはりそうなのですね」俺は白々しく思われないよう、真に迫った声を心掛けた。「いやあ、そんな方ですと色々と大変でしょう。急ぎの用事がある時に、連絡がつきません、というのでは……少々自分勝手と言いますか」

「いえ、そうでもありません。私は三十年来の付き合いになりまして、彼女は昔は組織の職員として赤司さんのお傍におりましたが、身を引いてからは職員ではないわけですからね。いわば社員の――社長に近い地位のお方ですが――奥さんであるというだけです。よほどのことでない限り、突然お呼び立てする筋もないというものです。であれば、余暇を趣味に没頭して何も悪いところなどありませんよ」

千葉の言い分は至極理に適っており、口調も努めて冷静であった。俺の言葉にムキになって言い返したというわけではあるまい。ということは、今ようやく、仁美夫人に対するニュートラルな意見を聞いた、ということなのだろうか。

鶇は俺たちの顔をじっと見つめていたが、メモ帳を取り出しボールペンで書きつけ始めた。鶇はメモを破り取って俺に手渡す。立ったまま書いたにしては読みやすい字だった。

『仁美さんは職員だった時はテキパキした人でなおかつ魅力的だった。赤司さんとも深く愛し合っておられた』

俺がメモを読み終えたのを見て取ると、鶇は気恥ずかしそうに微笑んでみせた。

千葉と鶇はかなり古くからの職員だと聞く。その二人がこの反応を示しているということは、やはりひとえに紫香楽淳也の個人的恨みが根強いのだろうか？

二人に礼を言ってから俺の思考はしばらく堂々巡りを続けていた。だが、鶇にもらったメモに二枚目があることに気が付くと、にわかに興奮が体を上ってきた。

『だが、奥様が深く愛していたのは赤司さんだけではなかった。それが彼女の問題でした』

二枚目のメモは香島には見せないようにしてポケットに仕舞い込んだ。子供に見せるような内容ではなかった。

「香島君。もし奥さんに連絡がつかないというのなら、先に家政婦さんに話を聞いてみようと思うのだけれど、どうだろう」

「そうですね。美田園さんの自宅も未笠木村の中にありますから、いずれにしても本部を出ましょう」

本部から未笠木村の村落までは歩いて五分とかからない距離にあった。聞けば、東京の本社から〈星詠会〉本部まで研究に来ている職員の多くは、未笠木村内にある社員寮に住んでいるという。石神家や紫香楽淳也など、その土地と長い付き合いを持っている重役たちはこちらに住居を持っているらしい。

「未笠木村の住人は〈星詠会〉のことを知っているんだよね？」

「社外秘の取り扱いとはいえ、それなりの大きさの組織ですから、地元の方の了解を得ながら事業を進めています。未来を見る……という核心部分については明言していませんが、鷺姫の伝承と結びつける住人もいる、というところでしょうか」

〈星詠会〉本部のあった平地からやや低まったところに、村落があった。斜面を利用して建てられた民家が並び、その東側の方にやや異質なアパートが建てられていて、これが社員寮らしい。〈星詠会〉本部と同様、森を切り開いて造成したと見える。

香島に連れられ、村落の一角にぽつんと構えた小さな一軒家に案内された。

「ごめんくださーい。美田園さん、いらっしゃいますかー」

香島は口元に両手を当てて拡声器のようにすると、間延びした声で呼びかけた。

木製の引き戸の向こうから、「はい、はい、はい」という大きな声と、ドタドタという足音が矢継ぎ早に聞こえてきた。戸をガラッと勢いよく開けたのは、丸顔で背の低い女性だ。五十代前半だろうか。俺の顔を見て「ああ、どうもお」と尻上がりの発声で応えた。

「奈雪ちゃん、この人は？」

「東京から来た刑事さんで、獅堂由紀夫さんです。獅堂さん、こちら美田園さんです」

俺は「初めまして」と言って会釈する。

「あらそう、この人が。さっき〈星詠会〉の人から電話もらったわ。そっちにも行くかもしれません、って。それで何？ 刑事さんが来てるってことは何か事件ですか？」

「石神赤司さんが亡くなった事件で、皆さんにお話を伺っています」

「あらやだ」

美田園は眉根を寄せてから、「玄関先じゃなんですから、お上がりになってください」と俺たちを招き入れた。

和室に通されてお茶を出してから、美田園は早口で喋り始めた。

「今から考えてみますとね、事件の前から色々と兆候はあったんですよ。事件の二か月前からでしょうか、旦那様は真維那坊ちゃまを執拗に避けておりましたからねえ。あれは水晶で予知をして、真維那坊ちゃまに自分は殺されると分かったからに違いありませんよ。それに、いつの時からだったか、月蝕についてよく調べるようになりました。確か、旦那様が持っていた水晶の殺人の時の映像に月蝕が映っていたんでしたね？」

俺が頷くと、再び早口が続いた。

「それを聞いて、私ようやく分かりましたけど、旦那様がせっせと計算して、『仁美、今回の月蝕は西の空に出るらしいぞ』とか『今回の月蝕は高度が低いから、見えづらいかもな』とか奥様に逐一報告しているものですから、天体マニアにでもなられたんだと思っとりましたねえ。旦那様は映画くらいしか興味がないような方だったので、新しい趣味が出来たことを私は少々喜んでおりましたが、まさかこんなことになるなんて、思いもよりませんでした」

「赤司さんが月蝕について調べだしたというのは、いつ頃からになりますか？」

「さあねえ、日記でも取ってれば正確なことが分かったかもしれないけど——大体、四年前とか三年前ですかねえ」

「なるほど」

「それで、事件のひと月前になったら、いよいよ小事件が起こったんですよ。いつもの月蝕の計算をしてから、その紙を破り捨ててしまったのが始まりでしたね。気になって様子を伺ったら、『嘘だ、信じないぞ！』とこうですよ。しかもそう叫んでからすぐに、また紙に数式を書き付けて、それが終わったら体を震わせて机に俯《うつぶ》せているんだから、これは異常だと思いました。今から思うと、あの日の月蝕がちょうど〈大星詠師の間〉の窓から見えるっってことに、気付いちまったんですね。叫びだしたくもなるわけですよ、自分の命の刻限を知ったわけですからねえ、そりゃ、たまったもんじゃありませんわ」

美田園は舌で唇を湿してから続けた。

「その日からあからさまに真維那坊ちゃまのことを避けるようになりましたね、旦那様は。真維那坊ちゃまの方では仕事で何か相談したいことがあったようですが、全然取り合っちゃくれない。どうしてそんなに嫌がるのか、と奥様が聞いても、明確な返答は得られないままでした。ギスギスした雰囲気だけが家族の中に広がっていくのは、見ていてなんともつらいものでした。問題の日当日には――そりゃあもう、ピリピリしたものでしたよ」

「師匠……いえ、真維那さんは、赤司さんと部屋でお会いした時突き飛ばされた、とおっしゃっていました」

「あらら。旦那様、そんなことまでされていたんですか。それだけじゃなかったですよ。あの日の、確か午後三時頃だったと思いますが、アルバイトの中野さんが泣きながら私に電話をかけてきて、『旦那様に暇を出された』と言うものですから、私ももうびっくりしてしまって。行ってみても、旦那様もろくに事情を話してくださらず、『今日でクビにする』の一点張りで、中野さんも泣いてしまってお話にならなくて。仕方なく、奥様を呼んで改めて旦那様に聞いていただきましたが、それでも分からずじまい……あれには参ってしまいましたよ」

すぐにカードキーの入室記録のことを思い出した。十五時頃に、美田園や石神仁美が慌ただしく入室していたのはこういうことだったのか。

「中野さんはよっぽどのことをなさったのでしょうか？」と香島が聞いた。

「さあ……そのあたりはさっぱりですね。奥様はまた何か別の感触を持たれたかもしれませんが、私としては、旦那様がカリカリしていただけではないかと思いました。どうしても、その」

美田園は少し言いにくそうにした。

「内に溜めこむ傾向があったものですから」

石神赤司という人間の性格が読めてきた気がする。内に溜めこむがゆえに、焦りの中で爆発してしまう。アルバイトを解雇したのも、月蝕の計算書きを破り捨てる行為も、そうした性格の現れだ。問題の水晶を隠し持ち続けていたのも、組織の混乱を懸念したというより、言い出すタイミングを逸していたと考えた方がしっくりきた。

もしくは、なんらかの理由で言い出すことが出来なかったのか。

俺は質問を大きく変えることにした。

「ちなみに、現在〈星詠会〉は真維那さんが赤司さんを殺したと考えられているそうですが」

「獅堂さん！」

「香島君。これは必要な質問だ」俺が静かにたしなめると、香島はしゅんと萎れてしまう。

「真維那さんが赤司さんを殺害する――その動機についてはなんら仮説が立っていません。そこで、美田園さんは動機に何か心当たりが――」

質問の途中で、美田園のまとう空気が変わっていることに気が付いた。美田園は肩を震わせていた。そんなことも分からないでここにやって来たのかとでも言うように。しかし、「それ」を目の前の男に教えてやれるのがたまらない喜悦であるとでも言うように。

「心当たり？　心当たりなんて、そりゃあもう、奥様のことに決まっております。『あのこと』ですよ。『あのこと』が三十年余り経った今もずっと尾を引いているに決まっています……」

美田園は嘲るように笑った。

「刑事さん、これから奥様に会われるのですか？」

「はい。そのつもりですが……」

「それならどうぞご注意ください。奥様は毒婦です。騙されてはいけません……」

「毒婦って……」

古い言い方だ。俺は思わず苦笑した。

次の言葉を聞いた時、美田園という女性がゴシップ好きで、そういう情報を知らない人に話さずにはいられない性分であることを理解した。

だが、もたらされた情報の衝撃の方が、何倍も強かった。

「真維那坊ちゃまは旦那様の子供じゃないんです――奥様が別の男と作った子供なのです」

十一　石神赤司　一九八〇年

「大学に行きなさい」

紫香楽一成が未笠木村の山を買い、僕と青砥は水晶の研究を本格的に始めることになった。手始めに未笠木の山から水晶を段ボールひと箱分持ってきて、僕が予知の記録を試みる実験が開始されたが、やはり三人だけでは限界がある。そこで紫香楽は研究をするための組織を作る構想を立てた。

その第一歩として、紫香楽に大学進学を勧められたのである。

夏の暑さにむせかえる畳の部屋で、精悍な顔をした社長は意気揚々として僕たち兄弟に語った。

「今すぐ組織を作る、というのも、いいかもしれん。だが、大学に行って学問を修めてからの方が、私はいいと思う。研究というのは高校でやる実験とはまるで違う。大学で学んでくることで得られるものは、多いはずだ」

「もちろん」僕はにわかに勢い込んだ。「僕たちにも向学心はあるつもりです。しかし……」

「ああ、学費なんて、出世払いでいいさ。私に任せておきなさい」

紫香楽はそう言って豪気に笑った。青砥が先んじて、「ありがとうございます」と言って、大げさなほど勢いよく頭を下げた。僕は後から続きながら、自分の振る舞いのあまりの厚かましさに顔が熱くなりそうだった。そんなつもりで言ったのではなかったのだが、結果的には出資を催促した形になる。紫香楽が出ていって二人きりになった後、僕は兄に頭をはたかれた。

とはいえ、青砥自身、大学に進学できることを喜んでいた。もともと、ばあちゃんのところで育ててもらっているだけでありがたいのだから、高校卒業後は働いて恩返しをしよう、と考えて、端《はな》から大学進学を諦めていた。それが一転進学できるということになって、青砥はすっかり発奮したらしく、最終的に東京大学の文科二類への入学を勝ち取った。順当にいけば、経済学部に進学する科類である。

一九七九年に導入される共通一次試験の対策に兄は手を焼いた。受験生は形式の変化というものに敏感である。そのせいもあったのか、兄は当初理系での進学を考えていたが、「経済や経営を学んでおいた方が、組織を作る時にも役に立つだろう」とうそぶいて、文科二類に志望を切り替えたのだった。

僕も兄を目標にして受験勉強に精を出した。大学入学を機に青砥は一人暮らしを始めていたが、たまに僕のところに帰ってきて、楽しそうな大学生活の話をしていくのが、受験生の焦った心には毒々しい刺激だった。二年生までの間は駒場《こまば》にあるキャンパスで、教養学部という学部に所属するのだが、青砥は下北沢《しもきたざわ》に住んで、最寄りの劇場で演劇を見たり、日夜渋谷まで出ていって飲み歩いたりしているらしかった（本来、まだ酒を飲んではいけないはずなのだが）。兄に見せられた渋谷駅前の写真には、商業施設が集まって、多くの車が行き交っていて白黒の画像の中からも活気が伝わってくるようだった。「受験勉強も大事だが、息抜きも大事だね」などと言う兄の言葉は悪魔の囁きに思えた。

翌年、僕は東京大学の理科一類に合格した。青砥が科学少年、僕が文学少年だったのに、蓋を開けてみれば、少年の頃とは正反対の学部に進学した。子供の頃から兄の実験に付き合ってきて、僕も科学が好きになったので、互いに影響を与えたらしい。

兄は春休みに実家に帰ってきて、昼間からしこたま酒を飲みながら僕を祝ってくれた。僕は二十歳になるまで飲まないと固く決めていたので、ひどく抵抗した。「つまんない奴だね、お前も」と舌打ちした兄は、ひとしきり飲んで飽きると草履をつっかけて出かけていってしまった。

「兄さん、どこへ行くの」

「カラスの勝手でしょー」

「え？」

「知らないの？　志村《しむら》けん。お前もテレビくらい見るといいよ」

受験で忙しかったのだからテレビ断ちしていたんだ、と反論しようとしたが、兄が言うには最近コントで使われ始めたネタらしい。

「ちょっとこれをやりにね」

兄は腰の高さに両手をやって、右手をくいくいと押し、左手を左右に動かした。どうやら流行《はや》りのインベーダーゲームのことらしい。最近、兄はゲームに凝《こ》り、インベーダー喫茶に入り浸っていた。大学に入ってからすっかり放蕩者《ほうとうもの》になってしまったようで、胸にやるせない気持ちが溜まっていく。

居間に戻ると、今度は赤ら顔になってすっかり出来上がった紫香楽一成が出迎える。

「わはは、これで赤司君も春から東大生か」

「はあ、本当におかげさまで。これで大学に通えます」

「なに、気にすることはないんだよ。私たちはあの水晶の未来を引き出す、偉大なる使命を負っているのだからね。そして、大きなビジネスチャンスをこの手に掴むわけだ。青砥君は経済学、経営学の道に進んでくれそうだし、赤司君はこうして理系の学部に受かってくれたからね。組織の運営に必要なことも、研究に必要なことも、兄弟でそれぞれ身につけてこられるわけだ。ねえ赤司君、これからの四年間、君は大切にしなければいけないよ。これだけ自由に時間を使える機会は今後ないかもしれないんだからね」

常に上昇志向を持つ紫香楽の態度には頭が下がる。そうでなければ、今の地位を築くこともなかっただろう。

だが、十八にもなると、彼の言動が段々と疎ましく感じるようになってきていた。もちろん深い恩義を感じているのは確かだったが、それ以上に、その熱気にあてられるというか、「どうしても彼の言う通りにしなければいけない」と思い込まされる窮屈さというのを、感じないわけにはいかなかったのだ。

「ねえ、赤司君」

紫香楽は僕の肩を抱く。酒臭い息が鼻をついた。

「もちろん学を修めるのは、学生の本分だからね、これはぜひ、やってもらいたい。だけど、たっぷり遊んでおくというのもこれ、大学生の特権だからね。私も仕事でよく海外などに行くが、ゆっくり時間を取って海外旅行に行ける機会というのはこれからそうそう出来るものじゃないし、女のイロハというやつも、知っておいた方がいいだろうね。こういうところは、青砥君はしっかりしているよ。遊びと勉強のバランスが取れているんだな。渋谷や下北沢の面白い場所を、彼はよく知っているよ。この前なんか、『外国によく行っていて、恰好もおしゃれだと思っていたけど、紫香楽さんも案外オジンなんですね』なんて、言われちゃってね。生意気に育っちゃって、参ったな……」

酒が入って饒舌《じょうぜつ》になっていたのもあるが、何か押しつけがましいような口ぶりに、僕の気持ちはどんどん醒めていってしまった。

「ああ、そうだ。赤司君、これは君に」

紫香楽は小箱をカバンから取り出した。ラッピングされた立方体の箱だ。

箱を開けると、僕はすぐに「あっ」という声を漏らしてしまう。中には、前から僕が欲しかったスイス製の腕時計が入っていた。銀色で文字盤のデザインもシンプルである。まさしく僕の好みそのものだった。

「これ……」

「驚いたかい？」一成はにこにこと笑っている。「私からの入学祝いさ」

「でも、こんなに高いもの……」

「電子部品の買い付けのためにスイスに行ってね。そのついでだよ。まあ気にせずに受け取っておけばいいさ」

「そうおっしゃってくださるなら……ありがとうございます」

「嵌めてみたまえよ」

紫香楽に促されてつけてみると、ひんやりと冷えた銀製の裏蓋が右の手首に吸いつくようだった。まるで初めから自分のものであったかのように、しっくりとくる重さの時計だった。

未笠木山を買った時もそうだったが、この人は人を驚かせるのが好きなのだ。絶え間ない上昇志向のうちに、そういう子供じみたところも覗かせる。そんな紫香楽の笑顔を見ていると、どうも憎めない気持ちになっていくのである。

「ああ、少し飲みすぎてしまったな。赤司君、水筒を取ってくれるかい……」

立ち上がって、紫香楽がいつも持ち歩いている水筒を取って来る。お気に入りの飲み物を飲むと、酔いが回った紫香楽は眠くなってきたようだ。僕は腕時計の重みを心地よく感じながら、「こんなところで眠ると風邪を引きますよ」と声をかけた。

研究所の建設自体は、既に未笠木村の山中で始まっていた。地元住民との協議や、用地の調整、紫香楽電機本社やグループ会社の優秀な人材との交渉、などを紫香楽一成が一手に受け持って進めていた。本格的に動くのは、僕ら兄弟が大学を卒業してから、ということになるらしいが、僕らも長期休暇などの時間は水晶の実験にあてることにしていた。

眠ることで水晶に予知を記録する――おままごとレベルの実験なら、既に兄弟の間で繰り返されていた。水晶の大きさによって記録時間が変わることや、映っているものから時期を推定するための方法の研究などは進んでいた。ともあれ、まだ子供っぽさの抜けない僕らの研究のほとんどは、あの日に青砥と話した「ノストラダムスの大予言が覆せないか」に拠《よ》っていた。どうにか、見覚えのない元号や、西暦二〇〇〇年を過ぎた年月日が、映像のどこかに見つからないか隈《くま》なく探したものだった。

資材が豊富に手に入ったので、紫香楽一成や兄も水晶の予知を試してみたが、数か月にわたる試行錯誤によっても予知を記録することは出来なかった。「お前のは、才能なんだな」と、兄は残念そうに漏らしていた。

水晶の予知には個人の適性がある――。青砥はそれを「才能」という言葉で言い表したわけだ。

そして、僕たちの最初の一歩は、それが「僕だけの才能なのか」を確かめることだった。

――鷺姫以来の才能が、お前なんだ。

青砥はそんな言葉を中学生時代に発したが、本当に水晶の予知は鷺姫と僕だけにしか出来ないのか。他に予知が出来る者がいないかどうか。いるとすれば、予知能力者には共通の特徴があるのか。特徴があれば、更なる能力者の発見に繋げることが出来る。「二人目」を見つけることは、組織の方針を決める上でも、大きな分水嶺であると言えた。

そこで見つかったのが、千葉冬樹という男だった。

紫香楽電機の系列会社に就職した彼が能力者であると発覚したきっかけは、彼が就職した年の研修合宿であった。

この頃、紫香楽電機およびその系列会社の内部では、爪の先ほどの大きさの水晶、記録可能時間にして三秒から五秒、という小さなものが配られていた。これらをプレゼントだの記念品だのと言って配り、水晶におかしなことが起きたら連絡するようにしてもらう。さらには紫香楽電機の系列会社での合宿や社員旅行ではより徹底しているようで、「紫香楽一成の行っている健康法」という大ボラを吹きながら、水晶を傍に置いた瞑想を試させていた。もちろん現場では半笑いで受け入れられているらしいが、待望の「二人目」を見つけることが出来たのだから、満更《まんざら》無駄な行為でもなかった。

紫香楽のセッティングで、千葉という青年と会う機会を持った。入社して早々社長に呼び出されたためか、千葉は大いに緊張していたようだが、誠実でまっすぐな男という第一印象を持った。無論、研究が本格稼働するには数年かかるので、千葉には紫香楽電機系列で二、三年働いてもらい、それから異動になるが、重要人物である「二人目」には早く声をかけておかねばならないわけだ。

「彼のように実直な青年が『二人目』で良かったよ」と一成は言った。「私たちの思い描く理想を共有してくれて、議論の筋も良い。あんまり癖が強いのが『二人目』だと、組織の基盤が危うくなるからね。彼のような人を得られて、私たちは幸福だ。そう思わないか、赤司君?」

鵜津一郎という男は、読唇術の専門家で、境遇のためもあってか寡黙ではあるが、仕事をテキパキとこなしそうな信頼感を感じさせた。千葉とは次第に打ち解けていったようで、組織が本格始動する時には、予言者と研究者のコンビとして、一層の働きが期待できた。

しかし、紫香楽一成の息子で淳也という男には、少し我慢のならないところがあった。偉大な父に憧れてその言動を真似しているのだが、経験と含蓄《がんちく》が伴わないあまり、どこか空回りしているような印象を抱かせる。真似をされている一成はさぞ苦い顔をしているかと思いきや、淳也には随分と甘いようで、一成も意外に親ばからしいと思うと、可笑《おか》しかった。

いずれにせよ、「二人目」を獲得した僕たちは、適性のある人間を選り分けることにした。研究施設の本格稼働までに、最低でも三分間、鮮明な映像を記録できる人材を五人は集めたい。システムさえ作れれば、あるいは水晶の仕組みさえ分かれば、人員は後からでも増やしていける。五、という数字は、才能を持つ人間の特徴を探るための最低ラインでもある。出会ったばかりの僕と千葉の間には、目立った共通点が特に見当たらなかったのだ。

以前、研究機関の名前をどうするか、を話し合ったことがある。

「〈星詠会〉、なんてどうだろう」

ある時、兄がそう言った。

「星を詠む、と書いて星詠と読むんだ。水晶を通じて、未来を見る。その行為を星占いになぞらえたわけだ」

「兄さんって大概においてロマンチストだよな」

とからかって言うと、兄はへそを曲げたようだったが、僕も悪くない名前だと思い、そのまま紫香楽に提案した。同時に、〈星詠会〉において、予知を行う人を〈星詠師〉と呼ぶことも決定した。

「ということで、〈星詠会〉発足の暁には、赤司がトップの〈星詠師〉になるわけだな」

「僕が？　そんな柄じゃないよ。兄さんがやりなよ」

「俺には才能がないからな」兄は自嘲気味に笑った。「俺は組織運営の方をやるさ。まあそれでも、大学卒業したばかりの若造が、いきなりトップでもないだろう。俺はしばらく、赤司『先生』の背中を見て過ごすことになるだろうさ」

あの時の口ぶりと言い、遊んでばかりに見える今の大学生活と言い……僕の不安はますます募っていくのだった。一緒に成功を摑み取る。あの時の強い思いはまだ兄に残っているだろうか？　腐ってしまったのでなければいいのだが……。


大学生になってしばらくすると、雰囲気の違いというものを感じずにはいられなかった。それは高校との違いであり、兄の置かれた環境との違いでもあった。

理系の学部に進んだこともあってか、周囲に放蕩好きな同期は多くない。自然と図書館に入り浸ったり、単位集めにあくせくするばかりで、遊ぶ時間はあまり取れず、平日の昼間の空いている時間に映画を見られるのが嬉しいと思うくらいだった。

兄は同期とグループを組み、講義のノートを見せ合ったり、得意な科目の講義録のまとめをテスト前に作って交換したりして、そのあたり要領良くやっているようだった。理科と文科という区別はあっても、教養学部の時には被る講義がなくはないので、一年前に兄の作ったものを見せてもらったことがあるが、簡潔にまとまり、かつ、教授の講義での力の入れ方などからヤマをかけ、出そうな分野には補足の説明を加えてあった。兄の要領の良さが現れたような講義録で、僕は読む端から敗北感を感じるようだった。僕はそういう相互扶助措置を羨ましくも思ったが、根が真面目なのもあって、せっかく大学まで行かせてもらったのだからと鼻息を荒くして、みっちり大学の講義を詰めて駒場に通っていた。

ところが、五月に入ってしばらくすると、大学に行くのが次第に億劫《おっくう》になってきた。一九六〇年代から東大の内部では「五月病」という言葉が遣われていたようで、僕も入学当時先輩から「五月病にならないよう、適度に気を抜きなよ」と助言を受けた覚えがある。自分には関係ないと思っていたが、大学入試のために根を詰めすぎたことと、講義のコマをみっちり入れてしまったために、自分でも知らないうちに燃え尽きたようになっていたらしい。大学食堂に人が多いのにも嫌気がさしてきて、昼飯もどんどん簡単に済ませるようになった。張り詰めたやる気というのは、あまり続かないものである。

ある日の朝、遂に僕は一時限目の講義に遅刻した。

その教授は講義のテンポが速く、少し気を抜くだけで話の道筋を見失うほどだった。僕は大慌てで身支度を整え、講義室まで駆け込んだ。

扉から入ってすぐの椅子に滑り込むと、講義が始まってから三十分ほど経っていた。案の定話にはついていけず、板書を追いかけるので精一杯だった。焦れば焦るほど、筆記用具を床に落としてしまったりする。他の学生が熱心に見ている資料がどこにあるのかも分からなかった。

「資料は前の席」

その言葉は僕の耳元で小さく囁かれた。彼女は二つ離れた横の座席から身を乗り出していた。吊り目がちの気の強そうな瞳に射すくめられて、僕は思わず動きを止めた。しかし、肉厚の唇には薄く微笑みが浮かんでおり、目の強い印象をやわらげていて、ロングの黒髪には軽くパーマがあててある。とにかく、彼女の顔の印象が、彼女という女性の存在が、いちどきに、僕の心に深く刻み込まれた一瞬だった。

彼女は怪訝そうに首を傾げた。歪んだ眉毛のラインが魅惑的だと思った。

「資料。前」

僕は我に返ると、ありがとう、と一声かけてから、最前列の座席に教授が放り出していた講義資料を取りに行った。

席に戻ってくると、彼女は僕の座席のあたりをじーっと眺めていた。僕が戻ってくるとハッとしたように顔をそらした。何か変なことでもあったのだろうか。もしかして、応対にまずいところがあった？　もともとテンポの速い講義に遅れたこともあり、そして彼女のことが気になっていたこともあり、気もそぞろのまま、ろくにノートも取れず、その日の授業は終了した。

「さっきはありがとうございました」

意を決して声をかけたのと、彼女が口を開くのは同時だった。

「それ」彼女は僕のノートを指さした。「黒澤《くろさわ》?」

「え?」

見ると、僕のノートに先週見た映画の半券が挟み込まれていた。黒澤明《あきら》の『影武者』。四月の後半に公開されたばかりだったので、授業のない時間に見に行ったのだ。

「どうだった?」

「え、まあ、面白かったですよ」僕の悪い癖で、いらない一言まで付け加えてしまう。「『七人の侍』とか、『用心棒』『椿三十郎』の方が好きだけど、これも悪くなかった。でもやっぱり、三船敏郎《みふねとしろう》がいないとね」

「そう? 私、志村喬《しむらたかし》さん好きだし、三船がいなきゃまるきりダメでもないでしょ? 私はやっぱり『天国と地獄』かな。あの鉄橋のシーンがいいよね。ねえ、次のコマは何取ってる?」

僕が答えると、「私もそれ。一緒に行きましょう」と応じて、彼女は笑った。

「そういえば、自己紹介がまだだったかな。緑谷《みどりや》仁美。理科一類」

「石神赤司。僕も理科一類です」

僕はそれから、『天国と地獄』もいいね、と応じてから、黒澤の完璧主義は素晴らしい、いや行きすぎだ、しかしその完璧主義がなければあれほどリアルな戦国時代の農民は演出できない、いやでもその完璧主義のせいで三船敏郎に本物の矢を射ることになったんじゃないか、『七人の侍』の中ではどのキャラが一番好きか、一人ひとり仲間が集まっていくところがやはり面白くて楽しいなどなど取りとめのない話を交わしあった。理系に進んだのもあって、映画の話に耽溺《たんでき》するのは久しぶりのことで、僕は彼女との会話を満喫していた。相手が美しい同期というのも悪くない。

「今度、一緒に何か見に行きませんか」

僕は口に出してから、自分で自分に驚いた。僕にしては随分と大胆な申し入れだった。

「あ、ごめん、会ったばかりなのに突然、嫌だったら……」

「いいわよ」

「え？」

「いいわよって言ったの」

彼女が首を傾げると、長い黒髪がそれにつられて垂れた。

「何か不足がある？」

「とんでもないです！」と内心の興奮を抑えきれないまま応えた。食い気味になっていなかったかと不安になったが、彼女の笑みは穏やかだった。

それまでの憂鬱はどこへやら、僕は翌日から天にも昇るような気持ちで駒場のキャンパスまで足を運んだ。講義にも真面目に出ながら、空いた時間は彼女と過ごせる。それこそ紫香楽さんも言っていたような、学業と遊びを両立した僕の薔薇色の大学生活なのだ——と無邪気に思っていたのだった。

ところが、そう簡単にはいかなかった。仁美は女友達が多く、授業で会っても、かしましい女子学生の群れの中に近付いていくのは難しかった。実際のところ、あの日はたまたま仁美も遅刻したらしく、だからこそ後ろの方の席を取っていた。そんな事情があったから、僕などが声をかけてもらう恩恵にあずかることが出来たのである。女友達と話している時の彼女は、まるで僕のことなど見えていないかのように振る舞うのだ。近付こうとすればするほど離れていくように思われた。

兄はある時、僕にこんなことを言ったことがある。

「まことしやかに言われてる話なんだが、東大の女子は学内の銀杏《いちょう》並木が散るまでに彼氏を作らないと、在学中は彼氏が出来ない、なんて言われているらしいぜ」

「ひどい悪口を言う奴もいたもんだね」

「誰が言い出したか知らないが、カップル作りにあぶれちまった、東大の男子が言い出したひがみに違いないさ。まあでも、確かに、五月祭とか十一月の駒場祭とか、賑やかなイベントが終わる頃だからな。満更的外れってわけでもないかもしれない」

自分が遊び歩いている兄はそんな風に余裕の態度だったが、これは換言すれば、東大の女子における需要はそれだけあるのだから、男の方でも、頑張らないといけない、という一種の箴言《しんげん》でもあるわけである。自然、手も足も出ない自分のもどかしさに焦るようになり、彼女の家の黒電話の番号も知らないまま、どのように映画の約束を取り付けようか、と日々を悶々と過ごしていた。

五月祭が近付いてくると、学内の浮足立つような雰囲気はますます高まっていく。一年生でも、サークルや研究会に参加して、赤門のある本郷《ほんごう》のキャンパスで企画展示をしたり屋台を出したりするので、その準備で忙しくなってくる。語学のクラスでの屋台や、研究会での企画展示の準備に忙殺されて、次第に彼女のことを忘れかけていた。

五月祭当日になった。赤門を入ってすぐ、キャンパス内の歩道を埋め尽くすように出店《でみせ》が立ち並び、木々の姿は青々と照り輝いている。その木々の青に負けじとばかり、学生たちは声を張り上げて物を売り、客を展示や企画に呼び込み、見学に訪れた中高生たちは目を輝かせてそれに応えている。学園祭ではアルコールも飲めるので、朝から顔の赤らんだ大人たちもいる。わずか一時間と経たぬ間に、僕は人気にあてられて、人の少ない三四郎池《さんしろういけ》のあたりまで降りてきた。

ベンチに腰掛けて一息つく。青々とした緑の中で深呼吸していると、せわしない気持ちがようやく落ち着いてきて、そうしてみると、途端に緑谷仁美のことが思い出されてくる。

と、彼女のことを考え始めた途端、三四郎池から石段を上がったあたりに、まさに彼女の姿がちらりと見えた。現金なもので、先ほどまでの疲れはどこへやら、僕は勇んで立ち上がり、彼女を追いかけた。

彼女は一人ではないようだった。しかも男と一緒だった。それはそうだ、彼女ほどの美人が、五月祭の時期まで一人というのがおかしいのだ――そう落胆しかけた時、思わず僕の口から驚きがこぼれた。

「兄さん?」

彼女の隣にいた男が振り返る。果たしてそれは兄だった。テクノカットの髪型に見覚えがあったので、気付いたのだ。

仁美は目を丸くして僕と青砥の顔を交互に見つめていた。

「え……あなたたち、もしかして双子なの?」

「ああ、違う違う。一つ違いさ。でも顔がよく似ている。しょっちゅう間違われるんだ」

ほら、と言いながら、青砥が僕の肩に手を回した。二人並んだ僕らの顔を見ると、仁美は肩を震わせて笑い始めた。

「おかしいと思ったのよ。だって話は全然合わないし、言葉遣いも全然違うし」

「俺も今、合点がいったさ」青砥はニヤニヤと笑いながら言った。「いきなり話しかけられて、黒澤明を見たよ、なんて言われるもんだから、面食らったがね」

「その時言ってくれれば良かったのに」

「まさか。君みたいな美人に話しかけられてるのに、無下《むげ》にするわけにはいかないよ」

青砥のクサい台詞に、仁美は気分よさそうに笑った。青砥は僕の肩をまた引き寄せると、僕にしか聞こえないくらいの声で言った。

「まったく、お前が羨ましいくらいだぜ。うまくやれよ」

青砥は僕の背中を力強く叩いてから、手を振って行ってしまった。

「面白いお兄さんね。名前はなんて言うの？」

「青砥」僕は自分の声がむすっとしていないか心配になった。「うん、まあ、見ての通り軽薄な兄貴なんですよ。あれは一種の才能です」

僕は多分、才能という言葉をあてこすりで遣ったのだ。水晶で未来を見る力なんて別段欲しくもない。今、彼女と気兼ねなく会話して、楽しませられる兄のことが羨ましかったのだ。

「ふうん」仁美はくすくす笑ってから言った。「そうだ、赤司君、今度一緒に見に行きたい映画があるんだけど」

「え？」僕は思わず言った。

「え？」

「いや、今、その……」

仁美はきょとんとした顔をしていたが、しばらくしてから「ああ」と頷いた。

「お兄さんともお知り合いになったから、石神君じゃどっちか分からなくなるでしょう？だから赤司君って呼ぶことにしたの。嫌？」

「とんでもないよ。いや、ほんと、その通りですね」

自分の名前の響きが好きになるような気さえした。先ほどまではあれほど憂鬱に思っていた人の波と木々の緑に、今の自分はしっくりくるような感じが込み上げてくる。あの兄貴も、たまには役に立つことをするじゃないかと、あとで屋台の焼きそばでもおごってやる気持ちになった。


それから僕たちは度々映画を一緒に見に行くようになり、なし崩しのように「お付き合い」するようになっていた。初対面の時からどちらも小うるさい映画ファンなのは分かっていたが、たまには映画の感想で喧嘩することもあった。だが、翌日授業で会った時にはもう、「『スター・ウォーズ』の新作やるらしいね」「月曜の講義、フケて行こうか」とこうである。『野獣死すべし』や『不良少年』は原作と映画とどっちが良かったくらいの話は日常茶飯事だったし、さすがに僕一人で見に行くと言っていたのだが、ルチオ・フルチ、ダリオ・アルジェントの映画や『13日の金曜日』のような僕の悪趣味にも彼女は付き合ってくれた。

「出身はどこなんですか？」

ある日、こんなことを聞いたことがあった。東京出身だというので、「僕もだ」と答えた後、「自己紹介で東京出身って言うと、何も悪いことをしていないのに、なんだか自分がつまらない奴に思えて、申し訳なくなりますよね」と言ってみると、「悪いことしてないんだから、堂々と言えばいいのよ」と彼女に笑われた。

「ということは、大学までは実家から？」

「ええ。と言っても、おばあちゃんのところからだけど」

「え？　そうすると、ご両親は……」

「小さい頃に事故で亡くしたの」

僕は思わず息を呑んだ。「ごめんね。こんな重い話」と言われたので、ややためらってから、「僕の両親は失踪した」とだけ答えた。だから気持ちは分かる、とは言わなかった。そんな言葉はかえって無責任に思えたからだ。

「そうだったんだ」彼女は目を伏せてから、笑顔で顔を上げた。「私、そんなわけで父親の愛に触れた記憶があまりないの。だから理想は、包容力のある男性ね」彼女の口調は冗談めかしていたが、僕は馬鹿真面目に「鋭意努力します」と応えた。彼女が噴き出して笑うのを見ていると、愉快になって笑った。

彼女は映画以外にも多趣味らしく、その中の一つにゴルフがあった。彼女の父が生前やっていたのを覚えていたのもあって、興味を持ち、サークルでやっているらしい。僕はスポーツはからきしなので、面白そうだね、なんて言いながら流していた。

大学生活はいや増して充実していくように見えた。夏休みを過ぎ、十一月の駒場祭の頃になると、また展示や企画の準備に忙殺されつつも、今回は彼女と一緒に見て回る約束を取り付けられたので、五月祭とは打って変わって「早く始まれ！」と思っていたほどだった。

駒場祭は十一月の下旬、駒場の銀杏並木から銀杏《ぎんなん》の実とその匂いが姿を消し始め、鮮やかな黄色の並木道が出来上がる頃に開催される。若々しく活気に溢れた二度目の祭りを、今度はウキウキとした気分で見て回っていた。

だが、その気分は唐突に裏切られた。

彼女が青砥と連れ立って歩いていたのだ。五月祭の時は、仁美の方は困惑気味の表情を浮かべていたにもかかわらず、今は笑顔も柔和で楽しげで。

「兄さん？」

僕は恐る恐る声をかけた。

「おお、赤司じゃないか！」

その時の仁美の表情の変化を僕は見逃さなかった。楽しげな表情はすっとなりを潜め、一瞬で驚きのそれに取って代わる。チャームポイントの目を大きく見開いて、大げさなほどの仕草を浮かべてみせた。

「あら、じゃあ私また！」

「あんまり面白いんで、俺もつい調子に乗ってね。結果的に騙したみたいになっちまったが」

「ごめんなさい、赤司君。私、またやっちゃったわね。だってあなたたち、本当にそっくりなんですもの！」

青砥はいつものようなニヤニヤ笑いを浮かべながら、人込みの中に消えていった。その笑みに僕は何かの欺瞞《ぎまん》を嗅ぎ取らずにはいられなかった。兄がゴルフのサークルに所属していることを思い出すのに、そう長い時間はかからなかった。

落葉が一つ、僕の肩に載った。

十二　獅堂由紀夫　二〇一八年

「つまりですね――真維那坊ちゃまは旦那様の兄――青砥様の息子なんじゃないかって、そういう噂があるんですよ」

美田園は俺と香島に長い長い話を続けていた。彼女は手始めに、石神赤司と石神仁美の馴れ初めを情感豊かに語ってみせた。そのエピソードの若々しいことに背中がむずがゆくなっていると、青砥と仁美の関係性がどす黒く背後に浮かんできた。

　そうして美田園は最後に、声をひそめるようにして噂の内容を告げた。俺の頭はもたらされた情報のインパクトに動揺し、顔すら拝んだことのない青砥と仁美の印象が脳裏でめまぐるしく変わっていくのを実感した。

「つまり、仁美さんが――その――」

「不倫よ、不倫。決まってますでしょう？」

　美田園の声はワントーン上がった。なんとも喜色満面として生き生きしている。

「真維那さんは今おいくつなんでしたっけ」

「二十八ですね。生まれたのは青砥様が死んでから約二か月後のことでしたわ。青砥様が事故死したのが二十九年前の二月だったから、ちょうど種だけ残して亡くなったということです」

　品のない言い方だ。俺は思わず顔をしかめる。

「その顔からすると、刑事さんも怪しいと思われたんですね。そうなのです。青砥様の死、あれは本当に事故死だったのか？　……それが私も昔から気になりまして」

　青砥が事故死したという話は香島からも一度聞いている。しかし、赤司殺害との関連は低いと考え、深く追及してこなかった。俺はこの機会に目の前の女性から情報を引き出すことに決めた。

「青砥さんはどんな風に亡くなられたんですか？」

「水晶の採掘場で落石に巻き込まれたのですよ。頭が割れて、そりゃあ無残なものでしたね。研究用の水晶の採掘のために朝から採掘場に向かっていた者が死体を発見しました」

水晶の坑道に入った時、立ち入り禁止の看板があったことを思い出す。あの時、香島は「昔落石事故があって死者が出た」と話していたが、その死者とは石神青砥のことだったのか。

警察の見解も事故死で落ち着いたということのようだが、もし殺人事件だとすれば、撲殺しておいて、後から岩を落としてその傷跡を誤魔化したのだろう。当時の県警の水準ならば、事件性が乏しいと思われる状況で、そうそう詳細な解剖を行わなかったであろうことも頷ける。

「不自然な状況に見えますね」

「そうでしょう」美田園はなぜか得意げに言った。「真維那坊ちゃまが青砥様と奥様の子供だった、と知る私には、最初から旦那様が怪しくて怪しくて仕方ありませんでした」

「そんな……」香島の声が震えていた。「そんな……赤司さんが殺人などと！」

「私だって信じたくないよ、奈雪ちゃん」美田園は純粋な反応をいつくしむように微笑んだ。

「もちろん殺人については何も確証がありませんでしたし、私も特段ことを荒立てませんでしたが……」

「それで、真維那さんが青砥さんの子であるというのには、どんな根拠があるのでしょうか?」

「そりゃあたくさんありますよ。私は〈星詠会〉が立ち上げられた三十三年前からここでずうっと働かせてもらっていますが、奥様は時たま青砥様に会いに行っては、その現場を旦那様に押さえられると、『あら、間違えちゃったみたい。あなたたち、よく顔が似ているもんだから』なんて! 白々しいったらありませんよ。多分大学生の頃から三角関係だったんです。あの兄弟と奥様は」

美田園は首を振った。

「青砥様がお亡くなりになると、奥様は魂が抜けたみたいになってしまいましてね。自分の夫がいるのに、自分の連れ合いを亡くしたみたいな顔でしたよ、あれは。それで真維那坊ちゃまが生まれたら、今度は坊ちゃまに気が移って、反比例するように、旦那様がどんどん子供によそよそしくなって。ある時、寝室から旦那様の怒鳴り声が聞こえてきてね。『お前、それは本気で言っているのか!』って。もちろん奥様がその前に何を言ったかなんて聞き取れませんでしたが、ありゃよっぽどのことを言われたに違いありません」

「よっぽどのこと、というのが真維那さんの出生の秘密であると美田園さんは考えたわけですね」

「私の早とちりだとでも言いたそうだね」

美田園は意地悪そうに笑う。

「職業柄、慎重なものですから」

俺は微笑みながら言った。

「もちろん、その夜の事件だけじゃ確信は出来なかったですよ。はっきりしたのはもう一つの事件があったからです。あれは旦那様が怒鳴った事件の二週間後、真維那坊ちゃまが十か月の頃でした。その日は旦那様のお宅で泊まり込みをしていたのですが、真維那坊ちゃまのベビーベッドがある部屋から、物音がしたのです。夜盗か何かかと思って、私はそりゃもうびくびくしながら様子を見に行ったものですよ。すると、そこにいたのはなんと旦那様でした。それも、薬缶《やかん》を手に持って、真維那坊ちゃまの寝顔を覗き込んでいるじゃありませんか。『旦那様、一体何を！』と叫びながら、私は取り押さえましたよ。薬缶の中には熱湯が入ってたんで、私も手に火傷《やけど》を少し負ってしまいましたが、真維那坊ちゃまにケガ一つなかったのは幸いでした。それで、旦那様になぜこんなことをしたか問いただしても、まともな返事一ついただけませんでした。それで、『こりゃあ奥様に言われたことで、真維那坊ちゃまに対する憎悪が湧いてきたらしいぞ』と、こう考えたわけですよ」

想像を絶する話だった。無抵抗の赤ん坊に対して熱湯をかけようとしていた、というのが不愉快極まる。殺してしまうつもりだったのだろうか。だがそれにしては、手段が迂遠《うえん》すぎる。

「全ては奥様のせいなのです。彼女が旦那様と青柢様の対立を煽られたから……。かわいそうな旦那様、それに、かわいそうな真維那坊ちゃま！」

感傷的な美田園の語りを聞いているうちに思いついた。紫香楽が仁美を憎んでいる理由はそれだろうか？　赤司と青砥。組織の両翼を担う男性二人を同時に自壊させた女性。組織にとって最も危険な存在であったことは疑いない。紫香楽一成から組織を受け継いだ時、その存在を疎ましく思う——行為に同意するかはともかく、感情の流れとしては辻褄《つじつま》が合っている。

「刑事さんは、あのお話は聞いたことがあるのでしたっけ。旦那様が初めて見たという、あの予知のことですが」

「ええ。なんでも、父親に殺されかけた光景を見た、とかでしたよね」

「そうですそうです。旦那様が父親に殺されかけた動機が、お父さんが自分の奥さんに不倫されたからでしょう？　それで旦那様も自分の奥様を青砥様に取られたわけです……」

美田園はくっくっと肩を震わせた。今までの仕事の中で溜め込んでいた思いを、ようやく全て吐き出そうとでもいうように。

「ねえ刑事さん、こういうのも、因果は巡るって言うんですかね」

「なるほど、なるほど。愉快な話じゃありませんか」

聞き覚えのある声が庭先から聞こえた。大げさな拍手をしながら、畳の部屋の縁側から男が一人部屋に上がり込んできた。

「紫香楽様……！」

青ざめた顔をした美田園が立ち上がった。

「あああ！」彼女はすっかり周章狼狽《ろうばい》していた。「お、お許しください紫香楽様、決して石神の家の醜聞《しゅうぶん》を広めたかったわけでは……」

「気にしないでくれたまえよ。むしろ君はとてもいい働きをしたよ。石神家にずっと仕えてきた女性ならではの目線から、面白い話を覚えていてくれた」

美田園は虚を衝かれたような表情で固まった。許されていることを理解するのに足りる時間が経つと、恐縮です、と言って小さく身をこごめ、いたたまれなくなったのか部屋から立ち去った。

後には俺と香島、紫香楽淳也だけが残った。

俺は立ち上がった。今はとにかく、「呑まれない」ことだと思った。

「盗み聞きとは趣味が悪いですね。組織のトップに立つ人間のすることではありませんよ」

「おやおや、人聞きの悪いことを言わないでほしいですね。聞こえてしまっただけですよ。それに――」

紫香楽は俺のことを挑発的に指さした。

「愉快だと言ったのは、あなたにだよ、獅堂さん」

「私に？」

「そうです。刑事というのは随分と因果な職業らしいね。自分から情報を探り出すのはもちろんだが、好奇心を持った者が自分から情報を勇んで持って来てくれる。無論、それが役に立つとは限らないわけだ。むしろ己の首を絞めることさえある……」

「何が言いたいのですか」

自分の声が上擦っているのを感じた。

「動機だよ」紫香楽は切り込むように言った。「君は今、石神真維那が石神赤司を殺す動機を……立証してくれたのだよ」

俺は唾を飲んだ。

「……どういうことでしょうか」

「機会、物証、動機……水晶の映像によって機会と物証の二つまでが揃っていたのに、動機だけは杳《よう》として知れなかった。しかし、その答えは単純なことだったらしい。真維那は赤司の息子ではなかった……」

「道理をすっ飛ばすのはいただけないですね。いくら息子でなかったとしても、それだけをもって殺害の理由にはなりません」

「しかし、この物語はそこから出発しているのだよ。いいかい？　赤司は、自分の兄と仁美さんの間に不倫関係があるという疑惑を抱いていたのだ。それゆえ、まず一つの悲劇が起こった。二十九年前の石神青砥の死。あれは赤司による殺人だったのだ」

やはりそういう話になるのか。美田園も抱いていた疑惑である。驚くには足りない。

「君もそれくらいは考えていたでしょう」紫香楽が見透かしたように言うのが腹立たしかった。「だが、こう考えれば全てが繋がっていく。赤司は兄を殺害した後、水晶の採掘場に運び込み、落石事故に見せかけて殺害の痕跡を隠蔽した。殴り殺した痕跡を、落石で隠したんだろうね。そして数か月後、真維那が生まれ、今度は憎い相手の落としだねに矛先が向かったわけだ。それが熱湯事件だったということだよ」

「それが、どうして師匠が赤司さんを殺す動機になるのですか?」

「香島君の言う通りです。虐待でも受けていたというならその抑圧から反抗して、となるのかもしれませんが、真維那にその痕跡はない。もちろん熱湯事件はあったわけですが、幸い未遂で終わったし、真維那がまだ物心つく前だから本人は覚えていないでしょうしね」

「あなたたちも随分性急だな。そして、そこまでの検討が出来るのに勘が鈍すぎる」

紫香楽は小馬鹿にするように肩をすくめた。

「ここまでくれば簡単なことじゃありませんか……もし、真維那が自分の出生の秘密を知り、伯父にあたる青砥が本当の父親だと知ったとすれば。そして、同時に、二十九年前の事件の真相を知ったとすれば……」

俺はここまで言われてようやく思い至った。

「自分の実の父親が、石神赤司さんに殺されたことになる……！」

紫香楽が出来の悪い生徒を褒めるように笑う。

「その通り。動機は復讐だよ」

「だ、だが、そんな憶測に根拠なんて一つもありません」

「根拠ならありますよ」

「それは？」

紫香楽は芝居がかった仕草で、拳銃を構えたポーズを作り、俺の胸元に向けた。頭の奥が万力で締めつけられるかのような痛み。どうして俺の前に立つ人間はこのポーズをやりたがるのか。

「『黙れ。お前に真維那などと呼ばれたくはない』」

「それがなんだって――あ……！」

俺は思わず声を上げた。

「この台詞はとんと不可解でしたね。でも、あなたも推理したであろう通り、視点人物――つまり赤司が、この台詞の前に『真維那』と呼びかけたのは確実なわけですよ。それに対して、真維那は強い拒絶を示している。自分の父親に対して、『名前を呼ぶな』という理不尽な要求はあり得ないでしょう？　とすれば、自分の父親でないと知ったから、あまつさえ、親の仇であると知ったからだ、と考えるしかない。映像の中の真維那は、怖気《おぞけ》を振るう、とでもいうような様子でしたからね」

紫香楽の主張にはやや牽強付会《けんきようふかい》の感があったが、今まで何度も俎上に載せられてきたであろう不可解なフレーズに一定の解釈を見出した点では見事と言わざるを得ない。

「獅堂さん。あなたには礼を言わなければなりませんね」紫香楽は俺の肩に手を置いた。「私は怖がられていますからね。こういう話を聞き出すのはうまくないのですよ」

「まだ終わったわけじゃないですよ」俺は彼の手を振り払ってから、精いっぱいの強がりを言った。「映像を崩せばその推理もピンボケです」

「ああ、知っていますよ。君がまだ諦めないこともね」

不思議な発言だったが、俺が負けを認めるという予知のことを言っているのだと理解した。今置かれている状況とは、なんらかのシチュエーションが違うのだろう。

「せいぜい頑張ってください」

「そうさせてもらいますよ。失礼します」

俺はそう捨て置いて美田園の家を後にした。香島が「獅堂さん！」と泣きそうな声で叫びながら追いかけてくる。

俺は本部の地下階に戻ると、真維那のいる牢獄を再び訪れた。

「真維那さん、一つ聞きたいことがある」

「はい」真維那は読んでいた本から顔を上げた。「なんでしょうか」

「あなたの伯父さんは、どんな人でしたか」

「獅堂さん……！」

香島は怒声をあげたが、真維那の顔に一切の動揺は見られなかった。香島の反応を見て全てを察したとでも言うように、真維那は俺の望んだ返答をよこした。

「軽薄な人です。私が生まれるより前に死んだ、私の父親です」

「どうしてそのことを知ったんですか」

「……血液型を調べたことがあります。父はB型、母はO型。私はA型でした。B型とO型の両親から、A型の子供は生まれません。昔の書類で、伯父の血液型がA型であることも調べました」

「師匠……」

香島は瞳を潤ませて、心配げに真維那を見つめていた。

「そのことが、事件に関わりがあるのですか」

「分かりません。今はまだ、何一つ分かりません」

ただ、今の状況では、赤司と血縁関係にないことを真維那が知っていた事実はマイナスに働くだろう。

そうですか、と応える真維那の声が優しかった。その声が優しいのが俺の気持ちを暗くした。俺はこの人を救うために本当に何かが出来るのだろうかと、際限なく自信が揺き消えていく。

俺は〈星詠会〉本部を出て、入山村に続くだらだらとした下り坂を下り始めた。香島が走って追いかけて来る。

「獅堂さん、〈星詠会〉本部にお部屋をお取りしています。どうか今日はそこでお休みください」

「いや、せっかく向こうに宿を取っているからな。一度入山村まで戻るよ」

日は落ちかけているが、表玄関から出れば一本道だ。大した危険はあるまい。謎の襲撃者のことは心配だが、今はともかく、安心出来る自分の陣地に帰りたかった。「帰ってきますよね？」と呼びかける香島の顔は、夫が出かけるのを見送る妻のように寂しげな表情だった。心配するなよ、と応える俺の口調には説得力が不足していた。そんなことは分かっていた。

「生さぬ《な》仲、ってやつだねえ」

俺は民宿に戻るのも億劫になり、また林のおばちゃんの元を訪ねていた。紫香楽の推理を聞いた時はほとんど頭が真っ白になっていたのだが、火鉢に火を入れてもらって温まっていると、ようやく生きた心地がしてきた。おばちゃんに水晶の件だけは伏せて、結局未笠木村の殺人事件に巻き込まれてしまった経緯を伝えていたところだった。

「生さぬ仲、ってなんだい？」

「昔の言葉だけど、親子の血が繋がっていない、そんな間柄を表現する言葉だね。随分昔の小説で流行った言葉だから、由紀夫ちゃんは知らないかもしれないねえ」

耳慣れぬ言葉を聞いたのもあって、ようやく石神赤司という男の置かれた境遇を一歩引いて見られるようになった気がした。血が繋がっていないことが理由で、父親に殺されかけ、自分の息子とも血が繋がっていないことを知らされた男。その孤独はいかばかりだったのか。それは自分の兄を殺すに足る孤独だったのか。

なぜだか坂道の家の更地に立ってこの村を見下ろした時の感慨を思い出す。両親を亡くし、一人になり、故郷の家さえ失った自分。過去と現在の境界線が揺らいで、自分と石神赤司という存在が融けて混ざり合った。

(いや――やめよう)

俺の孤独と石神赤司の孤独は違う。勝手に重ね合わせるのは失礼だ。

それでも、最後には自分の息子に殺されてしまうというのは、残酷すぎるように思えた。

「それにしても、休みに来てまで事件に巻き込まれるなんてねえ。なんだか由紀夫ちゃんのことが心配になるよ。まるで自分のことなんかどうでもいいと思っているみたいでさ」

「え、どういうことですか？」

「そりゃ、他のとこの事件に手を出して、後で問題になったら困るのは由紀夫ちゃんだろう？」

「ああ、そういうことですか。そういうことならむしろ、『情に厚い男』と言ってほしいですけどね」

俺は冗談めかして口にしたが、林のおばちゃんの顔は険しいままだった。俺は頭を掻いてから、

「分かりました。危なくなったら手を引きますから。自分の身はちゃんと自分で守ります」

「うん。よろしい！」

おばちゃんは快活に言ってのけた。俺がまだ内心で迷っているのを知ってか知らずか、彼女はことさらに張り切った声で話題を変えた。

「そうだそうだ。由紀夫ちゃん、あんたやる口だろ？」

おばちゃんが唇の前でタバコを吸うジェスチャーをする。

「ああ」

「そしたらこれ、使えるだろ？　もらっといてくれよ」

彼女は小さなビニール袋を差し出した。中には銀色のジッポライターが入っている。年季の入ったもので、右下に何かの頭文字と数字が彫ってあった。

「これは？　プレゼントにしては、随分雑なラッピングですけど」

「そんなしゃれたもんじゃないよオ」おばちゃんは顔をしかめた。「それね、近所の小学生

がどっかから拾ってきたんだよ。落ち葉燃やしたりして遊んでたもんだから、危ないだろって叱りつけて、取り上げといたんだ。駐在所にでも持って行けば良かったのかもしれないけど、すっかり忘れて箪笥にしまいこんじまってたんだよ。今さら持って行っても色々と面倒だろう？　だから、使ってくれそうな人にあげようと思ってねえ」

「ふうん」

つまり誰かの落とし物ということか。右下に彫られている数字をよく見ると、『１９８』まで読み取れて、四桁目が判読しにくくなっていた。油を入れ替えながら、大事に使っていたのだろう。持ち主は物持ちの良い人物らしい。そんなライターをなくしたのだから、随分落胆していることだろう。

「いや、いいものだと思うけど、もらっちまうのは忍びないなあ。この村から帰る時まで、保留にさせてくださいよ」

「じゃあ、まだいるんだね？」

改めて問い直されると自分でも驚くのだが、俺はまだこの事件にこだわっているらしかった。生家も更地になっていたのだ。それを確認したことで入山村に来た目的は八割方果たしたと言ってもいいのだが、香島と真維那のことが頭を離れなかった。俺にぴったりと付き添うように期待の眼差しを向け続ける香島と、俺に無条件の信頼を預ける真維那。

彼らのことを見捨てて東京に戻れば、俺は俺のことを許すことが出来ないだろう。

(……お前に真維那などと呼ばれたくはない)

(あの台詞が元凶なのだ。どうにかして、あれを崩すことは出来ないだろうか)

映像解析が仕事だという高峰は、読唇術について何ら説明してくれていない。読唇術の専門家だという、鶫のことを思い出した。調べてみる価値はありそうだった。

あの映像を頭に何度も蘇らせ、何か別の解釈がないか、見落としている点がないかを考え続ける。思い返している間、絶え間ない吐き気が込み上げてきたが、あの映像には何度でも立ち返るべきだと直感が告げていた。

月蝕の月。部屋に入ってくる真維那。拳銃を突き付けられる。そして……。

(見つけた)

あの映像の〈星詠師〉は、石神赤司ではない。

十三　獅堂由紀夫　二〇一八年

朝早く〈星詠会〉の本部に向かうと、玄関先で香島が竹ぼうきを持って掃除をしていた。気もそぞろといった感じで、無気力にほうきで掃く姿は見ていられなかった。俺は「おはよう」と努めて明るく声をかける。たったそれだけで、彼はほとんど泣きそうな顔になり、さながら感動の再会になってしまう。

俺はペースを乱されないうちに言った。

「香島君、一つ掴んだことがあるんだ」

「は、はい」彼は目元を拭って、顔を引き締めようと試みる。「なんでしょう」

「あの映像の中で繰り広げられた会話について考えてみてくれ」

香島は頷いた。

「まず、犯人が拳銃を突き付け、『抵抗しない方がいい。本物だからな』と発言する。〈星詠師〉が何かを言うだけの間があってから、犯人は『残念だが、その通りだ。あんたがここで死ぬことはすでに確定している』と言う。さて、ここであの映像の〈星詠師〉を石神赤司さんと仮定する。すると、この言葉、どこかが不自然だと思わないか？」

「何がでしょうか？　確定している、という言い回しですが、これは〈星詠会〉の人間が使う言葉としてはあまり違和感がありません。もし、そのことを言っているのでしたら……」

「そうじゃないんだ」

俺が手をひらひらさせると、香島は首を傾げた。

「この二つの間に挟まる〈星詠師〉の発言を考えてみてほしい。そうだな、色々あるが、例えばこんなものだと考えられる。

『つまり、私をここで殺すということだな？』

男が後に『その通りだ』と受けている以上、〈星詠師〉は男の殺意について何か的を射たことを口にしたことは確実だからだ」

「それの何が――？」

「石神赤司さんは事件の二か月前から真維那さんを避けていた。さらに事件当日の月蝕の高度を計算して動揺する素振りを見せている。これは紛れもなく、赤司さんが『自分が月蝕の夜に殺されること』を把握していたことを意味する。つまり、拳銃を突き付けられて初めて、自分がこれから殺されることを理解したなんてあり得ない」

「あ……」

香島は目を瞬いた。

「かくして、あの映像の〈星詠師〉は石神赤司さんではなく、別の人物が殺される場面だったのではないか、という疑いが生じてくる。俺もこの推理がどこへ向かってるのかなんて分からん。これでもまだ、君の師匠が拳銃を持っていたことになるわけだからな。ただこれだけは言える。あの映像は見かけ通りなんかじゃない」

竹ぼうきを握る香島の両手に、ぐっと力が込められた。

「やりたいことが二つある。鶫さんは読唇術の専門家だったな。会わせてくれないか？」

「すぐに鶫さんの予定を確認して参ります」

香島はやるべきことを与えられると、さっきまでの無気力な様子はどこへやら、はきはきとした口調でそう言った。現金なものである。

本部内に香島が向かってからしばらくすると、彼は「鵜さんは朝から会議だそうです。それが終わった後ならお話が出来る、とおっしゃっています」との報告を携えて戻ってきた。

「ふむ。それなら、もう一つの用事を先に済ませてくることにしよう」

「その用事とはなんなのでしょうか？」

「石神仁美さんに会う」

え、と香島が息を詰まらせた。

「僕、もう一度電話をしてみましょうか。朝は早いお方なので、もう起きてはいらっしゃると思いますが」

「もう起きてるなら好都合だよ。連絡はしなくていい。俺は今から彼女の家に突撃してみるからね」

「え、ええっ！」香島はのけぞった。「そ、それはやめておいた方が……仁美さんは赤司さんを亡くされ、師匠を奪われてからずっと弱り切っていますし……」

「怖いならついてこなくていいさ」

「いえ、怖いなんてことは！」

しまった。こう見えて強情なのを忘れていた。俺は香島に言い聞かせるためには道理が一番であると思い直した。

「朝一の訪問でもある。聞きにくいこともたくさん聞くだろうし、俺はこの場限りの付き合いだが、香島君はこれからも良い関係でいないといけないだろう。むしろ来ない方がいいと思うよ」

「……そう、でしょうか」

香島は目を伏せた。

「そうさ。大丈夫だ。ちょっと話を聞いてくるだけだから」

香島から石神家の場所を教えてもらうと、彼に見送られて俺は一人彼女のところに向かった。

事件の中心に居続けているのに、未だ顔も見ていないその女のもとへ。


石神家は未笠木村の中で異彩を放っていた。堂々たる敷地面積を誇る平屋であり、その周囲を塀がぐるりと取り囲んでいる。一組織の主が住む家なのだから当然なのかもしれないが、田舎の名家とでもいうようなどっしりした佇まいに、体が思わず緊張した。

俺は手始めに門扉《もんぴ》を叩いた。

「ごめんくださーい」

返事があるのを期待したわけではないが、はい、はい、はい、という声と、どたどたした足音が門扉の向こうから聞こえて既視感を覚えた。果たして顔を覗かせたのは、石神家の家政婦、美田園だった。

「あら、あなたは……」

「昨日は貴重なお話をどうもありがとうございました」

俺はにこりと笑いながら、足を一歩敷地の中に入れた。

「あの後、紫香楽様は何もおっしゃっていませんでしたか？」

彼女が不安そうに言う。俺は「そうですねえ」ともったいぶりながら、敷地に入り、もじもじしている彼女の横を通り過ぎた。

「奥さんは今、どこにいらっしゃいますか？」

「え、ああ、はい。朝早く起きてから、またシアタールームの中に籠っておられます」

「奥さんと話をさせていただきたいのですが」

「それは」美田園は息を詰まらせた。「どうかと存じますが」

「いけませんか」

「約束のない方を取り次いで怒られるのは私です。それに、奥様は大変弱っておいでですし……」

「奥さんの心が弱っているのは分かりますが、第一発見者の話を聞くことで得られる情報もあるはずです」俺は意図的に溜めを作って言った。「真維那さんを救うためです」

美田園の瞳が揺れた。

昨日話を聞いた時、仁美のことは憎々しげに語っていたのに対し、真維那については「かわいそう」と漏らしていたことを思い出したのだ。仁美ではなく、理不尽に投獄されている真維那を助けるため。この理由の方が彼女には納得しやすいだろうと判断した。

思惑《おもわく》は功を奏した。

「……玄関を入って、廊下を奥に進んでいただくと、防音性の扉がございます。シアタールームは半地下になっているので、階段にお気を付けください」

「ありがとう。恩に着ます」

シアタールームの扉を開くと、当たり前だが中は薄暗かった。

不必要なほど大きな音で映画がかけられている。カラー映像の中では喪服を着た男女が森の中でもつれあっていた。部屋の中にはどこか甘い匂いが垂れこめている。果実が爛熟するような匂いだ。俺はモニター前のソファに座っている女性を目にした。モニターの薄い光をスポットライトにして、観客のいない舞台の上に立たされているかのようだった。

彼女は足を組んだ姿勢でソファに深く沈み込み、胸の下で両手を組んで無感動な目をモニターに向けていた。目尻の皺がモニターの淡い光の中で残酷な陰影となって現れていたが、全体的な印象としては五十代とは思えなかった。艶やかな肉厚の唇は未だに魅惑的な女性の魅力を留め、ロングの黒髪は今にも触れてみたくなるほどだった。ブラウスの上から着たセーターには、両腕を組むことにより形の良い胸が浮き上がっている。

薄暗い部屋。画面の中で繰り広げられるセックス。垂れこめる甘い匂い。一言でも何かを口にすればこの魔法が解けてしまいそうだった。それほどこの女性には心を掴む魅力があった。その佇まいは、年相応の魅力を獲得し続けていくことで今の彼女の姿があるということを感じさせた。

だが、より強く心に残るのは全体的な印象ではない。無感動な疲れ切った目。力の抜け切った弛緩した体。そして最初に目にした目尻の皺。老いは確実に彼女の体を襲い、そして現実が彼女を打ちのめしている。

俺が一歩足を進めた時、彼女がこちらを振り返った。「誰?」と鋭い声音で彼女が言う。

「勝手にあがりこんですみません。東京から来た刑事で、獅堂由紀夫といいます」と名乗ると、「ああ、例の」と呟いて、彼女はようやく安心したように長い息を吐いた。

「そこにスイッチがあるから、電気をつけてもらってもいい?」

命令通り（命令、と言うのがしっくりくる言い方だった）に電気をつけると、同時に彼女も映画の再生を止めた。

「随分情熱的な映画でしたね。なんていう映画なのですか?」

「あのシーンだけ、ね」彼女はため息をつきながら言う。「『お葬式』っていう映画よ。知らない？」

「はあ。映画は不勉強なもので」

「獅堂さん、でしたっけ。年はおいくつなの？」

「二十七になります」

「じゃあ、知らなくても無理ないですね。一九八四年に流行ったの。伊丹十三《いたみじゆうぞう》監督の初作品でね」

「あ、その人の名前なら聞いたことがありますよ」

「世代差、ってやつね」

仁美が自嘲気味に笑った。彼女は自分の隣にポンポンと手をやって、ソファに座るように促した。四人は楽にかけられる大きなソファである。彼女の真横に座っても許される気配があり、俺もそうしたいくらいだったが、拳三つ分距離を開けて座った。心の距離を保てる距離。相手の表情を観察できる距離。刑事の仕事をするための距離。

「今私はご主人が亡くなった事件の再捜査を行っています」

「美田園から聞いたわ。東京の刑事さんが休暇中によその事件に首を突っ込むなんて、物好きもいたものですね」

俺は曖昧に微笑んで誤魔化した。

「私は、息子さんは犯人ではないと考えています」

まどろっこしくいくより、手早く切り込んだ方がいいと思った。

だが、仁美夫人の示した反応は思わしくはなかった。『ほら、またその話だ』とでもいう呆れ。『そう言っていれば私の気が引けると思って』という気怠《けだる》い反応。

「大方、香島から吹き込まれたとかでしょう」

「始まりはそうですが、根拠はありますよ」

俺は先ほど香島と検討した、予知記録における〈星詠師〉と犯人の会話の矛盾点、〈星詠師〉の正体に関する疑問を話して聞かせた。

すると石神夫人は肩を震わせて笑い始めた。

「あなたって面白い人ですね。普通、予知を記録した〈星詠師〉が誰かなんて疑う人はいません」

「おかしいでしょうか」

「いいえ」石神夫人は今度は好意的な笑みを浮かべてしなを作った。「私、面白い人は好きですから」

好きという言葉には仁美夫人の感情はこれっぽっちも乗っていないことが分かっているのに、心を揺さぶられる響きがあった。彼女に惹かれていった男たちの思いを追体験して胸焼けがする。

「ご主人の死体を最初に発見されたのは、あなただそうですね」

「ええ」心なしか彼女の声は震えていた。「あの日の朝……寝室にあの人の姿がなかったのです。あの日の少し前には、月蝕のことを調べてひどく動揺したり、真維那のことを過剰に避けたりと様子がおかしかったので……それで心配になって〈星詠会〉の本部まで向かったのです。主人は時折、予知に夢中になると泊まり込むことがあったものですから、〈大星詠師の間〉にいてくれればそれでいいと思いました」

「風の噂で聞いたのですが、あなたは〈星詠会〉への立ち入りを制限されているそうですね」

「あれは……仕方のないことですから」

消え入るようなか細い声で言った。紫香楽からの一方的なものではなく、彼女にも負い目を感じる事件があるのだと分かった。心当たりはあるのだが、今は別の質問を済ませたかった。

「しかし、その制限を破ってもなお、事件の日は〈星詠会〉に行かなければならない、と思ったのですね？」

「そうなのです。あの日はどうも、ひどい胸騒ぎがしまして……」

「胸騒ぎ。それはやはり、ご主人の行動のせいでしょうか？」

「それもありますが……」仁美は小さな声で付け加えた。「月蝕……」

月蝕について赤司が調べていて、その月蝕の夜の翌日だったから。俺はそのように受け取ったが、彼女の言葉の響きには何か別のものが感じられた。

月蝕、という言葉を呟いてから、貝のように口をつぐんでしまったので質問を先に進めた。

「そして〈大星詠師の間〉に向かったあなたは、そこでご主人を発見された」

「ええ――ええ。そうです」我に返ったように仁美は続けた。「部屋の扉を開けて、すぐには主人の姿が見えなかったので、声をかけながら部屋に入りました。部屋に二、三歩入ったところで、主人が机の横に倒れているのに気が付きました」

「どの辺りに倒れていたか教えていただけますか」

「部屋に入って左側、絨毯の上に横たわっていました。そうですね……こう、右半身を下にして」

高峰から聞き取った死体発見時の様子と矛盾は見られない。

「主人の頭には……ああ、申し訳ありません。私、あまりに恐ろしくてよくは見なかったのです」

「それが普通だと思いますよ」

「はい。ですが、主人の手の近くに血が飛び散った水晶が一つ落ちているのがいやに記憶に残っていて……それこそが、問題の予知を記録していた水晶でした。あの忌まわしい……」

「水晶は机の隠し引き出しに収納されていたと推定されています。あなたはあの引き出しの存在をご存じでしたか？」

「……全く知りませんでした」

　仁美は目を伏せた。

「あの人は元来、隠し事の得意な方ではありませんでした。だってそうじゃありませんか。〈星詠師〉として優秀ということは、どんな思いも水晶に表れてしまうということでもあります。あの人がだから、あのようなものを隠していただなんて……私には本当に思いもよりませんでしたし、せめて、私だけには相談してくれれば良かったのにと、そう悔やまれてなりません」

　一層沈んだ声で彼女は続けた。

「私はそこまであの人の信頼をなくしてしまったのかと、自分が情けなくてなりません」

　まるで公然の秘密をやり取りしあっているような会話だった。彼女が聞いてほしいと思っているのが分かった。だが、俺は相手が聞いてほしい話を聞くのは好きではなかった。

「真維那さんのことは大変でしたね」

「ええ……元々芯の強い息子ではありますし、私の前では気丈に振る舞っていますが……最近は毎日、あの子のことが心配で、心配で」

「毎日面会に通われていると聞きました」

「あの子のために、私がしてやれることなど何もありませんから……ああ、かわいそうに。どうしてあの子はあんなことを」

「あんなこと、というのは、ご主人を撃たれたことですか？」

彼女はそんなことを言うなんて心外だとでも言うように、怪訝な表情を浮かべた。「あなたは——あなたは、なんということを」

「ですが、あなたもそう信じておられるような口ぶりでしたから」

「そう——そうです、ね。誰だってこの目で見たものの衝撃からは逃れられませんもの。あなたは水晶の予知を初めて見るものだから、半信半疑でいられるんですよ」

「そうかもしれませんね」

「そう。絶対にそう」

「私は」俺は意地を捨てられなかった。「諦めるつもりはありませんけどね」

その時、彼女が自然と拳三つ分の距離を詰めた。初期動作が読めなかった。いつの間にか三十近く年上の彼女の体が真横にあり、俺の手の甲に彼女の手が載せられていた。水仕事とは無縁に違いない張りの残った手。瑞々《みずみず》しさを失う代わりにしなだれかかるための動きを知悉《ちしつ》した手。

「ねえ刑事さん。本当にあの子を助けていただけるんですか？」

この場に香島を連れてくればよかった、という後悔がよぎる。香島の存在はこの状況における防波堤になっただろう。石神仁美が俺を男として見ているのか、駒として見ているのか判然としなくなってくる。

俺は手を振りほどいた。

「約束は出来ませんが」声に動揺が表れていないか心配だった。「私はそのつもりでいますよ」

年輪を重ねた彼女はもはや意図的に自分の魅力を利用しているが、これが若い時、無邪気に繰り出されたとしたらどうだっただろう。石神兄弟のことを思い出した。彼女に恋をした二人の死者たちのことを。美田園が仁美夫人を評した言葉を思い出した。美田園の言葉にも頷けるものがあった。彼女には、人の若さを啜って生きているような、そんな妖艶さが確かにあった。

「『お葬式』……」

俺は暗くなったモニターを見ながら呟いた。

「さっきまで見ていた、あの映画がお好きなんですか？」

「そう。私が旦那にプロポーズされた日に見に行った映画」

彼女はまとめて吐き出すように言葉を続けた。彼女の言い方は終始気怠そうで、一言一言が自分にしなだれかかってくるかのように感じられた。

「あの頃流行ったの、この映画。『お葬式』なんてタイトルなのにコメディー色が豊かだってね。かといって、デートで見に行く映画が『お葬式』なんて、ちょっとあんまりだと思っていた。ダリオ・アルジェントや『13日の金曜日』を見せられた時もどうかと思いましたけど。でも、蓋を開けてみたら、『お葬式』は劇場に笑い声が漏れるほど面白かった。だからいい気分でご飯を食べに行ったら、指輪を出してきて『結婚してください』よ。私、思わず笑っちゃった。指輪の用意もして、プロポーズする準備をして、それで見に行く映画に『お葬式』なんてタイトルのもの選ぶ？ って。その話をするとあの人機嫌悪くするから、なかなか見直す機会を持てなかった。向こうからすると、真剣にプロポーズしているのに笑われたのが心外だったんでしょう」

「素敵な話じゃないですか」

「プロポーズのエピソードなんて、どれも同じくらい素敵で、どれも同じくらい陳腐ですよ」

彼女は肩をすくめた。

「でもそういう不器用なところが好きだった」

俺のことを『好き』と言った時とは全く違う響きに聞こえた。

「これは、主人が真面目すぎて、空回りするところがあった、ってだけの話。素敵な話でもなんでもない」彼女は寂しそうに微笑んだ。「一人で見るこの映画は、あんまり面白くなかったですけどね」

「そうでしたか」

「ええ。本当に人を弔った直後に見るものでもない」

自分の感傷を誤魔化したいとでも言うように冗談を言った。無理に冗談を言っているのが分かるのがつらかった。

「ご主人の真面目すぎるところが不満だったのですか？」

俺は感傷に引きずられないよう、一息に言った。これ以上呑まれてはならないと思った。

「不満なんて何もなかったわよ」彼女は遠い目をして言った。「それがあの人の可愛いところだった。私のことを大切にしてくれた」

「ご主人のことを愛しておられたんですね」

「ええ、愛していた。だからこそ逃れたくて逃れたくて仕方なくなる時があった」

彼女は唇を舌で湿した。

「……プロポーズの時、主人は自分が進めている〈星詠会〉での研究内容について打ち明けてくれたの」

「ご主人としても勇気がいったことでしょうね」

「ええ。まさか出会った頃から既に、青砥さんと一緒にそんなことをしていたなんて思いもよらなかった。私だって最初は半信半疑だった。主人としては、結婚してから変な研究をしているのが判明する、というのじゃ不誠実だと思ったんでしょうね。それで、研究のことを打ち明けてから、主人がこう言ったんです」

彼女は指輪を差し出す振りをしてみせた。

「『僕はあなたと一緒に過ごす未来を見ました。あなたといつまでも、一緒に映画を見に行って、たまに不満も漏らしながら、それでもずっと隣にあなたがいる未来です。その未来のために、今僕に出来ることを考えてきました。受け取ってください』」

「素敵な言葉じゃないですか」俺は気恥ずかしさを感じながら言った。「奥様は幸せ者です」

「そう。私も素敵な言葉だと思ったのよ。――最初は、ね」

彼女はおもむろに立ち上がって、シアタールームの棚の一角から古いアルバムを取り出した。『一九八五年〜一九八九年』という文字がうっすら見える。

彼女はそのアルバムを開いて、ある写真を見せた。

「これは〈星詠会〉の発足四周年パーティーの準備をしていた時に、〈大星詠師の間〉で撮った写真です。一九八九年……ちょうど青砥さんが事故死して、紫香楽さんが病死した年になります。ほら、あの人たち、よく似ているでしょう?」

写真には、若かりし頃の石神赤司、青砥、仁美夫人、紫香楽一成、紫香楽淳也、千葉冬樹、鵜津一郎の七人が映っていた。

石神赤司もこの頃まだ二十代だったはずだ。若々しく、背筋もしゃっきりとしている。仁美夫人には今の容貌の面影があったが、より素材の良さが引き立っているように思える。

「大学を卒業して結婚した後、未笠木村の家に引っ越して、研究を続ける夫を秘書としてサポートしていた。そんな日々を続けるうちに、思ったの。あの人が見た未来に私がいたってことは、私の未来はあの人に支配されているんじゃないか、って」

「……しかし、いくら〈星詠師〉といえども全ての未来を見ることなど出来ないはずではありませんか」

「分かっていますよ」彼女は冷静な声で応えたが、俺の発言への苛立ちのせいか声が震えていた。「そんなことは！」

長く抱えてきた悩みに道理で返答をされるほど腹の立つことはない。これで仁美の自制心を取り去ることが出来たはずだ。

「ですが時折、考えても詮のないことと分かっていても、考えてしまうのです。主人が未来を見たから私は結婚した。じゃあ、主人が未来を見なかったら、他の人と結婚する未来もあり得たってことなのか、と。なんで主人には〈詠む〉ことが出来て、私にはそれが出来ないのかと。そんなのは不公平ではないですか。自分で〈詠む〉ことの出来ない人間は、出来る人間に未来まで支配されなければならないのですか？」

目の前の男にはどうにも出来ないことを早口でまくし立てる彼女は、若さの虚飾を剥がされて、年相応の老いを覗かせたように思えた。

「あの目……主人の忌々しい目……星形の紋様！　あの目が私の未来を閉じ込めている……星形の牢獄！　私はどうしても抵抗したくてたまらなくなったのです。あの人の思惑から外れたくてたまらなくなったのです」

「青砥さんとの付き合いは大学時代からあったようではないですか」

「青砥さんとは大学時代にはまだ遊びでした」彼女は嘲るように言った。「主人のことを恨んでからは、よく会うようになりました」

「なるほど」

彼女の本性が見えてくると、今までその色香に呑まれかけていた自分が滑稽にさえ思われてきた。

「青砥さんを選ばれたことには何か理由があったのですか?」

「主人は時折空回りするほどの大真面目、そして青砥くんは遊びに慣れた放蕩者。正反対までの兄弟でした」

彼女の青砥に対する呼称が、「青砥くん」に変化していた。その響きには愛おしさが表れており、細められた目は遠い過去を見つめているかのようだった。若かりし頃の彼女が、夫の兄と話す時の甘い響きが三十年の時を超えて再現されていた。「青砥くん」

「互いの欠けているものを相手が持っているというような……男女ではないですが、互いにベター・ハーフと言っていい存在でした。そんな二人が同じ顔をしているのですから、これほど幻惑的なことはありませんでした」

「それでご主人への復讐は出来たのですか?」

面白い噂話を聞いているとでもいうような、気軽な声音で聞いた。

「いいえ。面白くないことに、全く」彼女はどさりとソファに座り込んだ。「私の不実を思わせる予知も何度も見ているはずなのに、怒り出しさえしないのです。むしろ、自分に魅力が足りなかったのではないかとただただ内省する様子でした」

美田園の言葉を思い出す。「旦那様は内に溜め込みやすいタイプ」

「だから私はいくら罪を犯しても主人の気を引けなかったのです。それが悔しくて悔しくてたまらなかったのです」

愛していなかったわけではないのだ。愛していたからこそ歪んでしまった。俺はこの夫婦の間に、未笠木の水晶という存在が入り込まなかったらどうなっていただろうと思った。少しはすれ違いや喧嘩を経ても、幸せな夫婦になったかもしれない。

だが、水晶がなかったら、石神赤司が大学に進学することもなかった。

ふと、鷺姫の伝説を思い出す。鷺姫は紫水晶の美しさに魅せられ、それを際限なく欲した。

──私はあの水晶が欲しい。もっと、もっと欲しい……。

その欲望のかたちが、目の前の仁美のそれとダブって見えた。未来を見せる水晶は、人に幸福をもたらさないのだろうか。

「少しでも逃れてみたいと、あなたはそう思っただけだったのですね」

「そうなのです……ですが、夫がもっと恐ろしいことを考えていたのだと気付かされたのは、その後でした」

　彼女は顔を覆った。

「あの日……あの日！　二十九年前、青砥くんが水晶の洞窟内で死んで、一か月余り経った時のことでした。主人は私のことを後ろから抱きすくめながら、耳元で囁いたのです――『僕がずっとそばにいるからね』」

　それがなんだというのだろう。赤司は大事な兄を亡くし、彼女は大切な「友人」を亡くしたのだ。悲しみに暮れる妻にかける言葉としては、むしろ当然の――。

　そこまで考えて、彼女が何を言おうとしているか分かった。

　同時に背筋に震えが走った。

「私は確信しました。主人は青砥くんを事故死に見せかけて殺したのだと……そして耳元で、永遠に私を牢獄から逃がさないことを宣言したのだと！」

　彼女の言う通りならば、赤司が青砥を殺したという一つの傍証になる。そして自分の本当の父親を殺した赤司を、真維那が殺したという構図の出発点はより盤石になる。

　同時に石神仁美にも赤司を殺す動機が生ずる。

　鳥籠から逃れる鳥の殺人。

十四　獅堂由紀夫　二〇一八年

仁美に申し入れて、一九八九年当時の〈星詠会〉職員の集合写真を貸してもらった。今は亡き石神兄弟のイメージを持つのに良い写真であったし、確かめたいこともあったのだ。〈星詠会〉の本部棟に戻ると、心配そうな顔つきで香島が駆け寄ってきた。

「ど、どうでしたか？」

「ああ、さすがに少し疲れたよ」思わずため息が漏れる。「今日はもう宿に帰って寝ようかな」

「ええっ！」香島は大げさなまでの反応を示す。「もう鵜さんとのアポイントは取ってしまっています！」

「はは、分かってるよ。急いで確かめたいこともあるし、まだまだ捜査は続けるさ」

俺は気合を入れ直すため、両の頬を手で叩いた。

「さあ、案内してくれ」

〈星詠会〉の一階に「言語解析班」の部屋はあった。今まで見てきた本部内の施設と比べて目を引くのは、辞書類がずらりと棚に並べられているところだろうか。パソコンの機器類とモニターが並ぶ室内で、五、六人の研究員が言葉を交わしながら作業をしている。

鵜は椅子にかけて作業中だった。香島が鵜の視界に映るように回り込むと、鵜はすぐさま頷いて、俺の方に振り返った。互いに会釈を交わす。

鵜がくいくいとキーボードを指し示した。キーボードの上を彼の指が素早く躍る。

『こちらの方が便利なので、これで会話させてもらう』

メモ帳を持っているのは知っていたが、パソコンのある環境でなら確かにそちらの方が便利だろう。キーボードを借りて『よろしくお願いします』とだけ打った。香島が椅子を持ってきてくれたので、一つのモニターの前に二人の男が椅子を並べて座り、互いにキーボードを打っていく、という、ある意味異様な光景が展開した。

机の上に見覚えのあるジッポライターが置かれているのを目に留めた。

『このライターは？』

『〈星詠会〉発足当時、会員に配られた記念品だ。当時からいる人間はみんな持っている。もう十何年も前に禁煙したから使ってはいないのだが、初心を忘れないためにここに置いている』

林のおばちゃんに見せてもらったライターではかすれてしまっていた四桁の数字が、

『1985』であることも確かめられた。

とすれば、あのライターは発足当時の会員のうちの誰かが落としたもの、ということか。それが何を意味しているのかは、今のところは分からないのだが。

『それで、私に聞きたいこととは？』

『鵜さんは読唇術の専門家であると聞きました。それで、読唇術というのはどれほど正確なのだろうか、と……』

メッセージが止まったので見ると、鵜が腕組みをし、眉間に皺を寄せている。さすがに失礼な物言いだったと思い、キーボードを打とうとしたところで、鵜が打った。

『ジダンの頭突きを覚えているか？』

俺は面食らって、どう返事をしようか迷っていたが、その様子を見ていた鵜が口元に笑みを浮かべて、キーボードを操作し始めた。無表情な男だと思っていたので、その笑みに俺の気も緩んだ。

「ジダン、というのは？」と香島が首を傾げて言うので、「サッカーの選手だよ」と応える。

程なく、鵜からより詳しい説明があった。

『もう十年以上前になる。ＦＩＦＡワールドカップの試合中に、フランスの代表であるジネディーヌ・ジダンが、イタリア代表のマルコ・マテラッツィに頭突きを食らわせて、退場処分になった』

覚えている。まだ中学生の頃だったが、当時、同級生とサッカーの話とくれば、ジダンと中田英寿《なかたひでとし》の話題で持ちきりだった。それほどプレーがすごい選手だったのだ。決勝戦は月曜の午前四時からで、すぐ学校だと思うと嫌にもなったが、親に内緒で夜中に起きてきて、明かりを消したリビングで試合を見ていた。ジダンが頭突きで退場になった時には、何か世界に騙されているような気持ちになって、ＰＫを見終えた頃には運動部の朝練に出かける時間になっていた。

『ジダンが頭突きをした理由は、未だに判然とはしていない。ただ、一説によると、マテラッツィがジダンに対して人種差別的発言をしたり、家族への侮辱をしたともされている。ジダンはアルジェリア移民の二世だった』

当時は中学生だったので、そのあたりの報道にまともに目を通したことはなかった。

『マテラッツィが本当にその旨の発言をしたのか検証するため、タイムズ紙が読唇術の専門家ジェシカ・リースを立てて、試合の録画映像の解析を行った。結論から言えば、侮辱的な言葉が読み取れた。内容は』

ここまで書いて俺の方を見ると、そっと肩をすくめた。俺も「内容まではいい」と身振りで伝える。子供もいる場で、わざわざ気分の悪くなる発言を蒸し返す必要はない。

『しかし、ＢＢＣの読唇術の専門家は別の発言を引き出した。同様に侮辱的発言ではあったが、読み取った内容はまるで違った』

『どちらが正しかったのですか？』

『結論から言えば分からない。動きの激しいスポーツの中継映像において、口唇の読み取りが正確に出来たとはとても言い切れない。おまけに、ジェシカはイタリア語のネイティヴではなかった。イタリア語翻訳者の助けを借りて読唇術を行ったという。

イメージを持ってもらうために有名な事件を例に使ってみたが、つまり、読唇術の精度は低いということだ。正面から至近距離で発話者の唇の動きを見ることが出来、発話者自身がゆっくりと明瞭な発言で話し、発話者と読み取り手の母語が一致していてようやく精度は三十パーセントと言われている。近年は人工知能の開発も進んでいて、オックスフォード大学がLipNetという人工知能で九十五・二パーセントの解読率を達成した。それでさえ、実験を受ける者を正面から映し、実験者に指定された英語を口にしたものだ』

三十という数字が希望そのものに見えた。俺が色めきたったのを察してか、鵜が残念そうに首を振る。

『しかし、あの映像は別だ』

『なぜ？』

『〈星詠会〉のことから話した方がいいだろう。〈星詠会〉は予言の精度を上げ、ゆくゆくはこの技術を売り出すことを目論んでいる。その目的の下、少しでも不確定要素をなくすべく〈星詠師〉と研究員は行動している。つまり日本語だけで話し、なるべく明瞭に口を動かすことにしている。三十三年前から積み上げられた習慣の一つだ。あの映像では、赤司さんは発話者を真正面から見ていた。覚えていますね？』

『はい。拳銃を突き付けられて、男の反応を注視していたのです。自然とそうなります』

『その通り。加えて、男は口を明瞭に動かし、日本語を喋っている』

専門家にそう言われては仕方がないが、諦めきることは出来なかった。俺は食い下がる。

『抜け道はありませんか？』

鵜はまた眉間に皺を寄せた。何か悩んでいることがあるらしいので、今度は焦らずに反応を待つ。彼はキーボードを操作したが、先ほどまでの会話ログとは別の画面を開いた。どうやら研究室内のメッセージツールらしい。確かにこれなら、鵜をいちいち煩わせることなく、モニターを見ているだけで会話が出来る。

鵜が表示したメッセには、三つの短文と動画ファイルが添付されていた。

『抵抗しない方がいい。本物だからな』

『残念だが、その通りだ。あんたがここで死ぬことはすでに確定している』

『黙れ。お前に真維那などと呼ばれたくはない』

鵜はその三つの文章を眺めつつ、問題の動画を見直していた。少し考え込んだ後に、俺をちらりと見てからキーボードを打つ。

『二つある』

二つも！　俺は踊り出さんばかりだった。

『一つは未知の日本語が紛れている可能性だ』

俺は首を傾げて疑問を表明する。

『これは未来予知につきまとう課題だ。例えば、三十年前の「私たち」が現代の「未来」を予知した時、映像に映っている人物が「スマホ」という言葉を発したとする。この時、理解できる可能性は著しく低い。ビジネスホテルの略称でビジホが通用するなら、スマイルホテルだとか、何かのホテルの略称と思うかもしれない。Smartphoneという言葉が出れば可能性は上がるが、携帯電話さえ流通していない時代から「見れ」ば、持ち出せる電話、それもインターネット機能を備えたものなど想像の埒外だろう。もちろん、既存の語彙に強引に当てはめてしまい、「スマホ」という文字列自体導出できないこともあり得る』

「紫香楽電機が水晶に目を付けたことも、このような部分だったと言われています」香島が補足した。「競合他社の製品の情報を『見る』ことが出来れば大いに役立ちますから」

『逆の問題もある。言葉が古すぎて分からない場合だ。既に廃れてしまっていたり、馴染みのない言葉が使われているケース』

昨日林のおばちゃんに言われた「生さぬ仲」も、俺は解説を聞かなければ知らない言葉だった。発せられた言葉を拙速に自分の語彙に当てはめてしまえば、違った形に読んでしまうことも確かにあるかもしれない。

『古い方への対処法はこの部屋にある』

鵜の言葉が不思議だったが、周りを見渡すと、棚の辞書類が再び目に留まった。見ると、かなり古い版まで並べられている。辞書の隣には図鑑などの大型本もずらりと揃っていた。これらの本たちとインターネットを駆使すれば、大抵の言葉をカバーできるのだろう。

もう一度三つの文章を見比べる。

『本当に未知の言葉が紛れ込んでいる場合、解読は厄介になりそうですね』

『とはいえ、前二つの文章は、拳銃を突き付けた男が相手に向かって言う台詞としては十分に自然だ』

なんだかその言い方がおかしかったが、確かに首肯できる。

『今年の一月三十一日、つまり過去の記録映像なのだから未知の言葉が紛れている可能性も低い。わずかながら、「本物だからな」の「本物」に拳銃を表す何かの固有名詞が入る恐れはなくもない。未知の銘柄の拳銃の名前、とかだ。ただ、それによって大勢に影響はない』

その通りだった。二つ目の台詞も、どこか一つ入れ替えたところでどうも上手くない。やはり焦点は「真維那などと呼ばれたくはない」になるようだった。

『いま一つの抜け道は、日本語の同口形異音語だ』

『それは？』

『日本語には、口の形が全く同じでありながら、発音が異なる文字が存在する。例えばサ、ザ、タ、ダ、ナ。あとはマ、パ、バ』

俺は口を動かしてみて、言われてみればそんな気がする、くらいの感触を得た。

『濁音・半濁音の有無の区別も難しい。だから読唇術においてタバコとナマコは同じ言葉に見える』

『どうやって区別するのですか？』

『文章全体で見るんだ。すなわち文脈を読む。「表に出て○○を吸ってきていいですか？」と言われたなら、まさかナマコを吸う奴はいないだろうと考える』

鵜としてはジョークのつもりだったのだろう。俺の顔を見て、少し残念そうにした。

文脈……。その言葉が俺の脳裏をちくりと刺激した。俺も、あるいは〈星詠会〉の人間も、何かの文脈に縛られているのだろうか。しかし、石神真維那が映像の中の〈星詠師〉を殺そうとしている、という以外に、この映像の読み解き方があるのだろうか？　いや、〈星眼〉が石神赤司ではないのだとしたら、その人物の死体が見つかっていないこと自体がおかしい。とすれば、石神真維那が映っている、という前提自体がおかしいのか？

真維那、と口にした。

『真維那という名前には、さっき言われた音が入っていますね。マイナ。マとナ』

『確かにそうだ。しかし現に、石神真維那が映っているんだから……』

現に石神真維那が映っているのだから！

俺はようやく違和感の正体を捕まえた気がした。そうだ。目の前にいる男が真維那だと思うこと自体が先入観なのだ。

会話ログを眺めていた俺の頭がようやく閃《ひらめ》きを得た。

『ばいた』

『？』一文字だけで鶫は手を止めた。

『バイタですよ！　バをマに、タをナに誤読したとすればマイナになる。目の前に石神真維那さんの顔が映っているせいで勘違いをしていたんです』

鶫は明らかに狼狽していた。俺のことを何かおかしなものでも見るように訝《いぶか》しんでいる。

『まだ石神青砥さんが生きていた頃、仁美さんを巡って、兄弟は三角関係になっていた』

あまり目にしたい話ではない。俺が文章を打ち込んだ瞬間、鶫が顔をしかめた。

『つまり何が言いたい？』

『今から二十九年前、石神青砥さんは謎の死を遂げた。それが赤司さんによる殺人だったとすればどうですか？　映像は赤司さんによる青砥さん殺害で、青砥さんは頭を拳銃で射抜かれた。その傷を誤魔化すために、赤司さんは落石事故に見せかけて頭を潰した』

『あり得ない。根拠は？』

『赤司さんに拳銃を突き付けられた青砥さんはこう言ったはずです。

「俺を殺す理由はなんだ？　あの売女《ばいた》のことか？」

そして赤司さんは怒りに駆られて言った。

「黙れ。お前に（彼女のことを）売女などと呼ばれたくはない」』

室内に沈黙が広がった。背筋を伸ばしていた鵜が椅子にもたれかかり、難しい表情を浮かべている。

「そんな——あり得ません、獅堂さん！　いくらなんでも、あの映像が二十九年前のもので、しかも、赤司さんが、自分の兄を殺すところだった、なんて……」

「だが、この想像にはもう一つの根拠があるんだ」

俺は先ほど仁美夫人から借りた写真を取り出す。香島はその写真を見るなり、目を見開いた。

「似ていらっしゃいます」香島の声は震えていた。「二十九年前の赤司さんと青砥さんの顔は——今の師匠にそっくりです」

十五　石神赤司　一九八八年

「千葉君。まあ実際のところはね、君の気持ちはよく分かる」紫香楽淳也はねっとりとまとわりつくような声で言った。「私にも功を急ぎたくなる思いはある。しかしだ、本当の成功には長い時間が必要になるものなんだよ……」

淳也はジッポライターをカチカチと開けたり閉じたりしている。淳也の喋り方は父の一成を真似たものなのだろうが、一成のそれには時間の重みが伴っているのであって、淳也はただただ陰険というに過ぎない。僕はそれ以上見ていられなくなって、紫香楽淳也の執務室を後にした。

千葉冬樹が〈星詠会〉の研究内容を学会に公表したというニュースは、瞬く間に〈星詠会〉内に広がった。「誰か予知して止められた奴はいなかったのか」というのが専《もっぱ》らの話題だったが、学会に公表しても全く話題にならずニュースにもならなかったことも手伝って、あいにく誰も予知で気付くことが出来なかったらしい。

青砥の執務室に行くと、またその話題になった。彼は未決書類の処理を行いながら、ため息交じりに漏らす。

「しかしまあ、会内の論調は千葉の軽率を詰《なじ》る一方で、彼も気の毒だな」

「二人目」の登場をあれほど喜んだ一成も、「彼は、こんなことをする男には見えなかったんだがな。私の見込み違いだったか」と、ハッキリ失望の言葉を口にしていた。

「僕はやりきれないな。彼はいい人なんだよ。情に厚いんだ」

「確かにな。だが、この段階で〈星詠会〉の研究内容を公表することは出来ないっていうのには賛成だよ」

青砥はそう結論を下した後、滔々《とうとう》と告げた。

「言ってしまえば、未来予知の技術だからな。今は紫香楽さんの影響下で出資者や情報提供先も限定されているが、その防波堤を超えてしまえば、悪用したがる人間が現れて、こちらの制御が利かなくなるとも限らない。それは一般人に対してもそうだ。例えば次の大地震はいつか、と聞かれて、お前には今十分な説明をするだけの用意があるか？　未来予知を社会に利用する、というのは、その用意をする、ということだ。今俺たちにはそれが出来るだけの材料がない。まだ分かっていないことだらけだからな。商用利用の問題もある。うちの法務部はまだこの技術の特許を取るに至っていない。未笠木村の水晶を独占しているのが紫香楽電機の強みではあるが、いざ技術を公表した時、我々の技術が流用されたり、買い叩かれるのでは意味がない」

もちろん、と青砥は肩をすくめて笑ってみせた。

「俺たちは金もうけのためにやっているわけじゃないがな。それでも、そうした想定が一切合切できていない段階で、発表するのは拙速に過ぎる」

青砥の長い口上を聞きながら、僕は感慨に打たれていた。書類から顔を上げた青砥は僕を見つめて顔をしかめた。

「なんだよ」

「いや。兄さんもちゃんと考えているんだなと思って」

「ああ？」青砥は舌打ちした。「お前なぁ、俺をなんだと思っているんだ？　一つの組織の運営をするっていうのは、そういうことだろ」

「大学時代はディスコを遊び歩いていたじゃないか」

「お前そりゃ、大学時代の話だ」

青砥は少し恥ずかしそうに顔の前で手を振った。実際のところ、兄の要領の良さは大学での立ち振る舞いにも現れていたのであり、それが今度は仕事に活かされているだけ、ということなのかもしれない。

「ともかく、この仕事が片付いたら、俺からも千葉のフォローに入ってみるよ。あいつの予知の鮮明さは目を見張るものがあるからな。何より俺たちにとって思い出深い『二人目』だ。あいつにやめられたら、俺も困る」

「さ、赤司大先生は早く予知の一つでも記録してこい。そろそろ時間だろ？〈星詠会〉はお前が頼りなんだからな」

「頼んだ」

あんまりプレッシャーかけるなよ、と笑って、部屋を後にする。執務室の戸棚の中に、見慣れないティーカップとソーサーがあった。青い花の装飾が施された華美なものだ。青砥にしては珍しい趣味だった。


「鵜」

廊下で声をかけると、鵜は整った所作で一礼した。彼はいつまで経っても硬いままだな、と苦笑する。

彼は手で「ちょっと失礼」というようなジェスチャーをやってみせてから、メモ帳を取り出して、サラサラと書き出した。

『映像の解析、終わりました。やはり、ベルリンの壁のようです』

「やはりか」

鵜の顔を見てゆっくり口を動かした。

一週間前、千葉冬樹の見た予知内のニュース映像が話題になっていた。外国系と思われる男女が壁の上に大挙して上り、そのうちの一人がツルハシを振り下ろして、壁を壊そうとしている映像だ。あるいは、ハンマーと楔《くさび》を使って壁を壊していく男を、周囲の人間は熱狂のうちに迎えている。音声がないだけにどこか不気味だった。千葉の三分ほどの予知の最後には、彼の自室のカレンダーが映っており、つけられた印から逆算して、一九八九年十一月九日のニュース映像であることは察せられた。

壁に描かれた大量の落書きや文字、その模様から、ベルリンの壁なのではないか、という想像が会内を駆け巡った。だが、「ベルリンの壁が壊されようとしている」「その様子を緑の軍服を着た男たちも特段止めようとしている様子がない」という映像内の事実を、誰も受け止めることが出来なかった。映像は解析班に回され、鵜はその担当にあたっていた。

『ですが、話されている言葉までは、さっぱりです。もともと、母語以外の読唇術には困難が伴いますが、ニュースの映像内の誰もが興奮しきっているらしいのが、更に状況を悪くしています。日本人キャスターの発話だけが、五秒ほど映っておりましたが、得られたのは映っているのがベルリンの壁である、という情報だけです』

鵜は長い会話を、決して焦らずに、静かに書き上げた。彼の冷静沈着なところを僕はいたく気に入っていた。

「ありがとう」

冷戦という一つの時代が終わるのかもしれない。紫香楽一成や淳也の言葉を借りれば、政変の情報は金になる、という。だが、言語の問題にも対処しない限り、国際的な事件に対する予知の精度はまだまだ落ちると言わざるを得ない。

「ほう、思っていた通りだ」

鶫の持っていたメモを取り上げて、口笛を吹いてみせたのは紫香楽淳也だった。

「ゴルビーはやる奴だと思っていたが、まさかここまでくるとはね。全く驚くべきことだ」

あなたは何様のつもりなんだ、という言葉は喉元で抑えつけた。

しかし、淳也の感慨には頷けるところもあった。一人で予知をやっていた頃と違い、予知の記録から保存、解析をシステム化し、組織で取り組むうちに、重大な事件が次第に網にかかるようになってきた。

これからだ、と密かに思いを新たにさせられた。淳也のことは、同い年のいけすかない奴という感覚が抜けないが、一成や青砥、千葉、そして鶫。代え難い協力者も増えてきた。

「俺たちは必ず成功するんだ」。兄が高校生の頃に言った言葉を思い出す。

(そうだ)僕は心の中で呟いた。(きっと成し遂げる。僕たち二人で)

淳也が手をひらひらと振って立ち去ってからも、鶫が立ち尽くしているので、正面に立ってから、どうした、と声をかける。

一緒に働き始めて三年が経つが、やはり表情の読みにくい男だった。僕の顔を数秒見つめてから、素早くメモに文字を書き始めた。メモを破って、僕の手に載せた。

『千葉のことを、あまり責めないでやってください』

鶫らしくない乱筆だった。

「分かっているよ」

メモを読んでいる間に、二枚目のメモが手に載せられていた。

『私も千葉の行動は拙速に過ぎた、と感じています。ですが、赤司さんと青砥さん、それに一成さんが忍耐強すぎるのだ、という思いは私も抱いています』

一つ一つの文字から、彼の思いが伝わってきた。物静かな彼が、胸に熱い思いを秘めているのを知り、僕は驚いた。

水晶に出会ったあの日から、十六年が経っていた。あの日から一歩一歩、僕と青砥は積み上げてきた。小学生の実験レベルから、この組織に至るまで、着実に進んできた。

だからこれは時間のかかることなのだと知っていた。知らず知らずのうちに知っていた。千葉も鶫もそうではないのだ。彼らは中途半端に出来上がった希望を渡されたのだ。自分の人生を変えてしまうかもしれないもの。今にも何かが変わるかもしれない。変えられるかもしれない。それが功を急がせた、ということだろうか。

『あの水晶は魔性のものです。人の欲望を引き寄せてしまう。魅入られたら終わりです。あなた方はそれに耐性があるのです』

「……そうだね」

その魔性にあてられれば、千葉のような真面目な男でも道を踏み外す、ということか。

だが、僕はそれ以上に実感を伴って、別の感覚を得ていた。

これは鶫の言葉だ。鶫の想いだ。同期として一番傍にいる鶫だからこそ千葉のことも分かるのかもしれないが、彼は千葉の話をしているようでいて、知らず知らずに自分の想いをこぼしているのだ。

彼もまた魔性に魅入られ、欲望に呑まれかけたことがあるのだろうか。鶫の無表情からは何も窺えなかった。表情の読めない男。メモに著される言葉はあまりに少なすぎた。


自宅に戻ると、仁美がソファに座っていた。僕のことを見ると、間延びした声で話しかけてくる。

「ねえー、今度はいつ街に出られる？　私、見たい映画があるの。『追いつめられて』ってやつ。ケヴィン・コスナーの。次の土曜かららしくて」

「ああ、それなら見に行くことに『なってる』よ」

「ふうん。変な言い方ですこと」

「この前予知で見たんだ。映画館で君と二人、ケヴィン・コスナーの映画を見てる光景をね」

「あら、それはお気の毒ね。ネタが分かっちゃったってこと？」

「さあ、どうだろう。映画館にいるとろくに時計も見ないし、まだ日本で公開されていない映画のどのシーンが何分あたりとか、分かるわけがないからね。映像解析も止めさせたよ。もしネタがバレるシーンだったなら、あまりに忍びないし」

僕は服のボタンに手をかけてから、ふいに着替えるのが億劫になって長いため息をついた。

「映画を見るの、やめるべきなのかな」

「ええ？」

「一本の映画を見るってことは、僕の目を二時間覆い隠してしまう、ってことだ。僕の兄貴が僕の目のことをなんて言ってるか知ってるかい？〈神の目〉だよ。大げさだろう？　恥ずかしいからやめてくれって文句を言ってるんだけどさ。でもまあ、つまり、僕が言いたいのは……」

「映画を見るよりも、ニュースなり新聞なり、世の中の動静を見ることに時間を使った方が、役立つ予知が記録される確率が上がる、それが〈星詠会〉のためになって、ひいては世の中のためになるんじゃないかって？」仁美が鼻で笑った。「ご立派な自己犠牲精神ですこと」

「しかし――」

「映画が予知に記録されることで、将来ヒットする映画が分かるかもしれない。映画館の人の入りとか、終わった後の観客の反応が映ることでね。そうしたら、紫香楽さんについているスポンサーが映画に出資する時に参考にするデータが出てくるでしょう？　あなたの娯楽だから、他人には全く役に立たないだろうなんて考え方はやめなさい。窮屈になるだけ。そんな考えの方がよっぽど役に立たないから」

キッパリと言いのけた彼女を、しばらく放心したように見つめていたように思う。新鮮な考え方だった。

「はい」仁美はパンと手を叩いてから立ち上がった。「じゃあ、今度の土曜日に『追いつめられて』に行くってことで決まりね。あ、ネタは分かっていないにしても、予知で見たものは何も言わないでよ。私、結構楽しみにしてるんだから——」

寒いから紅茶でも淹れるわね、と彼女は台所に消えていった。引っ張っていってくれる彼女がいなければ、僕は水晶だけに身を捧げるつまらない人生を送っていただろう。彼女と出会った大学時代のことを思い出して、僕はしばらく感慨にふけっていた。その回想の中から、途端に兄のことが立ち上ってきて、頭がチクリと痛んだ。

「それにしても、プロポーズの時、あなたが水晶の研究をしてるって聞いた時は、正直どうなのかと思ってた。まさかここまで来るなんてね」

「そうだな」

仁美が二つのティーカップをテーブルに並べた。僕のティーカップはいつも使っているもの。妻のティーカップは新調したもののようだ。白の陶器にピンクの花柄があしらわれている。ソーサーにも同様の装飾があり、カップを載せると、まるで花畑のような鮮やかな色彩が嫌でも目を引いた。

「そのカップ、新しいやつか」

「うん。そうなの。紫香楽のお父さん、この前フランスに行ったでしょう？　そこで買ってきてくれたの」

「一成さんも出張多いんだから、毎回お土産を用意しなくてもいい、って言ってるんだけどな」

「いいじゃない。厚意なんだからありがたく受け取っておきましょう。それに、女はこういう小物が好きなの。あなたも少しは紫香楽のお父さんを見習って、素敵な贈り物の一つでもしてくださいな」

僕は思わず苦笑して、今度映画を見に街に出た時は、何か考えておこうと頭の片隅に留めておいた。

突然、妻のティーカップが記憶を刺激した。道理であの模様に見覚えがあったわけだ。僕は先ほど、青砥の執務室の戸棚にこれと同じ装飾のティーカップを見ていた。違うのは色で、妻のものはピンクだが、青砥のものには青い花が描かれていた。

ペアカップ、という言葉が頭をよぎった。大学時代の仁美と青砥のことが思い出される。しかし、こうして結婚してから後も、まるで挑発するかのように、夫以外の人間とペアカップを使うようなことがあるだろうか？

「今日の、結構上手く淹れられたかも」

妻が口元に笑みを浮かべた。

彼女が子供を身籠ったのは、その四か月後のことだった。

十六　石神赤司　一九八九年

三月になって、地元警察による一通りの捜査が落ち着いてくると、ようやく一息つくことが出来た。

一九八九年二月二十二日。この日は、〈星詠会〉発足の四周年記念パーティーが予定されていたが、あえなく中止になった。朝、石神青砥と紫香楽一成の死体が発見されたからである。

兄は水晶の坑道における落石事故による事故死、紫香楽一成は持病であった心臓病の発作による病死。もちろん、二人の死が重なったことに対する不審感は根深かった。二つの巨星を同時に失ったことが、〈星詠会〉の職員に何か不吉な感じを与えていたのも確かだった。

警察による捜査において面倒だったのは、彼らが二つの死の調査を超えて、〈星詠会〉とはどのような組織なのか、を詰問してくることだった。バブル経済の影響もあり、多くの新興宗教が興っていた時代でもある。水晶の研究をするという御託を並べ、山に籠っている集団。それだけ見れば、警察の目には随分、きな臭い組織に映ったのも無理はなかった。スポークスマンとして有能だった青砥を失った傷は小さくなかったが、紫香楽淳也が親譲りの口の上手さと、堂々とした受け答えぶりで乗り切ってみせたのは評価せざるを得ないところだった。

〈星詠会〉自体の見通しさえ危うい時に、二人を失ってしまったのは大きな損失だった。〈星詠会〉の中では、「バブルは崩壊する」というのはもはや予知として確定された事実だった。淳也は「予知なんてしなくても、世間もみーんな気付いてるよ。だから、バブルなんて言ってるんだ」と偉そうにうそぶいたものの、会内に広がる不安は隠しようもなかった。好景気に浮かれる日本がその時どうなるのか。詳しく予知するだけの材料は集まらず、バブルが崩壊すると告知するだけの研究成果も持ち合わせていなかった。ノストラダムスの大予言を打ち崩す予知も未だ現れていない。〈星詠会〉を覆っている閉塞感が重苦しかった。

「あなた、大丈夫……？」

自宅のソファに沈み込んでいると、仁美が心配げに覗き込んでくる。彼女の目元は赤くなっていた。

（お前はどうして泣いているんだ……？　大学からの昔馴染みを唐突に失った悲しみでか……？　それとも……）

口に出すことは出来ず、ただ力なく手を振るだけで応えた。

（いい……今は彼女とやりあう時じゃない）

仁美が居間のテーブルに筆記用具を広げた。ボールペンを手に取って、便箋にサラサラと書き付け始めた。

「手紙、書かなきゃ。大学の同級生が心配してくれてるの。年賀状のやり取りしているから、二人死んだのが私の住んでいる村だって分かったらしくて。義兄《にい》さんが亡くなって、大丈夫なの、ってこの前手紙をくれたの。返事を書かなきゃいけないの……」

彼女は自分に言い聞かせるように繰り返していたが、やはり弱っているのだろう。ボールペンを動かす手には力がなかった。やがて、ボールペンが刺さって便箋が破れる、ピリッ、という音が響いた。

「これね、紫香楽のお父さんがくれたのよ。あの日の前の三日間、紫香楽さん、フランスに出張に行ってたでしょう？　それであの日にお土産にくれたのよ。青砥さんに見せたら、『おしゃれでいいね』なんて言って……紫香楽さんの小物選びは趣味が良くて……そうよ……あなたも見習うべきだわ……」

僕は仁美の体を後ろから抱きしめて、二人で落ち着くまで、そうしていた。仁美は新しい命の宿っているお腹を撫でさすって押し黙っていた。

「今度、街に行こう。久しぶりに映画を見て、好きなものを買って、夜はおいしいものを食べよう」

仁美は静かに頷いた。

「僕がずっとそばにいるからね」

仁美の体が腕の中で震えた。

青砥と紫香楽一成を失って、二人でやっていかなきゃいけない。僕の胸から、妻に対する疑いが消えたわけではないが、今はそんなことも忘れようと思った。二人で、いや、お腹の子と合わせて三人で生きていく。青砥と一成と育ててきたこの〈星詠会〉を、もっと大きくして、水晶の持つ可能性を最大限に引き出していく。それが二人に対する手向《たむ》けでもあるのだ。

「私、この子の名前考えてあるの」

「いいね。どんな名前？」

「マイナ」

「うん。良い音だと思う」

生まれてくるのが女の子なら、可愛い名前になるだろうと思った。男の子でも、漢字を工夫すれば恰好の良い名前になりそうだ。

（今はこうして、二人でいるだけでいい。どのみち——警察の追及は、乗り切ったのだから）

あの水晶はもう引き出しの中に隠した。決して見つからないように、今まではへそくりなんかを隠していた二重底を使ったのだ。この後に訪れる災厄の可能性に僕は苛まれていたが、今だけはそれを頭から締め出して、妻の体を抱きしめていた。彼女の背中をさすりながら、「大丈夫だよ、大丈夫だよ」と繰り返しているのは、自分に向けて言っているのかもしれなかった。

今でも、思い出すたびに僕の心をざわつかせる光景がある。

(ああ——やめろ！　やめろ！)

僕のことを見つめる真っ赤で巨大な目。

(僕を見ないでくれ！)

それはあの日、あの恐ろしい夜に、まるで僕を監視するかのように禍々しい色を放っていた——赤い月の光景だった。

十七　獅堂由紀夫　二〇一八年

『真維那という単語。そして、真維那の顔。この二つを突破できるとすれば、あの映像に残された大きな壁は、もう月蝕しかありません』

俺がそう書き込むと、鵜はハッと息を呑んだ。

『そういえば、あの日も月蝕の月が出ていた』

確かな手応えが感じられた。もしあの映像が二十九年前、一九八九年のものであるなら、あの赤い月蝕は大きな壁になる。しかし、その日にも月蝕が見えたとすれば……。

『二十九年前の二月二十二日、私たちは水晶の洞窟の入り口付近で、落石事故に巻き込まれた青砥さんを発見した。朝六時頃のことだった』

鵜は沈痛な面持ちを浮かべながら、キーボードを打ち続けた。

『前日まで……何もおかしなことはなかった。仁美さんの子供がもうすぐ生まれるということで、祝賀ムードさえ仄《ほの》かに立ち上っていたほどだ。〈星詠会〉の発足四周年パーティーも迫っていたからな。ただ、二月二十一日、その日の夜からの天体ショーだけがやけに印象に残っていた……。真っ赤な月の禍々しさが、何か不吉な感じをもたらしていた。モノ好きな輩《やから》は入山村の物見櫓まで行っていたのを覚えている。翌朝、青砥さんの死体が見つかり、昼頃まで起きてこなかった紫香楽一成さんの居室に行ったところ、心臓発作で亡くなっておられた。もちろん、月と人死にをすぐに結び付けたわけではないが、ただ赤司さんだけが生き残ったことが、何か不吉な暗合のように思われてならなかったのを覚えている』

あの夜、月蝕があった。どうやら間違いなさそうである。

俺はキーボードを引き取った。

『これまでに分かっていることを整理しましょう。映像の〈星詠師〉は二十九年前の夜、石神赤司さんに拳銃で殺害された。動機は仁美夫人を巡る痴情のもつれです。二十九年前の空には月蝕の月が出ており、映像との矛盾はなくなるかもしれない。こればっかりは、高峰さんに正確なところを確かめてみなければいけませんが。そして、真維那さんと二十九年前の赤司さんの顔はよく似ている。鶫さん、動画を出してください』

鶫が動画を呼び出し、俺の意図を察して、拳銃を持った男の顔を拡大した。

「ああ——」香島が呻いた。「やはり、似ていらっしゃいます」

俺は頷く。マフラーと長髪が耳や首元を覆い隠しているので、ある程度まで誤魔化せたのだろう。

『だからマフラーなのか』と鶫が書き込んだ。

『どういうことですか?』

『あまり口にしたくもない、おぞましい話題なのだが、赤司さんの首元には、幼い頃に父親に絞殺されかけた時の痣が残っているのだ。赤司さんは人前に出る時はタートルネックの洋服しか着なかった。どうしても薄着にする時は、ファンデーションでカバーしていた。つまり』

『マフラーで痣を隠し、赤司さんであることを悟られないようにした。その可能性はありますね』

「でも、待ってください」香島が言う。「それでは赤司さんが、まるで予知がそう残るように『しつらえた』ようではないですか。映る未来はランダムなのですよ。いくら〈大星詠師〉といえど、そのようなことは……」

確かに、この映像はあまりにも作為的に過ぎる。そのあたりにもう一つ秘密がありそうだが、俺たちが一九八九年の映像を二〇一八年のものと取り違えていたのだとすれば、真維那を救い出す鍵となるわけである。可能性を追ってみる価値はあった。

「それに」香島が勢い込んで言った。「もし月蝕が突破できたとしても、未だ前提が成り立っていません。獅堂さんの推理通りだとすれば、予知を行った〈星詠師〉は青砥さんになります。ですが、水晶の予知は、能力のない人物には絶対に行えないんです」

「青砥さんには予知能力がなかったんだな」

「はい」

「……能力のない人間が、予知を行える可能性は全くないのか」

「……それは……」

香島も俺の推理に一縷《いちる》の望みを託していることがよく分かった。兎にも角にも、最初の一歩は確かめることからだ。

「香島君。高峰さんを呼んでくれないか」

高峰に二つの調査――映像の男の顔を石神赤司のものと考えても顔認証の点で矛盾がないか、映像に映っている月蝕が一九八九年二月二十一日のものと考えても矛盾は生じないか――を依頼して、三時間余り。

〈星詠会〉一階の応接間で、俺と香島は報告を待ちわびていた。鶇は自分の仕事に戻って行った。

俺の頭の中では幾つもの疑問がくすぶっていた。

二十九年前と現在の二つの月蝕の月。文脈によって「売女」と「真維那」を勘違いしてしまったこと。進んでいる方向は間違っていないように見えた。石神赤司が置かれていた三角関係と、「売女」という言葉の関連性は偶然とはとても思われない。

一方で、大きな疑問も残っている。もし映像が石神赤司の殺人の光景を映したものであるなら、その映像が原因となって彼自身が「殺される」と怯えることなどあり得ない。

もちろん、全てが赤司の狂言だった可能性はある。周囲に恐怖をアピールすることで、月蝕当日に死体が発見された時、なんらかの効果を狙ったのかもしれない。

一番嫌な想像は、拳銃自殺を遂げた後、水晶が発見されることで石神真維那に容疑がかかることを狙ったというものだ。憎き青砥の落としだねである真維那に対する悪意である。二十九年のブランクは、恐らく真維那が映像の男と勘違いされてもおかしくなくなるまで真維那の成長を待ったからだ。

しかし、それで自殺をするだろうか——？

映像についても色々なことが分かってきたが、俺は「中心」が欠けているような感じがしていた。今は手掛かりが足りないので、考えるのを一旦やめた。


「お二人とも、ここにいましたか」

応接間の扉を開けたのは千葉だった。

「どうですか。調査は順調ですか」

「今は高峰さんに頼んだ調査の結果待ちですよ。せっかくなので、待っている間、話し相手にでもなってくれませんか？」

「そうですね……次の予知記録まで小一時間ほどありますので、構いませんよ」

千葉はそう言って向かいの椅子に腰かけた。千葉とは早い段階から共に行動していたのに、聞き出せていないことが色々ある。これを機にぶつけてみようと思った。

「あなたはなぜ〈星詠会〉に入ったのですか？」

〈星詠師〉の「二人目」として組織に入った経緯は香島の口からも聞いているが、俺は千葉自身の口から聞いてみたかった。

千葉は暗い瞳をちらりと向け、「面白くもない話ですよ」と断ってから続けた。

「私は大学院を出て、紫香楽電機の傘下、その末端のグループ会社に就職しました。本来なら紫香楽前社長にお近づきになることも出来ないような、ただの冴えない男でした。それが変わったのは水晶のおかげでした。前社長は我々のような末端の社員にも機会を与えてくださいました。試験用水晶でのテストで、私は幸運にも好成績を出し、この〈星詠会〉、未来予知プロジェクトへの参加を許していただけたのです」

「なるほど」

「ここに配属されたのは〈星詠会〉発足と同時です。二人目の〈星詠師〉……などと言うと大それたように聞こえますが、とにかく、そのような存在として招かれたわけです」

千葉の卑屈そうな言い方は、「二人目」として扱われてきた男のそれには思われなかった。欲望に魅入られて全てを喪った男。組織でも重要な存在として遇されながら、発言力さえなくしてしまった男の顔だった。

「鶇とは、同期のような扱いで仲良くしています。今あの頃のメンバーは、もう定年になっているか、別のところに異動になったかで、残っているのは仁美さん、淳也、鶇、私くらいのものです」千葉は悲しそうに言った。「紫香楽電機の本社では、ここに勤務することを、左遷、と考えている人も多かったようですから」

「しかし」香島が首を捻った。「紫香楽一成さんが優秀な人材を引き抜いてきて結成したと……」

石神兄弟は、

「その人材で基盤を作った後、一成さんが亡くなられて、『一成さんがやるなら』とついて来た人々は、意欲を失ったようになってしまったのです。それに、石神青砥さんが亡くなったことも大きかった。あの頃、水晶を見つけてきて、私たちに夢を与えてくれた石神兄弟は、まさしく二人で一つの希望だった……」

ベター・ハーフ。石神仁美の兄弟評を思い出す。経営の基盤と理論を紫香楽一成が舵取りし、組織への精神的支柱を石神兄弟が担っていたのだ。いわゆるカリスマ性である。

現れた「二人目」の〈星詠師〉は、組織化を進めるうえで大きな転機になった。経営、カリスマ、「二人目」。それぞれが組織を動かし、一九八九年の事件の時には、その全てが失われていた。〈星詠会〉という組織が、三十年以上もの間牛歩を続けているように思われる理由が分かってきた。

「しかし、あなたは組織を離れなかったのですね？」

「私ですか」千葉はきっぱりと言い放った。「私は、なんの取り柄もなかったところを、一成さんに拾っていただき、石神のご兄弟によくしてもらった身です。この組織に奉仕し、水晶の予知を完成させることこそ、彼《か》の人々へのご恩返しだと思っております」

「大きく出ましたね」

声の細さと猫背がちなのが相まって、自信がなさそうに見える千葉だが、忠義には厚いらしい。

「古参がいなくなっても、今は、例えば高峰ですとか、手島ですとか、新しい人々も入って来ていますから。あと数年あれば、精度の高い予知が完成を見るかもしれません」

「そうですね。高峰さんを見てると、水晶の予知が色んなことに役立てられるんじゃないかって、希望を感じます」

俺はごくごく無難で中身のない返答をしたつもりだったが、千葉の顔が曇った。

「そう、でしょうか」

俺は面食らって、「どういうことです？」と食い気味に尋ねた。千葉は俺たちに背中を向けて、窓から外を眺めた。彼の背中が頼りなげに見える。

「私は、予知が完成したところで、もしかしたら何も変わりはしないのじゃないか、と思うようになりました」

「そ、それは」香島の顔には動揺が表れていた。「なぜですか？」

「青砥さんと一成さんを喪ってから、三年ほど後のことでした。私はある予知を見ました。カレンダーの日付で、一九九五年の三月二十日のことだと、分かったのです」

その日付が頭に引っかかり、ようやく思い至ると、千葉の暗い表情の理由を察した。

「……地下鉄サリン事件か」

俺の呟きに千葉が頷いた。「香島君にとっては、生まれる前のことになるのでしたね」と千葉が感慨深そうに口にした。

「十分ほどの予知映像は、ニュースの映像や、今起こっている事件について〈星詠会〉の職員と会話をしている場面で構成されていました。朝八時半過ぎのことだと時計で分かりました。予知には、チャンネルを回す私の手が映っていましたが、どの局をつけても同じ事件のことをやっています。映っていた〈星詠会〉の職員が、『どういうことだ？　これまでは阪《はん》神《しん》・淡路《あわじ》の報道一色だったじゃないか？　何が起こった？』と恐ろしそうな顔で言っていたのを、映像としても、体験としても、生々しく覚えていますよ」

千葉の声は震えていた。

「その予知を見た時、私は予知の限界を悟ってしまったのです。十分だけの映像では、どこで事件が起こるのか、どんな風に起こるのか、それすら正確に摑めない。思わぬ事件に動揺する私は、ニュースを注視するどころか、あちこちに視線をさまよわせて、むしろ他人との会話に気が散っていたりする。不正確な情報は混乱を招くだけだ……そして、正確な情報を得たとしても、それをどう信じてもらえばいい？　信じてもらえるようになるのに何年かかる？　私たちは既に三十三年を費やしてしまったのです。映像だけでは、職員の言った『阪神・淡路』のことすら分からなかった。それがもどかしくてもどかしくてたまらなかった。紫香楽から、『組み込み仮説』のことは聞いたでしょう。予知した未来は何をしても変わらず、回避行動の与えた影響さえ、予知された通りの結果に収束する……私たちの回避行動が一切通じなかったという経験則に、とても整合的な仮説です。ですが、本当に私たちの行動は少しでも影響しているのでしょうか？　本当は、何の意味もないのではないか。私は恐ろしくさえなりました。水晶に映された予知は、どんなにあがこうともその通りになる。その出来事は起こってしまう……信じてもらったとしても、助け出すことなんて出来ないかもしれない。そんな考えを突き詰めていったら、ある日疑問に思ったことがありました。では、未来を覗いている私はなんなのだろう、と。私が覗いたから、事件が起こるのではないか……」

脳裏に鷺姫のエピソードがよぎった。あるいは、鳥籠に囚われたと思い込んでしまった一人の女性のことを。

香島の表情は暗澹《あんたん》たるものになっていた。生まれた時から〈星詠会〉があって、それを信じて生きてきた少年に聞かせるべき話ではなかった。彼にはまだ刺激が強すぎる。

「そう思ってさえ、なおあなたが研究を続けるのは、なぜですか」

俺は純粋に疑問に思って聞いた。千葉という人間のことを知るのに、最も重要な質問であるとも思った。

「一つには……やはり、青砥さんと一成さんへのご恩返しです。もう一つは、たとえ救うことが出来なかったとしても……神に祈るための一瞬くらいは、作り出せるのかもしれない、と思ったからです」

話が宗教じみてきたようだ。俺は内心で苦笑した。

「例えば緊急地震速報です。今は、揺れが来る数秒、あるいは数十秒前に警報が発信されるようになっていますね。携帯で受け取ることも出来るほどです。あの数秒で出来ることは限られています。火元を止める。靴を履く。窓や扉を開けて退路を確保する。ですが、何よりも大きいのは、少しでも、心づもりが出来ることだと思うのです」

「神に祈るため、というのは、つまり心づもりということですね」

「ですがっ」

香島が勢い込んでから、自信をなくしたのか、しゅんとしてしまった。

「それでは——それではあまりに、儚いではないですか」

「そうそう！　少年、良いこと言ったぞ！」

突然の賞賛に驚いて戸口を見ると、書類の束を抱えた高峰瑞希が立っていた。彼女はメガネのブリッジを押し上げてから、快活な声で言い放った。

「何が神に祈るための一瞬ですか。そのようなものに命を懸けてるから、千葉さんの予知は暗いのです！　下ばっかり見てたら役に立つもんも役に立たないではありませんか！」

二回り以上も年の離れた相手に説教が出来る高峰も高峰だが、すっかりタジタジの千葉も千葉だ。高峰の口調には何かイライラがにじんでいるようにも見える。千葉がなんだか気の毒になってきた。

ともあれ、高峰の出現が場の雰囲気を少し明るくしてくれたのには、感謝していた。

「で、獅堂さんだけど」

突然矛先は俺に向き、高峰は乱暴に書類を差し出してきた。

「言っておきますが……こんなことは滅多にないことなんですから！　こんなバカげたこと……そうそうないんですからね！」

腕を組んでぷいと顔をそむけてしまう。自分の分析結果にケチをつけられたのがよほど気に入らなかったらしい。

「じゃあ、顔認証は……」

「ええ、通りましたよ！　二十九年前の石神赤司さんの顔でね！　ですが、そんなことまで普通考えますか!?　赤司さんは殺されていたし、『真維那』ってはっきり映像の中で言っていたじゃありませんか！　というか、なんですか『売女』って！　……鵜さんもそんな可能性があるなら報告しておいてくれれば良かったのに……」

彼女は拳をわなわなと震わせていた。

「とにかく、映像の男を石神赤司さんと考えても矛盾はないということですね」

「ええ、そうです！　それで、問題の月ですが……」

高峰がフーッと息を吐いた。

「結論から言えば、あり得ます」

俺は静かに拳を握った。

「一九八九年二月二十一日。皆既食の開始は二十三時五十三分、終了が一時十五分。このあたりは鵜の記憶とも一致していますね。最大食の時間は二十四時三十五分。二〇一八年に出た月とは高度が大体一致しています。これが大きい。季節もほぼ重なっているから他の天体現象でも区別がつかなかった。窓の外が映るのは映像の最初だけで、細かい点をつけるほどのデータは確かに不足していたのですよ、忌々しいことに。例えばあの映像に続きがあって、月に動きが見られたら矛盾が生じた可能性もありましたが……」

高峰は顎に手をやって俯いた。

「……実のところ、映像を見た時から気にはなっていました。今年の一月三十一日の月蝕は、ただの月蝕じゃない。スーパーブルーブラッドムーンといって、月が通常より大きくはっきり見えるスーパームーン、月に二度満月が出るブルームーン、そして皆既月蝕が同時に起こるとても珍しい現象でした。このうち重要なのはスーパームーン。これによって月は通常より大きく、明るく見えるのですが、あの映像の中の月にはその兆候をはっきりとは読み取れませんでした。真維那さんの顔やら何やら、符合する要素が多かったから、疑いを抱いても繋がっていかなかったのですね」

「今では、その疑問も解けたわけですね」

「そう、ありがたいことにね」

高峰は俺のことを睨みつけながら言った。

「ありがたみは態度で表現しないと伝わらないですよ」

「うるさい。で、ここが重要なことですが、実はこの二つの月が出る方角は違います」

「え？　それじゃあ……」

「二〇一八年の月が出たのは東南東から南東の方角。だから〈大星詠師の間〉の窓から月が見えた。これは話しましたよね？　でも、一九八九年の月が出たのは南から西南西の方角。間違っても今の〈大星詠師の間〉の窓から正面に月が見えることはあり得ない」

「じゃあ、ここまでか」

俺は落胆する。一度は掴みかけたものが手をすり抜けていくのを感じた。

「私も一度はそう思った。ところがね、獅堂さん、あんた持ってるよ」

高峰は肩をすぼめた。

「四年前のボヤ騒ぎで、〈大星詠師の間〉は南東の端の部屋から移転していた……」

「あっ！　まさか……」

「部屋の跡まで行って調べてきましたよ。南東の端に位置する部屋には、南向きに窓があった。その窓からは、南から西南西の月が見える」

「そんな偶然が――そんな偶然があり得ますか？」

どうでしょうね、と高峰が応じたが、実際に起こっている以上は信じるしかなかった。一九八九年の月蝕と、二〇一八年の月蝕は、二つの〈大星詠師の間〉でほぼ同じように観測することが出来た。俺はこのとんでもない偶然に確かな手応えを感じた。

だが、本当に偶然なのだろうか？

何者かのいやらしい作為を感じるところだが。

「私たちは最初あの映像を二〇一八年のものと解釈してしまいました。それは赤司さんの死体の傍に水晶が残してあったからです。なぜ赤司さんが水晶を持っていたのかも、これで明らかになったと思いますね」

「あの、どういうことでしょう？」と香島が聞く。

「赤司さんは青砥さんを殺害した後、青砥さんが予知を行ったこの水晶を発見した。水晶の映像は一九八九年の〈大星詠師の間〉で、赤司さんが青砥さんを殺す映像だったのです。つまり、赤司さんはこの証拠品を処分しなければ、今の真維那さんと同じ立場に立たされることになります」

「あっ」香島が声を上げた。「だから、水晶を隠し持つことにしたんですね」

「その隠し場所こそ、あの二重底の引き出しだったわけだ」

「ですが、石神青砥さんは、水晶による予知が出来たのでしょうか……？」

「コンタクトレンズ……」

高峰が放心したように呟いてから、唐突に振り返って部屋を飛び出していった。呆気に取られていると、三分と経たずに額に汗をかいた高峰が戻ってきた。

「獅堂さん。私が昨日、コンタクトレンズを開発しているっていう話をしたの覚えてますか？」

「え、ええ」

言われてみると、星形の紋様を再現したコンタクトレンズを作ることで、紋様を持たない者でも予知が行えるようになるか検証したい……そんな話を聞いた気がする。

「私も研究者としてフェアでなかったことは認めます。自分の発想に先例があることを認めたくなかったのです」

高峰が自責の念に駆られているかのように首を振るので、俺は「なんの話ですか？」と問い直した。

「これです」

高峰は紙を一枚、机の上に投げ出した。

何かの設計図のように見えた。中心に半球のような図形が描かれ、図形の周りにはいくつかの年号や英文が殴り書きされていた。高峰から先にその言葉を与えられていたこともあって、半球の図形はコンタクトレンズの絵にしか見えなかった。

「一九八八年の研究記録の中に、この一枚のメモ書きだけが残されていたんです。これはアメリカでソフトコンタクトレンズの認可が下りた年に符合しているのです。もし、一九八八年当時、このメモを書いた誰かがこっそりと、コンタクトレンズを開発していたとすれば……」

俺は驚いて顔を上げた。

「なんだって？」

「他の記録は一切処分されていました。研究した者自身がやったことなのか、それとも、この事件にそんな者がいるとすれば、事件の真犯人なる存在がやったことなのかは定かではありません」

「それが青砥さんかどうかまでは分からない、ということですね？」

「はい」

確かに今までの推理に符合する情報である。だがそれだけに俺の警戒心も高まってきた。

「ですがもし一九八九年当時、既にこのコンタクトレンズが作られていたとするならば。そしてもし、このコンタクトレンズを着用して、本当に未来が見えるようになるとすれば

……」

高峰の声は心なしか震えていた。彼女はコンタクトレンズケースを俺に差し出した。

「試作品が出来ているの。もし実証してみたいと思うなら、あなたもこれを着けて眠ってみてください。連続装用タイプで作製していますので、着けたまま眠っても目への負担は最小限に留めるようにしてあります」

研究のことになるとよく喋る方だと思っていたが、今の彼女はいやに饒舌に感じられた。

彼女が顔を上げて、決意に満ちた目を俺に向ける。

「私も——やってみるつもりです」

それで分かった。どれだけ強がろうと、彼女も自分の「それ」を見るのは怖いのだ。今までの研究が楽しくて仕方がなかったのは、自分が蚊帳《かや》の外だったせいだと気付かされたのだろう。

俺はケースを受け取った。無下には出来ないと思った。

俺も未来を見るのは怖かった。


「なるほど。実に見事な推理でしたよ」

まるで最前までの決意を踏みにじるような嘲り声が背後から聞こえて、振り返った。

「やあやあ刑事君」手島は髪を掻き上げた。「今日も捜査に精が出るようですねえ」

彼は室内に石神仁美を引き連れて登場した。仁美はどこか疲弊したような表情で、手島の後ろに控えている。

仁美は俺に会釈して、「先ほどはどうも……」とか細い声で言った。

「さっき高峰が何やら南東の封鎖された部屋を調べていましたからね。気になって話を聞いてみたのですよ。君の推理はそこで拝聴させていただきました。いや、全く、素晴らしい発想だと思いますよ。感服の至りですね」

「それは光栄ですね、未来の〈星詠会〉のトップ様」

「ただ一点……どうあっても不可能、ということを除けば、ですが」

手島が嘲るような笑いを浮かべた。俺は昨日の彼とのやり取りを思い出し、俺と高峰の様子が親しげに見えたことに、妙な対抗意識を燃やしているのだと悟った。俺の推理を叩き折ることが彼の快感となっているのだ。長い息を吐いて、なお緊張を保ちつつ、「どういうことだ？」と尋ねた。

「君の推理を一度まとめましょうか。映像は一九八九年の事件を映したもの。よって、映像に映っている男は石神真維那ではなく、赤司である。赤司の『売女』発言からみるに、殺されているのは青砥だ。つまり予知の記録者も青砥。事故死だと思われていた青砥の死は、さにあらず、殺人事件だった。そして唯一の証拠である水晶が、二十九年後にこうして発掘された……実にロマンチックな筋立てですねえ」

「それでは、問題とは？」

「月蝕ですよ」

「待ってください、それなら、一九八九年のものと考えても問題はないという試算は高峰さんから出て……」

「ふふ、だからこそ問題なのですよ」手島は鼻で笑った。「いいですか、映像に映っているのは最大食の月蝕です。つまり、一九八九年の事件が起きたのは二十四時三十五分前後。三分間の映像ですから、遅くとも青砥は二十四時三十八分には亡くなっていた計算です。ここまではいいですね？」

手島は一歩下がり、「仁美さん。聞かせてやってください」と促した。

「あなたの考えていることが、ようやく分かりました……。それならそうと早く言ってくだされればいいのに」

仁美はため息をついてから、進み出た。

「刑事さん、申し訳ありません。刑事さんの推理が今私の聞いた通りなら、その推理には重大な矛盾があるのです」

「奥さん」俺は唾を飲んだ。「それを聞かせてください」

「私はその時間より後に、生きている青砥さんに会っているのです」

俺の頭は真っ白になった。

「お……お待ちください！」香島が食い下がった。「どうして二十四時過ぎなどという遅い時間に？」

手島がいやらしい笑いを浮かべた。決して汚い言葉を口にするな、と俺は心の中で強く思った。この子の前でそんな言葉を吐くな。

「あの日は青砥さんの仕事が立て込んでいましたから……。彼の仕事が終わったら月蝕を眺めながら月見酒といこうと誘われていましたが、結局あの人が私に会いに来たのは午前一時を過ぎてのことでした。高峰さんは、あの日の皆既食の終了が午前一時十五分だと言っていましたね。なんせ三十年近く前のことで、細かい時間などは覚えていませんが、『あなたが遅いから、一番迫力のある時間帯は過ぎちゃったわ』なんて言ったことだけは覚えています。だから午前一時過ぎっていうのは間違いありません」

「分かりましたか？　刑事さん」

手島は自信ありげに言った。

「これで一九八九年のあの夜、青砥さんが二十四時三十五分頃には死んでいたという予測は外れたのですよ。死者にアリバイが成立してしまったのですから……。すると結局、映像は二〇一八年のものと考えるしかないようですね？　ああ、残念です。そうすると、映っている男は真維那以外にはあり得ません――」

俺と香島は応接間に二人取り残され、重苦しい空気を共有していた。ソファに向かい合って座りながら、お互い一言も会話がない。香島が淹れてくれた緑茶はすっかり冷え切っていた。

一九八九年の映像説はいい線をいっているのではないかと思っていた。もちろん、石神仁美が嘘をついている可能性はまだある。あまつさえ俺は仁美夫人に旦那を殺す動機を見つけているのだ。だが、真維那の容疑を晴らす点において、俺と彼女の利害は一致していたはずだ。そう思うと、仁美夫人が嘘をついているとは思えなくなってくる。

しかし恐ろしいのは、これまでの何もかもを先回りされているかのような成り行きだった。新たな情報を引き出して手応えを感じるとすぐに、妨害者が現れては推理を遮断する。俺は一つの単純な、しかし、絶望的な懸念を抱いた。

「もし犯人が〈星詠師〉だったとする」

香島が背筋をピンと立てた。その目には期待が覗いている。俺はいたたまれない気持ちになった。俺は希望を見つけたのではなかったからだ。

「その場合、どうすればいい？」

「えっ」

「今日までの調査を振り返って思ったんだよ。紫香楽淳也さんも手島臣さんも、俺たちの動きを予測したかのように現れては真維那犯人説を提唱していった。それで、これを犯人に当てはめてみたら、恐ろしい可能性を思いついたんだ——もし犯人が未来を見て、俺たちの推理を全て先回りしていたらどうなるだろう、ってな」

香島はハッと息を呑んだ。

「俺たちの摑む証拠は、全て犯人が予測してバラまいた偽証拠かもしれない。相手は未来が見えるんだ。俺たちの行為を先回りすることくらいわけない」

「し、しかし、どんなに優れた〈星詠師〉でも、事件に関わる記憶だけを集積的に予知するなどという曲芸が出来るとは……」

「そうだ。偶然が過ぎる。だが、どう否定する？　今この話し合いの瞬間さえ、『過去』の犯人が覗いていたかもしれない。鶫さんは読唇術の精度は低いと言っていたが、人工知能を使えば素人でもある程度の会話を読み取ることが出来るかもしれない。さあどうすればいい」

香島の顔は青ざめていた。俺の顔も同じようになっているのだろうと思った。

「俺たちは、自分の摑んだ推理が犯人に摑まされた偽物じゃないことを、何をもって確かめればいい？」


今日も部屋を取ってあると言われたのだが、やはり〈星詠会〉本部にいる気にはあまりなれなかった。香島は〈星詠会〉本部に残り、俺は入山村まで帰る。高峰の解析を待っている間に随分と時間が経っていたのもあり、冬の短い夕暮れが山道に訪れていた。

逢魔《おうま》が時……。

らしくもない不吉な言葉が浮かんできて、自分で自分に苦笑する羽目になった。

だが。

背後でガサッと微かな物音がした。香島がついてきたのか？　という考えが一瞬頭をよぎったが、嫌な予感を嗅ぎ取って前に飛びのいた。

振り返ると、マスクをした男が立っていた。がっしりとした体つきで、ぴっちりしたジャケットを着ている。目はすっかり血走っていた。体格に見覚えがあった。〈星詠会〉を最初に訪れた日、岩を落としてきた人物と同じだと確信した。しかし、モニター室で紫香楽淳也一行と対面した時、大体の職員とは顔を合わせているはずだが、この男とは会った覚えがない。

男との距離は三メートル。

もう少し飛びのくのが遅かったら後ろからやられていただろう。

男は大ぶりのバタフライナイフを取り出した。

「穏やかじゃないな」

体格の差が大きすぎる。

有利に持ち込むには不意を衝くしかない。

判断を一瞬で済ませ、俺は一気に踏み込んだ。

男は動揺して右手に持ったナイフを突き出してきた。

だが既に俺は男の懐近くまで辿り着いている。突き出された右手を横に弾く。ナイフの軌道が逸れ、男がつんのめった。武器での攻撃に頼って、左手はすっかりお留守になっている。

男のぴったりしたジャケットを摑み、バランスを崩した男の両足の間に踏み込んだ。

一息に大外刈りに持ち込む。男の体が倒れると、その上にのしかかって、右腕を固めてナイフを手放させる。もちろん休暇中のことであるから、手錠など持っているはずもない。これ以上抵抗されるとケガを負わせるかもしれない、と危惧したが、あっさりと制圧されたのに動転してしまったのか、突然しおらしくなってしまった。

男を連行する間、俺は男の正体について考えたり、今でも自己鍛錬で続けている武道が活きたことを誇らしく思ったりは出来なかった。腹の底から突き上げてくる強烈な内圧を抑え込むのに必死だった。

——どうして、こんなに体が動くんだろう。

あの日。同じように刃物を向けられた時、俺は何一つ出来なかった。それどころか、無許可で被疑者に発砲する暴挙まで犯してしまった。どうしてあの日、今日のように体が動かなかったのだろう。答えは自分でも分かっている。

他人の命がかかっていたからだ。

——なんだか由紀夫ちゃんのことが心配になるよ。まるで自分のことなんかどうでもいいと思っているみたいでさ。

林のおばちゃんの言葉が脳裏をよぎった。その通りなのかもしれない。俺は自分のことが大嫌いで、自分の身なんて少しも案じていないのかもしれない。だから休暇中に不法侵入までして、関わらなくてもいい事件に首を突っ込んでいるのかもしれない。

近くの駐在所まで男を連れて行くと、滅多にないことで駐在も動揺してしまった。

「ええと、それじゃあ、県警の方に連絡しますんで、その、この人の名前を……」

「まだ聞いていないんです」

俺が答えるのとほぼ同時に、男が言った。

「くきかつひこ」

俺はその名前を聞いた瞬間飛び上がった。

「なんだって？」

「くき、と言ったんだぜ。漢字では王に久しいの玖に、木造の木だ。獅堂刑事だっけな。さすがに忘れずにいてくれたようで、あいつも少しは浮かばれるぜ」

唾を吐き捨てるように言う。男は威勢を取り戻していた。

玖木――。忘れられるはずもなかった。俺がこの休暇を取ることになったキッカケ。強盗殺人の容疑者を追い詰め、衆目の下、射殺した。その男の名前は玖木正彦と言った。

「あんたは俺の弟を撃ち殺した！　あんたのことが許せなかった。東京の家からつけてきたら、こんなのどかなところに来て静養ときてやがる。冗談じゃない！　あんたのことは殺しても飽き足りないほどだ！　ところがあんた、やっぱりしぶといぜ。岩を落としても、ナイフでも、ケガ一つしやしねえんだからな！」

「じゃあ――じゃあ、〈星詠会〉は……」

「せいえい？」玖木は眉根を上げた。「なんの話だ？　話を逸らすな！　俺は今、お前が殺した弟の話をしてるんだぜ？」

（お前が殺した）

夢の中の声が脳裏に蘇った。お前の弟は凶悪犯だったんだ、という言葉は、彼を無用に刺激しない意味でも、俺が未だにあの時の引き金の重さを受け止めきれていないという意味でも、口に出すことが出来なかった。駐在が俺たちの間にまずいトラブルがあるのを察してか、「あとは県警に引き渡しますから」と言って、俺を帰らせた。

刑事である以上、様々な恨みを買うことがある——。先輩の刑事から言われていた言葉を頭では理解していたつもりだったが、実際に危険な目に遭うと、一層重く感じられてくる。俺は民宿に着いた瞬間、どっと疲れて座り込んでしまった。今日は色々なことがありすぎた。食欲さえ湧かなかった。

畳の上に寝そべって考えを巡らせ、もう一つの絶望的な事実に気付いた。

（これで、最後のよすがを失ってしまった……）

〈星詠会〉の事件に取り組み始めて間もなく、俺と香島は落石事件に見舞われた。これは〈星詠会〉の事件に石神真維那以外の真犯人がおり、その人物が事件を引っ掻き回されるのを嫌っている証拠だと考えてきた。香島と同じようには真維那のことを全面的に信頼できない以上、刑事である自分の身に危険が及んだという事実が、俺の疑惑を支える大きなものになっていたのだ。

ところが、真相は散々なものだ。

俺が襲われた事件は、〈星詠会〉とは何一つ関係がなかった。

もちろん、玖木を尋問すれば、〈星詠会〉に指示されていたという証言が出てくる可能性はゼロとは言えない。だが、あの様子では繋がりはないと見て間違いはなかった。

これで俺の手元には何もない。事件について何も知らない時点より、絶望的な状況に思われた。

後はもはや信じるしかない。石神真維那という男のことを。

だが、俺にそれが出来るだろうか？

畳の上に寝転がって、ただ自分の胸だけに問いかけてみる。

十八　香島奈雪　二〇一八年

翌朝、獅堂さんは〈星詠会〉本部に来なかった。

今朝はゆっくり眠っているのだろうと軽く考えていたが、所在なげにしているのを本部内のみなに見抜かれていた。掃除にも身が入らず、獄中の師匠に頼まれている仕事も手に付かなかった。学校が冬休みでなければいいのに、と思った。何かやるべきことが他に与えられていれば良かったのに。

師匠がいないと、師匠の居室は広く感じた。離れ離れになって以来、度々襲い掛かってくる感覚だった。それが今日はなおさらひどくなっている。獅堂さんの存在が自分の中で一つの希望になっていたのを自覚した。

昼を過ぎても獅堂さんが来なかったので、獅堂さんの泊まっている民宿に電話をかけた。獅堂さんは今朝方、入山村を発ったということだった。

民宿の方曰く、入山村滞在中に獅堂さんがよく訪ねていたという「林」という家があるというので連絡先を教えてもらったが、林さんの返事も芳しくなかった。一昨日の夜、落ち込んだ様子で相談に来たが、昨日は訪ねてきていないという。「そんな風にほっぽりだしていく子じゃないと思うんだけどねぇ」と林さんは心配げに言った。

通話が終わると、〈星詠会〉の人々に行方を聞いて回った。

「え、獅堂さんが消えた？」

高峰さんに聞いてみると、すぐさま怒り出してしまった。

「何！　何それ！　どういうこと？　あれだけ引っ掻き回して、キメた顔でコンタクトレンズケースも受け取っておいて、今更尻尾巻いて帰っちゃったってこと？」

「い、いや……僕に聞かれましても」

「そ」高峰さんは突然冷静になったようだ。「そう、だよね。香島君のことを責めても仕方がないよね」

彼女は指の関節をぽきぽきと鳴らした。

「まあ……戻って来るのを期待して待ちましょう」

戻って来たら獅堂さんは何をされてしまうのだろう。僕は考えないことにした。

「でも、諦めたようには見えなかったんだけどね。昨日の夜中に私のところに来て、赤司さんの映像データを受け取っていったくらいですし」

「映像データ？　つまり、赤司さんが殺された時の……」

「うん。それもあるんだけど……」

高峰さんは僕の耳元に口を寄せた。女性特有の香りがしてくらくらした。

「実を言うと、赤司さんの映像データ全部なの。予知映像は部外秘だから、これ、紫香楽さんには内緒だからね。まあ、そんなものを持って行って、獅堂さんが何に使うかは知らないけどね。あんまり膨大な量だったから、今頃持て余してる頃でしょう」

全ての映像データ……獅堂さんは何か新しい糸口を見つけたのだろうか。僕には何も知らせてくれなかったのに。

「そういえば、高峰さんは昨日、あのコンタクトレンズを着けてみたのですか？」

「ああ。それね……」

彼女は白衣の胸ポケットから小さな水晶の欠片を取り出した。

中心には、十秒ほどであるが、見慣れた映像が映っている。

「未だに目がゴロゴロする感じがするけど、実験は成功だね。録れた映像も、素っ気ないニュース映像で、芸能関係のものだけれど……体を張っただけの甲斐はあった」

「すごいです！　高峰さん！」

「うーん、香島君の言葉はまっすぐでいいねえ」

高峰さんが僕の頭を撫でた。飼い犬にするような撫で方だ。

「……まあ、私が体を張って成功させたのに、あの人が逃げたっていうのがまた許せないんだけど……」

彼女は独り言のように呟いた。

これ以上この話題を掘り下げると怒りを再燃させそうなので、僕は慌てて話題をそらした。

しかし、何より僕にとって衝撃的だったのは、獅堂さんが諦めて、「逃げた」という発想だった。僕は獅堂さんのことを過信していたのだろうか——。

コンタクトレンズを着用すれば〈星詠み〉の力を持たない者でも予知を行うことが出来る。

この発見は大きな前進だった。だけど、青砥さんのメモ書きが、ただのメモ書きにすぎなかったとしたら。一九八九年当時、〈星眼〉の紋様を再現したコンタクトレンズが存在していたのかどうか。僕は証拠が欲しかった。

午後になると、執務室に紫香楽淳也さんが書類を受け取りにやって来た。

「あの刑事は今日はいないのかね？」

彼はニヤニヤとした笑いを浮かべて言った。

事情を説明すると、困惑したような表情をしながらも「そうか。彼もいよいよ恐れをなしたらしいな。可愛いところもある」と言った。

僕は腹が立ってきたが、面と向かって言い返すことは出来なかった。一つには彼の笑顔が消えたのが不思議だったからであり、もう一つには、僕と獅堂さんの間には所詮か細い繋がりしかなかったのだという虚しさに襲われたからだ。

僕は部屋の中に一人取り残されて、寂しくて、悔しくて、胸がいっぱいになった。その器が満たされて溢れ出した時、静かに、しかし燃え上がるような闘志が体の底から湧き上がってきた。

(僕が——僕がやるしかない！)

僕が師匠を助けるんだ！

その日の夜、僕は執務室で新品の大学ノートを一冊開いて、事件のことを整理し直してみることにした。自分しか読まないノートなので、あまり肩肘を張らずに書いてもいいだろう。敬称は略すことにした。

1、二〇一八年一月三十一日の午後十時半、石神赤司が殺された。

その一文を書いた瞬間に、すぐに二重線を引いた。今の一文にも、僕がこの事件で囚われていた思い込みが、全て現れてしまっている。こんなことでは、真相に辿り着くことなんて出来やしない。

1、二〇一八年二月一日の朝に、石神仁美が、石神赤司の死体を〈大星詠師の間〉で発見した。

2、赤司の死体の傍に、三分間の予言を記録した水晶が残されていた。

3、水晶の映像を根拠に、石神真維那が捕まった。

A―水晶には月蝕が映っていた。

B―水晶には石神真維那の顔をした男が映っていた。

C―男は『黙れ。お前に真維那などと呼ばれたくはない』と発言した。

二〇一八年一月三十一日の月蝕は午後十時半に最大食だったため、赤司が亡くなったのは午後十時半と推定された。このことは、〈大星詠師の間〉のカードキー入室記録に、午後十時三十一分に犯人のものと思われる入室記録が残っていることが裏付けている。

4、一九八九年二月二十二日の朝に水晶の坑道で石神青砥の死体が、昼には自室のベッドで紫香楽一成の死体が発見された。

a—同年二月二十一日から二十二日にかけても月蝕があった。二十二日零時三十五分に最大食を迎えた。

b—一九八九年当時の石神赤司、青砥の顔は、現在の真維那の顔と大変似ている。仁美から借りた写真が裏付けている。

c—『真維那』という単語は、読唇術において、『売女』を誤読したとも考えられる。

cの2—石神仁美は、赤司、青砥と同時に付き合っていた。真維那は青砥の息子であるという。このことは、血液型の相違が裏付けている。

A〜Cに対する、a〜cの事実が、赤司さんの殺害現場に残っていた水晶が二〇一八年のものではなく、一九八九年のものとも考えられる根拠となっている。

これを基に、水晶の映像は石神赤司さんが青砥さんを殺害したシーンである——という推理を獅堂さんは立てた。

だが、4のaにより、青砥さんは零時三十五分の時点で殺されていなければならない。青砥さんが一時の時点でも生きていたという仁美さんの証言によって、この推理は崩されたわけだ。

しかし、二つの事件の類似は気持ちが悪いほどだ。青砥さんが死んでいたと考えられないなら……。

紫香楽一成さん？

いや、一成さんは病死のはずだ。しかし……。

このことは頭に留めておくとして、今は考えを先に進めよう。

5、石神赤司は亡くなる数か月前から、自分の死期に怯えているようだった。月蝕のことを調べていたこと、真維那を遠ざけていたことが裏付けている。

この一文を記した時に、疑問が湧いた。赤司さんは一体、いつから自分の死期を悟っていたのだろう。つまるところ、あの予知を記録した水晶は、いつから赤司さんの手元にあるものなのだろうか？

予知が一九八九年のものと捉えるならば、それ以前と考えるほかはないが、よりクリティカルに確定することは出来ないか。

一九八九年……ここまで一足飛びに飛ぼうとするから駄目なんだ。僕は二〇一八年の二月一日、水晶が発見された時から、一歩一歩過去へと遡行《そこう》することにした。

まず、師匠を避け始めたのは事件の二か月前。ここまでは間違いない。「あの火事だって、お前のせいなんだろう」という言葉も気にかかるが、これは物見櫓の火事のことだろうか。しかし、事件とは全然関係なさそうに見える。次に、月蝕のことを調べるようになって、「新しい趣味でも出来たのか」と美田園さんに言われ始めた時期。三、四年前のことだっただろうか。ここもいいだろう。もっと前に……もっと前には、赤司さんの心情を浮かび上がらせる何かはなかっただろうか？

その時、僕の頭に熱湯事件のことが去来した。

（赤司さんはなぜ、赤ん坊の師匠に熱湯をかけようとなどしたのだろうか？）

殺す手段としてはあまりに回りくどい。では、熱湯をかけることで起こることとは何か。

（火傷――）

赤司さんはもしかして、師匠の顔に火傷を作ろうとしていたのではないだろうか？　そのおぞましい考えに、僕の体はぶるりと震えた。

赤司さんはこの時、仁美さんから師匠の出生の秘密を聞かされていたという（熱湯事件の二週間前、部屋から聞こえた「お前、それは本気で言っているのか！」という怒鳴り声がその秘密を知らされた時のものではないか、と美田園さんは推測していた）。とすれば、師匠が自分たち兄弟そっくりの顔に育つことは予想できたはずだ。

もしこの時点で水晶が存在したとすれば、二十数年後、そっくりの顔に育った師匠に殺されることを恐れていたと考えられる。そこで、師匠に火傷を負わせ、顔をあの映像に映るものとは別のものにしようとした。

つまり、熱湯事件を根拠に、この時点では赤司さんの手元に水晶があったと推測できる。熱湯事件は師匠が赤ん坊の頃なので、一九八九年からは一年か二年の差だ。事件当時には予知がされていた、という推測が近いものになり始めた。

（うまいぞ）

獅堂さんなしでも、僕一人でやっていけるかもしれない、という自信が生まれてくる。

赤司さんの意図を考え始めた時、僕にはもう一つの疑問が湧いてきた。
　6、一九八九年の月蝕と二〇一八年の月蝕では、現れる方角が違う。前者は南から西南西の方角、後者は東南東から南東の方角。現在の〈大星詠師の間〉の窓から正面に見えるのは後者である。
　7、〈大星詠師の間〉は四年前のボヤ騒ぎによって、昔の位置から移転した。昔の位置から、一九八九年の月蝕は窓から正面に見える。

8、ボヤ騒ぎの時、〈大星詠師の間〉の家具は買い替えられた。
9、一点ものの絨毯はクリーニングに出されていて難を逃れた。

これだ。あの水晶の映像が二〇一八年のものではなく、一九八九年のものだと考えるなら、どうして家具までそっくりそのまま同じなのか？

赤司さんが問題の予知を遅くとも一九九〇年頃には見ていた、というのは今考えた通りだ。だが、それならば、家具に対しても師匠の火傷と同じような抵抗が働いていてもおかしくはない。それがなぜ、同じ家具を買い直したのだろうか？

9の事実も偶然にしては出来すぎている。やはり何かの意図が働いているのか？　ボヤ騒ぎの時のことを調べる必要がある。

僕は執務室を出て、〈星詠会〉の経理課に向かった。確か、〈星詠会〉では、領収書等は五年間は保存することになっていたはずだ。資料を見せてもらいたいと頼み込むと、案外簡単に見せてくれた。子供のすることだからと侮られているのかもしれない。

四年前のクリスマスというから、二〇一四年だ。

家具を購入した時の領収書を確認して、僕は衝撃に打たれた。

(な……なんで？)

宛名の部分には「石神真維那様」と書かれている。家具の代金を支払ったのは師匠だったのか？　ということは、同じ家具を揃えたのは師匠ということに？

いや。こういう考え方もある。赤司さんのいない時に家具が届けられ、家族である師匠が代わりに受け取った。

ここに師匠の名前が残っていたことで、僕はこの事件に何者かの意図が働いていることをますます確信できた。だが、他のみんなはそうは考えないだろう。

（まさか、「あの火事だって、お前のせいなんだろう」というのは、こっちの火事を指しているのか？）

経理課を後にした。淳也さんか手島さんが僕の足取りを追って、あの領収書を発見してしまうのはそう遠くないことに思われた。

早く、早くなんとかしないと。僕は自宅に戻って、眠れない夜を過ごした。

獅堂さんがいなくなって二日目の朝。僕は冷静な気持ちでノートを読み返した。

青砥さんは一九八九年のあの日、午前一時頃まで生きていた。月蝕のタイミングで殺されたことはあり得ない。しかし、それでもなお、疑問に思うことがあった。
10、青砥はどうして、午前一時頃に石神仁美と過ごした後、わざわざ水晶の採掘場に向かったのか？

僕はその日の青砥さんの行動を追うことにした。

「あなたもご苦労なことですね」

仁美さんは気怠そうな口調で言った。

冷え冷えとした畳の上で正座しているのも慣れなかった。でも、怖気づいて聞きたいことも聞けないんじゃや、意味がない。僕は居ずまいを正して、「奥様にお聞きしたいことがあるのですが」と切り出した。

「一九八九年の二月二十一日、実際には夜更けなので二十二日ですが、奥様は青砥さんと午前一時頃に会われていたという話でした。死体発見が二十二日の朝早くですので、死亡直前の青砥さんに会った形になると、思います。それで、その時の青砥さんの様子をお伺いしたいのです」

「別段、変わったところはなかったように思えましたよ。仕事が遅くまでかかるのもいつものことでした。主人が〈星詠師〉を専門でやって、青砥さんが事務関係は全部仕切ってたわけですが、組織が出来て間もないから大変だったのです。あの頃は二人とも脂《あぶら》ぎっていました。おかしくなったって言えば、その後ですね」

「と、言いますと」

「主人と青砥さんがそういう役割分担をしていたのに、青砥さんの方が死んでしまって、淳也さんが組織の運営を全部やるようになったの。一成さんが生きていた頃は淳也さんもおとなしくしていたみたいなのだけど、お目付け役がいなくなっちゃって、水晶の未来予知が生み出す膨大な利益の誘惑に勝てなくなったんでしょう、きっと。若いうちから『所長』の座に就いて、スポンサーから得る利益をほしいままにして……まだ一成さんが生きていた頃、千葉さんが〈星詠会〉の研究内容を学会に発表した、って聞いたことあるでしょう？　あれは千葉さんなりの正義感だったのよ。潔癖な人ですもの。結局上手くいかなかったし、軽率だったのはもちろんだけど、あの時は少しスカッとしたのを覚えてますよ」

絞り出すように感慨深げな息を吐くと、僕に向けて取りなすように付け加えた。

千葉さんの行動について初めて聞くタイプの評価だった。当時の人間関係にも、僕にはまだ分からないどろどろしたものが隠されている気がした。

「こんなこと、子供のあなたに聞かせる話じゃなかったですね」

「いえ」と答えながら、心の中にわだかまるものを感じた。〈星詠会〉は生まれた時からあるものだったので、金になるとかならないとか、そういう目で見たことがなかった。大人になるって、そういうことなんだろうか。

「でもまあ、事件当日のことも、変と言えば、変ですね」

「と、言いますと？」

「私と午前一時に会って、別れた後か、早起きしてからかは知りませんが、わざわざ採掘場まで行ったことになりますでしょう？　そんな時間に一体どんな用があったっていうのかしら」

体に力がみなぎるのを感じた。

「奥様に心当たりはありませんか？」

「さあ……。水晶の採掘場の管理は、専門の部署に任せてあるし、水晶を採りに行くにしても作業員を連れて行った方がいいわよね」

「水晶がこっそり必要だったのでしょうか？」

「まさか。今でもそうですけど、あの頃から、〈星詠会〉本部に保管されている未使用の紫水晶の扱いは無頓着ですよ。使われた後は、廃棄までそりゃあ厳重に管理されますけど、未使用のものなんて一つ二つ減っても誰も気にしやしません。あなただって、村の女の子の誕生日に紫水晶をプレゼントしたくて、小さいのを一個持って行こうとしたこと、あるでしょう？」

「奥様、その話は」

「あら、お顔がりんごみたい」

仁美さんの顔が少し緩んだ。あまり見ることのない優しい表情に、気持ちがほぐれた。

確かに小学生の頃、紫水晶を持ち出したことがあった。現場を取り押さえられて、気が動転してしまい、洗いざらい白状することになったのだが、寛恕《かんじょ》してもらえたのは自分が子供だからだと思っていた。元々気にする人がいなかったと言われると、素直に喋ったのが悔やまれてくる。

「あの頃は、水晶の管理が今よりも雑でしたからね。デジタルに保存できないから、水晶の取り違えも多かったですし、主人の水晶はよく盗まれました」

「盗まれる……？　それはなんでまた」

「主人の水晶はとりわけ映りが良かったものですから。〈星詠会〉の中でも欲しがる人間がいたんじゃないか、って話ですよ。勉強のためというか、コレクション目的の人もいたかもしれないけれど」

「へえ……」

仁美さんは伏し目がちになり、物思いに沈むような表情になった。

「実は、あの日の青砥さんには、おかしなところがありました」

「え？」

「話すか迷ったのですが、あなたの熱気にあてられたから話してあげることにします」仁美さんは微笑みかけてから、表情を引き締めて言った。「あの日青砥さんは、『自分はこれから死ぬかもしれない』と言ったのです」

「なんですって！」

それが本当ならば、青砥さんはやはり誰かに呼び出され、坑道で殺されたということに……。

「あなたが今考えていることは、多分見当違いですよ」

仁美さんは遠い目をして、僕の背後に自分の過去を投影しているかのようだった。

「当時、青砥さんはしきりに『自分にもじきに予知が出来るようになる』と私に言っていました。〈星詠み〉の能力がない人が予知を出来るようになる方法というのが、どういうものなのか、あの時は分からなかったのですが……昨日高峰さんが〈星眼〉の紋様付きのコンタクトレンズでの予知実験に成功したと聞いて、腑に落ちたのです。……そして予知を行って、青砥さんは自分の死期を悟ってしまった」

「そ、それは……自分が死ぬところを見たからですか？」

「いいえ。あなたも知っているでしょう？　〈星詠師〉が自分の死期を悟ってしまう、もう一つのキッカケ……」

僕はごくりと唾を飲んだ。

「つまり……ある時点以降の予知を見なくなった時、のことですね」

「そう。〈星詠師〉は自分の目で見られるものしか予知できませんから。青砥さんは、一九八九年の二月二十二日以降の予知をめっきり見なくなったことをひどく気にしていたらしくてね。亡くなったあの日も、『自分はこれから死んでしまう』と言って聞かなかったの」

その話が本当なら、いよいよコンタクトレンズが一九八九年に存在していたことは確実になってきそうだ。能力を持たない青砥さんが予知を行う方法はそれ以外にないからだ。

仁美さんが郷愁をたたえた瞳で、二十九年前の青砥さんを幻視しているのが分かった。

仁美さんは次いで、一九八九年の月蝕の日の朝、一成さんから贈られたフランスのお土産を青砥さんに見せたら「おしゃれでいいね」と言って喜んでくれたエピソードも語ってくれた。どんなお土産だったのですか？　と聞くと、シンプルだがしゃれたデザインの便箋を取り出して、「こんな感じのね……」と彼女は語り始めた。

青砥さんのことを語る仁美さんは、やはり生き生きしているように見えた。なぜだか胸が痛くなった。

それにしても、なぜ青砥さんは死期を予測していてなお、深夜に水晶の坑道に行ったのか。自分の死の光景を直接見たわけではないのなら、事故死にせよ殺人にせよ、そこで死が待ち受けているとは予測しなかったのかもしれないが……。

やはり、一度調べる必要がある。

僕は仁美さんにお礼を言うと、石神の家を後にした。

獅堂さんがいなくなってから三日目の午前中。

水晶の坑道は冷え冷えとしていた。薄暗さも相まって体の芯に寒さが染み入ってきた。坑道には木枠が張り巡らされ、ところどころに電灯が灯っているが、光が坑道の奥の暗闇をより際立たせていた。首筋に冷たいものが触れ、思わず「ヒッ」と声が出た。背後を素早く振り返ると、ただほの明るい洞窟が続いている。首筋に触れると、濡れていた。天井の岩の隙間から雨水が染み出しているようだ。見上げた額に、ポツリと滴がまた触れる。

本道を行くと、大きく開けた場所に出る。

両壁と床から巨大な紫水晶が伸び、電灯の光をきらきらと無数に反射している。何度見てもため息の漏れるような妖しい光景だった。床の中心付近から伸びる水晶を、巨大な球体になるように削り出しているのは、いずれこの水晶の洞窟を観光資源として売り出すつもりなのではないか、という想像も囁かれていた。

僕にとってもお気に入りの場所の一つだった。

しかし、今日の目的はここではない。

(確か、青砥さんが亡くなっておられたのは、右の脇道に入って……)

少し進むと、『ここから先　立ち入り禁止』の看板に行き当たる。青砥さんの事故があって以来、この道は作業員以外の通行が禁止されていた。

(でも、ここで立ち止まっているわけにはいかないんだ!)

僕は意を決して看板の向こうに進んだ。

三十分ほども歩いただろうか。時間感覚も曖昧になってきた。分かれ道も多い。昔、本で読んだ知識だったが、右の壁に絶えず触れて進むことにした。こうすることで、最終的には来た道に戻れるというのだ。

立ち入り禁止になった道だったので、電灯は設置されていなかった。手に持った懐中電灯の明かりだけが頼りだ。

どれだけ進んでも、青砥さんがここに来た理由は分からずじまいだった。坑道の中に何かが見つかるわけでもない。もしかしたら、青砥さんは深夜に誰かに呼び出されてこんなところに来ただけなのかもしれない。青砥さんも犯人も、ここにはなんの証拠も残しておらず、二十九年前の痕跡など、探しに来たのは無駄足だったかもしれない……。急に心細くなって、洟《はな》をすすった。体が冷えて風邪を引きかけているだけだ、と自分に言い聞かせた。

その時、足がずるっと滑り落ちた。

「うわっ！」

思わず声が出る。体が落ちていった。足をくぼみか何かに取られたらしいと気付いて、どこかに摑まれないかと手で探ったが、間に合わない。

(死ぬ——！)

そう思ったのもつかの間、程なく尻から地面に落下した。

ひどく痛んだが、動けないほどではなかった。懐中電灯が右手から放り出されてしまい、壊れたのか、スイッチが切れたのか、あたりは真っ暗闇になっている。僕は泣きそうになるのをこらえながら、床を這いずり回って懐中電灯を探した。ようやく見つけたそれはレンズにヒビが入っていたが、スイッチを入れると、問題なく点いたので、安心してその場でしばらくへたりこんだ。

上に光を向ける。足を取られた場所が見えた。道が途切れて断崖のようになっている。三メートルちょっとの高さで、よじ登るのは難しそうだった。

(痛っ——)

落ちた時、左足をくじいてしまったようだ。骨まではいっていないと思う。むしろこれくらいで済んで良かった。

崖の下には、汚れた縄梯子がとぐろを巻いて落ちていた。上の岩場のどこかに結びつけてあったのが、ほどけたのだろうか。

(この縄は、だいぶ古い。もしかして、昔ここに誰かがやって来ていた？　だとしたら、その誰かとは青砥さんかもしれない！)

僕の体に希望がみなぎってきた。

背後を振り返ると、少し進んだ先に、何やら開けた空間が広がっている。出口があるかもしれない。とにかく、望みをかけるしかなかった。左足を引きずりながら歩いていく。

開けた空間に茣蓙《ござ》が敷かれている。誰かがここに座っていたのかもしれない。何に使う場所だったのだろう？　瞑想？　あるいはこっそり人に会うためか？

　空間の隅に木箱が置かれていた。中を覗き込んだ僕は思わず声を漏らした。

「あっ」

　箱の中は紫水晶で満たされていた。見ると、使われた後のもののようだ、どの水晶の中心にもなんらかの映像が躍っていた。埃をかぶっていて、随分古いもののようなので、欠けていたり、映像が不鮮明になっているものもある。

　だが、何よりもまず目に留まったのは、カビが生えた古いコンタクトレンズケースだった。触るのに少しためらったが、ハンカチを使って蓋を開ける。

　保存液の中で、これまたカビの生えたコンタクトレンズが二枚。

（やったぞ！）

　僕は快哉《かいさい》を叫びかけて、一度深呼吸してから、そっと蓋を元に戻した。遂にコンタクトレンズを見つけたが、〈星眼〉の紋様付きのものかどうかは高峰さんに解析してもらうまでは分からない。今は証拠品を毀損《きそん》するわけにはいかなかった。

　きっちり蓋を閉めた上で、ハンカチにくるんでポケットに入れた。

　コンタクトのことが解決してみると、大量の水晶のことが今度は気になってくる。

（誰がこれだけの水晶を……？）

　莫蓙は瞑想時に座るためのものだったのかもしれない。この場所を使っていた何者かが、紫水晶を使う練習をしていたのだろう。

(やはり、青砥さんか……?)

水晶を手に取って調べているうちに、見知った顔に行き当たった。

(この顔は……一体誰だろう……)

〈星詠会〉の人の顔をあれこれ思い出してみるが、どれも違う。精悍そうな顔つきに白い髭がたくわえられ、年かさに見えるわりにその目は若々しい野心を感じさせさえする。見覚えのある顔のような気がするのに。

(あっ!)

分かった。紫香楽一成さんだ。写真でしか見たことがないので、すぐに気が付かなかったのだ。

(しかし、一成さんが映っているということはこの紫水晶はやはり相当古いものということに……一九八九年当時……青砥さんのものと考えてもいい、ということだろうか?)

そこまで考えた時、僕の思考は停止した。

水晶の中で思いもよらない光景が繰り広げられたのである。

(そうだとすれば——もし、あれがそうだったとすれば——)

「香島君! 聞こえるかー! 聞こえたら返事をしてくれ!」

洞窟の向こうで大きな声が聞こえた。

獅堂さんの声だった！

それも、先ほど滑り落ちた崖の方から聞こえてくる。僕は紫水晶をポケットに突っ込むと、走り出した。

崖に辿り着くと、腹に力を入れて、必死の声を上げる。

「獅堂さん！　獅堂さん！　ここです！」

程なくして、崖の上から獅堂さんが顔を出した。

「獅堂さん！」

「香島君！　おい千葉さん、手島さん、こっちにいたぞ！」

「獅堂さん……」僕は感極まっていた。「帰ってきてくれたんですね……」

「ああ。そのことは後で話す。今はそこから君を助け出さないとな」獅堂さんが僕を見つめて言う。「ケガはないか？　上がれるか？」

僕は懸命に頷いた。千葉さんと手島さんも崖の上から顔を出した。

「三メートルくらいか。梯子でも持ってくるのでしたね」

「足がかりはないみたいです」

「構いません。俺が引き上げます。千葉さん、手島さん、俺の体を支えていてください」

「はあ？　なんだって僕がそんなことを――」

「うるさい！　やれ！」

手島さんが何やらゴニョゴニョ言うのが聞こえた。獅堂さんが崖の上に身を屈めて、僕の方に手を差し伸べてくる。僕は手を伸ばして獅堂さんの手をしっかり掴んだ。「せーのっ」という声と共に引き上げられた。

手島さんは引き上げた時の反動で尻餅をついたらしく、尻をはたきながら立ち上がると「香島君、君ねえ、こんな風に他人に迷惑をかけるのは――」と小言を言い始めた。

僕は獅堂さんにガッと肩を掴まれた。正面を向かされる。獅堂さんの顔は険しかった。今までに見たことのない表情だった。

「馬鹿！」

びくり、と体が震える。

手島さんの声もピタリと止まった。

「どうして一人で来たりしたんだ」

「す、すみません……居ても立ってもいられなくなったので……」

僕は獅堂さんの顔を見ていることが出来なかった。確かに、誰にも知らせずに来たのは軽率だった。申し開きのしようがなく、視線も下を向いてしまう。

次の瞬間、獅堂さんに力強く抱きすくめられた。大人の男の人の匂いの中に、汗と土の匂いがした。どうして獅堂さんが怒ってくれるのか分かって、「ごめんなさい」と自然に言葉が溢れた。心にじわりと安心が広がっていく。獅堂さんはもう帰ってこないのじゃないかと一度でも疑った自分を恥ずかしく思った。

「こうして見ていると、香島君もまだまだ子供なんだと、安心しますね」千葉さんが何か微笑ましそうに言った。「それで、なぜこんなところまで来たのでしょうね？」

千葉さんに問われてハッとなった。僕は獅堂さんの腕の中で身動《みじろ》ぎした。この状況に恥ずかしくなってきたのと、見せなければならないものがあるのに、気が付いたのだ。

「そうなんです！　獅堂さん、聞いてください……！」

僕はポケットから紫水晶を取り出して訴えた。

「紫香楽一成さんは、心臓発作で死んだんじゃなかったんです！　この紫水晶には……一成さんが毒を盛られるところが映っています……！」

十九　獅堂由紀夫　二〇一八年

香島を〈星詠会〉本部まで連れ帰った後、香島の情報を基に俺と千葉、手島の先遣隊でもう一度洞窟に入った。今度は梯子を持って行き、崖下の空間から水晶の詰まった木箱を運び上げた。

持って来た水晶は〈星詠会〉本部の解析班に持って行った。高峰は、香島が持って来た件の光景が映っている水晶の解析を既に始めていたので、仕事が増えると露骨に嫌そうな顔をした。

「獅堂さん、あなた……」

高峰は腕組みをし、人差し指を絶えずトントンと動かしてイラつきを表明していた。

「勝手にいなくなったかと思えば、勝手に立ち入り禁止の洞窟に入って、あまつさえこんな『手土産』まで持って来るなんて……」

今にも噴火しそうな高峰の前で、鶫も不満を表明する機会を逸してしまったようだった。

俺と高峰の間で視線をさまよわせている。

俺は慌てて高峰に語り掛けた。

「高峰さん、この水晶の山はすごいぞ。何せ、持ち主が誰だか分からないんだからな」俺はもったいをつけるように微笑んでみせた。「今の〈星詠会〉の使用後の水晶は管理がしっかりしすぎているだろ？　こんな仕事滅多に出来るもんじゃない」

こんな風に焚き付けると高峰は見事に発奮した。香島がポケットに入れてきた古いコンタクトレンズケースの解析も、高峰に対してはいい『手土産』（こちらは本物の）になったようだ。

彼らの解析を待っている間、俺と香島はまた応接間で二人きりになった。洞窟の中は冷え切っていたので、香島の淹れてくれた緑茶が身に沁みた。香島もよほど洞窟の中に長くいたせいか、帰ってきたときにはくしゃみが止まらなかったので、今は半纏《はんてん》を羽織って温かくしている。

映像の話は、実際に解析が届いてからの方が捗《はかど》るので、二人の話題は自然と俺のことになった。

「それで、獅堂さんは一体これまでどこに……？」

「ああ、そうだった。話してやらないとな」

俺は茶をぐいっとあおって喉を潤すと、話を続けた。

「俺が調べてきたのは二つ……いや、三つのことだ。一つ目に、本当に真維那さんと同じ顔をした人物はもういないのか、という点」

「えっ、どういうことですか？」

「俺たちは映像が一九八九年のものだと仮定して推理を進めてきた。石神赤司さんが青砥さんを殺したものだと。だが、それは青砥さんが最大食後も生存していたという『アリバイ』で崩された。そうなってくると、気持ち悪い符合は幾つもあるが、やはりあれは二〇一八年の事件を映したもので、〈星眼〉も石神赤司さんだったと考えてみることにしたんだ。そうなってくると、石神真維那さんと同じ顔をした人物が、もう一人必要になるよな？」

「確かに、理屈の上ではそうですが、どうやって見つけてくるんですか？」

「もちろん、ドッペルゲンガーを探してくるってわけじゃないさ。つまり、石神赤司さんと青砥さんの兄弟に、三人目がいた可能性はないのか。これを探った」

香島はますます困惑した顔になった。

「俺が注目したのは、前に香島君に聞かせてもらった石神兄弟の幼年期のエピソードだよ。石神兄弟は母親とその不倫相手の子供だった。そして、石神兄弟が母方の祖母の下に引き取られた後、母親は姿を消している」

「あっ。まさか……」

「そうだ。母親の行方はこの後全く知れない。だが、もしこの母親が向かった先が不倫相手のところだったとしたらどうだろうか？　彼らは石神兄弟の弟となる子を産んだかもしれない。限りなく低い可能性だが、切り捨ててしまうにはあまりに惜しい」

俺はまず、石神兄弟が一九七三年に転居した、母方の祖母の住居を訪ねた。祖母の名前はマサという。深川《ふかがわ》にあったという話だったので、元の住所を訪ね、近所での聞き込みを行った。かつての住居には今では小さなパン屋が出来ていた。四十年以上前のことである。なかなか芳しい成果は得られなかったが、老舗《しにせ》の酒屋で働くお爺さんから有力な情報を聞き出せた。

石神の祖母は今年で百歳になり、もはや恍惚の域に入っていた。現在は病院に入院しているという。俺は病院に連絡して面会の約束を取り付け、祖母に直接会うことにした。

認知症も進行しており、会話らしい会話は成り立たなかったが、石神の母のことを話すと目に涙を浮かべて取り乱し始めた。

「かよこ、かよこはふしだらな子だったんだ、私は、私はあんな娘を持って恥ずかしい」

二度、三度と繰り返すので、ようやくそのような内容をうわごとのようにわめいていると分かった。

あとで看護師から聞くと、マサの娘、佳代子《かよこ》には病院から医療同意の件で数回連絡を取っているという。マサの夫は当時既に亡くなっており、娘は佳代子一人きりである。最近までは石神赤司が医療同意を行っていたのだが、赤司が亡くなったため、いよいよ佳代子に連絡を取らざるを得なくなったのだという。

俺は自分が刑事であること、抱えている案件のために佳代子に連絡を取る必要があることを看護師に話した（嘘は言っていない）。看護師は、情報源を秘匿することを約束していただけるなら、佳代子の住所と情報を教える、と言った。俺は佳代子本人に会うことはないことを伝えた上で、約束をした。

果たして佳代子は不倫相手と籍を入れ一人の子を産んでいた。不倫相手の男は交通事故で三十年前に亡くなっており、佳代子が一人で子供を育てていた。子供の名前は山田《やまだ》祐樹《ゆうき》と言い、今年四十二になる。彼が二十歳で早くに子供を作り、その息子が今年で二十二だというので、真維那より少し若いが、見込みはあった。

息子の名前は山田二郎《じろう》と言った。

山田二郎は横浜のスポーツジムでインストラクターをしているというので訪ねた。ちょうど山田のシフトに当たる時間にジムに着いたのは、運が良かった。

男の顔を見た瞬間、見込み違いであることが分かった。顔には石神真維那と似ているところもあったが、決定的に違うところがあった。鼻が右に曲がっていたのだ。

「これですかい？　へっへ、よく聞かれるんですがね、昔喧嘩で折っちまったんですよ。お袋には整形手術を受けろなんてよく言われたもんですが、一種の勲章みたいになっちまったもんで、どうも」

俺はスポーツジムの入会希望者の振りをして、少し雑談を続けた後、すごすごと退散した。


「……とまあ、こんなわけで、こっちの線はすっかり空振りだったわけだね」

「いえ。でも、これであの映像を二〇一八年の事件のものと考えるわけには、どうしてもいかないということがハッキリしました」

「真維那さんを無実と考える、俺たちにとってはってことだけどな」

「まあ、そうですが」

香島は顔を曇らせた。

「次に調べてきたのは、もう少し取り留めのない話だ。美田園さんに、二〇一八年一月三十一日、事件当日の赤司さんに何か変な様子がなかったか聞いた時の話を覚えているか？」

「ええと……確か、事件当日の赤司さんはひどく気が立っておられたという話でした。師匠のことを避けていらしたこととか。あと、アルバイトの方を一人解雇された、という話もありましたね。確か、中野さんと言いましたね」

「そのアルバイトがずっと引っかかっていた。結局、どうして解雇されたか分からずじまいだっただろう？　事件当日の石神赤司さんの行動がどうにも気になったんだ」

香島が一九八九年当時の石神青砥の行動を追いかけたのと同じ理屈だ、と思った。香島は苦笑を浮かべていて、きっと内心、「それならそうと、言ってくれれば良かったのに」とでも思っているのだろう。自分も居ても立っても居られなくなって洞窟に入ったと言っている手前、口には出さないだけで。

「美田園さんからアルバイトの情報を聞き出した。中野曜子《ようこ》さんという若い女性でね。美田園さんは行き先は知らないっていうから、〈星詠会〉の人事部に問い合わせて、紫香楽グループの系列会社で受付嬢になっているのを突き止めた」

丸《まる》の内《うち》にある会社だったので、横浜から取って返し、その足で中野曜子を訪ねた。

彼女にも警察手帳を覗かせて、話を聞けないか訊ねると、迷惑そうな顔をしていたが、石神赤司が殺されたことを伝えるとにわかに色めきたって、俺を近くの喫茶店に連れ出した。同い年であることが明らかになると、彼女は一気に砕けた口調になった。

「それでそれで？　殺されたって言うのは一体どういうことなの」

中野はすっかり乗り気になっており、結局はゴシップ趣味を満たしたいのだと分かった。水晶のことは伏せて、赤司が自分の息子に殺害された疑いがあることと、妻の不倫の疑惑があって、事件当日ピリピリしていたことを伝えた。後者は喜びそうな話題だったからだ。

「赤司さんが殺されたのはご存じなかったですか？」

「獅堂さん、私たち同い年なんですからタメでいきましょうよ」

俺は曖昧に微笑んだ。

「私は仕事中ですから」

「ふうん」中野はつまらなそうに鼻を鳴らした。「まあいいや。とにかく私は、赤司さんが死んだなんて今まで知らなかった。殺されたのが一月三十一日の夜でしょう？　その日の昼にクビを言い渡されて、それで頭に来ちゃったから、奥さんから紹介状を受け取ったら、荷物をまとめて、すぐに村を出たの。働けないなら、あんな村いくらいても意味ないでしょう？」

「そもそも、どうして〈星詠会〉で働いていたんですか？」

「怪しい研究所だから、何やってるのか気になって。あそこが事務のアルバイト募集するのも珍しいから、試しに応募してみたの。四か月くらい働いたかな。水晶使って何やってるかは、結局あんまり教えてもらえなかったから、働き損だったかも。あなたは何か知ってるの？」

俺もよく知らない、と言ってお茶を濁した。どうやらゴシップ趣味は生来のものらしい。

「しかしまあ、なるほどねー。そういう事情があったんなら、火に油を注いじゃったのかもな」

「そう、そのことなのです。結局一月三十一日の昼間、あなたが解雇されたのはどんな理由だったのですか？」

「紅茶こぼしたの」

「は？」

「だから、紅茶こぼしたの。絨毯に」

なんとまあ、みみっちい話だった。

「ちょっと、そんな顔やめてよね。私が面白くないこと言ったみたいじゃん。仕方ないでしょ、本当のことなんだから。文句言うなら、それでキレたあのおじさんに言ってよね。そりゃ、奥さんが『あれは〈星詠会〉立ち上げの時から使っている、世界に一点もののオーダーメイドだったの』って言った時には、こりゃ、まずいことしちゃったな、と思ったけど

「──」

「ま、待ってください！」

彼女の言ったフレーズに聞き覚えがあった。

「つまり、あなたの言う絨毯というのは、〈大星詠師の間〉の絨毯で間違いないですか？」

「だからそう言ってるじゃない」

言ってなかったがツッコミは入れない。

「あの日の午後、赤司さんに〈大星詠師の間〉に紅茶を持って来るように言いつけられたから、用意して行ったの。そしたら、机の角につまずいちゃって、お盆ごと紅茶をひっくり返しちゃって。幸い、赤司さんにも私にもケガはなかったけど、カップは割れるし、絨毯にはこぼれちゃうし。そしたら赤司さん激昂しちゃって。『お前はクビだ!』って怒鳴り付けられて。私、平謝りして、割れたカップも片付けて、絨毯もどうにかしようとしたんだけど、シミが残っちゃったんだ。そのあたりから、赤司さん、むっつりしてるだけで、怒鳴るのはやめたから、いけそうな気がしたんだけど、ダメだったねー」

「シミが出来た──正確に言って、どこにでしょうか？」

「え？　うーん。確か、こう、扉から入って、向かって右側に行ったんだ」

「右側？」

「え、ちょ、やめてよ、獅堂さんなんか怖くない？」

「申し訳ありません。でも大変に重要なことなのです。確かに右側だったのですね？」

「だからそう言ってるじゃない。赤司さんから自分の左側に渡してくれ、って指示を受けていたんだから」

「指示……。こういう時、利き手と逆の側に持っていくものではありませんか？　利き手で作業をするから、利き手側では手が当たる可能性があります」

「何？　私が指示を覚え間違えてるって、そう言いたいの？」

「そういうわけでは」

「私だって、利き手と逆がいいと思ったんだけど、左に渡してほしい、って赤司さんに言われてたから、習慣になってたんだよ」

「なるほど……」

「あとから奥さんにも、ちゃんとした処置をすればシミは広がらずに済んだのに、って言われちゃった。私が焦って色々やったのが裏目に出て、余計に悪くしたのがいけなかったのかもしれないけど、そこまで怒らなくてもいいのに、って思ってたよ、内心」

彼女はふーっと息を吐きながら、椅子の背もたれにもたれかかった。

「でもま、ラッキーだったかも。ここの受付嬢にしてもらえてから、あの時より生活がだいぶ楽しくなったし……」

後の中野の話はほとんど聞こえていなかった。

頭の中でただ絨毯のことだけが渦巻いていた。

「向かって右側ですって？」

香島はあの時の俺と全く同じ反応を示した。

「その証言は……本当に信用できるのですか？　だって、現場の絨毯には紅茶のシミなんて……」

「俺も同じことを思ったから、もう一つ確かめた。ここに戻ってきてすぐに真維那さんに話を聞きに行ったんだ」

「なぜ師匠なのですか？」

「真維那さんは事件当日の午後四時半頃、〈大星詠師の間〉で赤司さんを驚かせようとして突き飛ばされた。そのことは覚えているな？　つまり、赤司さんが死体となって発見される前の部屋の様子を目にしている人物だったからだ。それに、真維那さんは赤司さんを驚かせようとして、後ろに回り込んだ、と言った」

「しかも、もしそれが向かって右側……つまり机の左側だったとすれば」

「そう。ビンゴだった。真維那さんは突き飛ばされて尻餅をついた時、机の左側にあたる絨毯の隅に赤茶のシミがついているのを確かに見ていた」

香島は目を瞬いた。

「なおさらおかしいではないですか。じゃあ、そのシミはどこへ消えたんですか?」

「消えてないんだよ。実はな」

「そんな馬鹿な」

香島は怪訝そうに俺を見つめていた。

「ところが嘘じゃない。俺はこの絨毯の一件で、現在の殺人の謎は、すっかり、分かったんだ」

二十　獅堂由紀夫　二〇一八年

「もったいぶるつもりなら、まあいいです」香島は頰を膨れさせて不満を表明しながら言った。「でも、石神家の追跡と、中野さんの証言、これで二つです。獅堂さんが調べてきた三つ目、というのはなんなのですか?」

「ああ、それはね――」

「解析、終わったよ」

高峰が部屋に入ってきたので、「後にしよう」と香島に言う。

「なんというかまあ」高峰は肩をすくめながら言った。「獅堂さんがここに来てからこっち、無茶苦茶ですね。今回もだいぶ楽しませていただきましたよ」

高峰の口調はいよいよ皮肉の響きが強くなっていた。

「鵜のところで読唇術も見てもらっています。もう済んでると思いますので報告がてら行きましょうか、お二人さん」

俺たちは映像解析班の部屋に向かった。

水晶の数は多かったが、半数以上は劣化が激しく、読み取りが出来なかったという。本命の紫水晶は一分ほどのもので、喋っているシーンもほとんど存在せず、鵜の出番は少なかったという。

「あの水晶の持ち主は分かったのか?」

「うーん。それがですねえ」高峰が頭を掻いた。「分かりそうで、分からないんですよ。段ボールひと箱ぶんの水晶をいただいたとはいえ、映像が不鮮明だったりで、使い物になった予知映像は二十くらいでした。それくらいあれば誰か分かりそうなものなのですが、顔や手のひらが上手いこと映りこまなかったり、小型のものが多いから記録時間が短かったり。これはもう偶然ではなくて、自分の顔が残っているものを意図的に消したのかもしれませんね。唯一出来たのは、一九八九年当時に〈星詠会〉にいた人の名簿を持って来て、映像に他人として映った人を一個一個消していくくらいですね。見ますか?」

高峰に手渡された名簿をぺらぺらとめくってみる。何人かの〈星詠師〉や研究員、事務職員に二重線が引かれていた。石神赤司、青砥、仁美、紫香楽淳也、千葉冬樹、鶇津一郎、これらの人物が消去されていないことを確認する。高峰や手島などは若手なので、この当時には在籍していなかったのだ。

鶇は高峰の顔を見て、どちらが先に説明をするか様子を窺っていた。高峰がすぐさま答える。

「まずは見てもらった方が早いかな」

鶇は一つ頷くと、動画ファイルを開き、問題の映像を再生し始めた。

＊

映像は〈星詠師〉が誰かの部屋に入るところから始まる。

部屋の中には、正面に机があり、壁に棚が並んでいる。右の壁面にはコルクボードと時計が掛けられていた。壁の掛け時計は十一時を指している。

〈星眼〉は周りを見渡しながら、机に歩き始め、コルクボードに目を留めた。視線を外して扉を見てから、もう一度見た。〈星眼〉がコルクボードから視線を外し、机に向かった。

机の上には、未決の書類の山が積まれており、乱雑な印象を受ける。〈星詠師〉は机の上の魔法瓶を手に取った。魔法瓶の蓋を回して開ける。

右下に目をやり、何かの包みを取り出した。畳まれた半透明の紙である。開いた紙の上には白い粉末が大量に載せられていた。〈星眼〉はもう一度ちらりと扉を見てから、魔法瓶に視線を落とし、白い粉末を中に落とし込んだ。これもポケットから取り出したのであろう木べらで混ぜると、魔法瓶を閉じた。

〈星詠師〉が魔法瓶を置いたところで、バッと顔を上げた。

扉を開けて、白い髭を蓄えた男が部屋の中に入ってきた。写真で見たことのある、紫香楽一成の顔だった。当時六十代半ばのはずだが、その目に宿る光のせいか、若々しく見える。

紫香楽が口を開いた。

〈鵜から補足があった。紫香楽はここで、『やあ、来たね。三日ぶりか。今日も頼むよ。行こう』と言っているという〉

紫香楽は机に歩み寄って、魔法瓶を手に取ると、扉に向けて早足で歩きだした。

〈星詠師〉も扉に向けて歩き始めたところで、映像が途切れる。

暗転。

*

「これは……」

二の句が継げなかった。香島からあらかじめ聞いていたにもかかわらず、実際に見てみると衝撃が違う。この前は人が撃たれる光景を見て、今度は犯人自身の目から投毒するところを見てしまったのだ。音声もない無味乾燥な映像を見ているうちに、犯人の目を通してその悪意が肺腑の底を撫で回してくるような感じがした。

「映像に映っている粉末だけでは、薬品の特定はしきれませんでした。ですが、心臓発作という当時の所見を参考にすると、ジギタリスの粉末だと考えられます」

「強心剤に使われるアレですね」

「量は大体百ミリグラム。まあそれだけ飲めば死にもするでしょう」高峰はふう、と息をついた。「一成さんの部屋は、今は淳也の部屋になっています。そこで部屋の実測を基にして、水晶内の〈星眼〉の視線の高さを特定しました。それによって、犯人の身長が判明したのですが……あとは二十九年前の〈星詠会〉の会員の身長が分かれば」

「それなら、これはどうです？　借り物ですが」

俺は仁美から借りた写真を取り出した。〈大星詠師の間〉に赤司・青砥・仁美・千葉・鶇・一成・淳也が写っている写真だ。

「おお、良いもの持ってるね」

高峰は指を鳴らした。

「昔の〈大星詠師の間〉ならそれぞれの身長も特定できますすね。うん。少しお時間いただけますか？　今計算してみます」

高峰をしばらく放っておくと、「うん。なるほど」と大きく頷いていた。

「分かりました。犯人の身長に該当するのはお二人だけ……赤司さんか青砥さんです。一成さんも同じくらいのようですが、被害者ですからね」

「赤司さんか、青砥さん……」

結局、その二択になるのか。確かに、当時の写真を見直してみると、赤司と青砥に比べて、千葉や仁美では身長が低すぎるし、逆に鶫や淳也は高すぎる。

「つまり、この映像の中で紫香楽一成さんを毒殺しようとしているのは、どちらかということになる」

赤司か青砥のどちらかが紫香楽一成を殺した……同じ日に青砥が死んだ。そして一九八九年当時、何者かがコンタクトレンズを試作し、自分で使用していたとみられる。これらの情報の繋がりは明確なようでありながら、なかなかすっきりとは思考が進んでいかない。

まず考えるべきはこの二択なのだろうか。

恩人を殺したのは、赤司か、青砥か。

鶫がキーボードを打つ音がしたので振り向いた。

『俺の方からは付け加えることはあまりない。発声は紫香楽さんの一言だけだからだ。「真維那」のことがあるから誤読の可能性にも気を配ってみたが、どうにも。口調に親しげな様子が見られるので、最初の「やあ」に何か名前が入るのではないか、と推測してみたが、空振りだ。名簿とすり合わせても何も出てこない。もっとも、何か特殊なあだ名でもつけられていたら、お手上げですがね』

『ありがとう。紫香楽さんと映像の〈星詠師〉にしか分からないようなあだ名なら、どのみち手掛かりにはなりませんよ』

俺はメッセージを打ち込んでから、『もう一度見せてください』と付け加えた。鶇が椅子を明け渡してくれる。

俺はもう一度映像を流した。

〈星眼〉がコルクボードを見たところで、映像を止める。

コルクボードには紫香楽一成のスケジュールを書いたメモが幾つか貼られていた。右肩には横長の封筒が一通、緑色の虫ピンで留められている。雪の結晶のデザインが描かれた白い封筒だ。誰かからの手紙だろうか。左隅にはカラフルな虫ピンが四つほど刺さっていて、使われるのを待っている。

「この光景、何か変わったところがありますか？」

「え？」

「〈星眼〉はこのコルクボードに目を留めて、この後」

俺は再生ボタンを押した。コルクボードから扉に視線が動き、すぐにコルクボードに戻る。

「一度机に向かいかけてから、二度見しています。二度見をするほど、このコルクボードに変わったところがありますか？」

「さあ……」高峰は首をひねった。

「そんなに珍しいことでもないのではないでしょうか？」香島が言った。「ちょっともう一度見たくなったくらいで……」

「誰かストップウォッチを持っていますか？」

「スマホの機能で良いなら」

と高峰が言うので使わせてもらう。二度見する直前まで映像を巻き戻して、再生ボタンと同時にストップウォッチのボタンを押した。視線を外した瞬間に、ストップウォッチを止める。

「五秒二六。約五秒だ。一分の予知映像の十二分の一を占めているわけです。妙だとは思いませんか？」

「映像がこの一分間を映したのは純然たる偶然なわけですけど……」香島は頷いた。「そう言われてみると、気になってきますね」

「高峰さん、あなたもそう思いませんか？　視線が人の感情を物語ってくれると教えてくれたのは、あなたじゃありませんか」

その言葉で高峰にスイッチが入った。彼女はメガネのブリッジを押し上げ、引き締まった研究者の顔つきになった。

「よし、そこまで言うなら検討してみましょうか。人はどのような時に二度見をするか。はい、まずは獅堂さん」

「自分の見たものが信じられなかった時。つまり驚いた時」

「困惑している時というのも、あり得るんじゃないでしょうか」

香島の言葉に俺と高峰は頷いた。

「しかもそれは、〈星眼〉がこれから毒を盛るという重大な行為を行う直前の五秒なんだ。その重大さが頭から吹き飛んでしまうほどの驚きや困惑でなければならない。実際、ここで五秒を食ったおかげで、〈星眼〉は魔法瓶を手に持っているところを危うく紫香楽さんに発見されるところでした」

「じゃあなんだって驚いたのか、あるいは、困惑したのか？」高峰が手を叩いた。「ここで、まず目を引くのが紫香楽さんのスケジュールですね」

高峰に促されて椅子から立ち上がる。彼女は映像を巻き戻して、コルクボードのスケジュールのメモを拡大した。文字がかろうじて読める程度になった。

メモには一週間の日付と曜日が書かれ、そこにびっしりと予定が書き込まれている。〈星詠会〉での作業もあれば、紫香楽電機の社長として、様々なところで会食を行ったり、会議に出ている。もちろん紫香楽一成自身のスケジュール帳は他にあって、このコルクボードは備忘録、あるいは〈星詠会〉内の職員に自分の所在を伝えておくためのものなのだろうが、それにしてもぎっしりと詰まっていた。二月十八日から二十日にかけては、フランスへの出張の予定があり、それもまた目を引くところだった。スケジュールには過ぎた日付の部分に×が打たれていて、映像の日が二月二十一日であることも分かった。

「このスケジュールを見て、驚いた……」

「じゃあ、こういうのはどう？」高峰が芝居がかった身振りをつけて言った。「『わあ、紫香楽さんはなんて忙しいんだろう！　こんなに予定が入ってるなんて、驚いちゃったよ！』」

キーボードが叩かれる音がしたので画面を見ると、鶫が渋い顔をしながら、『高峰、ふざけるな』と打ち込んでいた。唇を読んだらしい。高峰はぺろりと舌を出して片目をつむった。

鶫は次いで、画面を指でトントンと示す。その箇所には二重線が引かれていた。二月十五日に、R会社というところの社長と会食する予定が取りやめになったらしい。

「確かにその点は目を引きますね」俺は鶫の意図を察して言った。「〈星眼〉はその会食が開催されると考えていたのに、実際にはキャンセルになっていた。それに驚いたか困惑した。これはどうでしょうね？」

「その会食は〈星眼〉にとってなんらかのメリットがあったってこと？」

「そう考えるしかなさそうですね。うーん、会食の時間に紫香楽さんがどこにいるかはっきりする、とか……」

「ですが、この映像は紫香楽一成さんが亡くなる二月二十一日の夜のものですよね。件の会食はもう過ぎていることですし、この場でそんなに驚くことでしょうか？　もし〈星眼〉が紫香楽さんの部屋を訪れることがあれば、もっと早くに気付いているはずですよ。映像でも『三日ぶり』と紫香楽さんに声をかけられていますし、この日まで見なかったというのは出来すぎているような」

香島が手を挙げた。

「手紙の方はどうでしょうか」

「特徴のある物には見えないけれどね。封筒が開けられているかどうかは分かりますか、高峰さん？」

「拡大してみたけど、フラップ、いわゆるベロのところが少し浮いているみたい。一成さんが自分に届いたものを一回開けて、中身は後で読もうと思って、コルクボードにピンで留めた……そんなところですかね」

「あっ、分かりました。この手紙、実は〈星眼〉さんに宛てられたものだったんですよ。それが紫香楽さんの部屋にあったので困惑したんです」

「ないな」

「ないね」

二人の大人にバッサリと切り捨てられて、香島は「ど、どうしてですかぁ」と情けない声を出した。

「もしこの手紙が〈星眼〉宛てのものだったとしたら、手に取らないのは不自然だ」

「あ――」

「〈星眼〉が手に取って調べようとしなかったことは、他の多くの可能性も潰してしまうでしょうね。この映像からは差出人すら分からない。もし紫香楽さんについて〈星眼〉が何か調べたがっていたならこっそり中身を盗み見たはず。手紙が届いているところだけ見て驚く、困惑する、なんてことはそうそうない」

「確かに、そうですね……」

「すると、やっぱりスケジュールの方になりますか？」

「いや、しかし……」

しばらく黙り込んでしまうと、キーボードを叩く音が聞こえた。

『逆もある』

高峰が首を傾げて疑問を表明する。

『つまり、コルクボードを二度見したのではなく、机の方を見たと考えるのだ。机の方には窓がある』

「あっ！」高峰が声を上げた。「そうだ！　あり得ますよ！」

「どういうことだ」

「机の方、あるいは窓に注意を惹かれる何かがあった、って考えるんですよ。例えば、犯罪を行おうとしている人間は音に敏感になっている。その方向をちらりと見たのは、何か物音がしたせいかもしれない」

「五秒間コルクボードを見ていたのは？」

「ぼーっとしていたか、もしくは、『今の音は何だったんだろう？』と考え事をしていた」

俺はその説を吟味してみた。ぼーっとしていたというのはあまりに乱暴だが、ありそうな感触があった。例えば何かが破裂するような音がした時、あれは風船だろうか、拳銃だろうか、それとも花火だろうかと考える。その考え事の時に目に入っていたのがたまたまコルクボードだったというだけ。

だが。

「ダメです。その線もない」

「どうして？」

「手紙と同じです。犯行中に机の方から物音がしたなら、せめて調べに行くだろう。部屋の中を覗かれているかもしれない。決定的な瞬間を見られたら〈星眼〉も終わりです。物音がしたことをすぐに忘れて、投毒に踏み切るとは考えにくい」

ダメか、という失望感が部屋の中に広がった。

視線から人の心が分かる。高峰はそう言った。しかし、本当に分かるものだろうか？　人が驚く要因なんて幾らでもある。俺たちがこね回している理屈は、〈星眼〉の心の気まぐれに過ぎないのかもしれない。一分の中の五秒、犯行前の五秒を強調し続けてきたが、全ては幻想なのかもしれなかった。

あともう一押し、だからこの時の二度見が重要、という確信があれば……。

犯人が示した驚きや困惑。それは犯人が見せた隙だ。手掛かりはこれしかなかった。犯人は赤司なのか、青砥なのか……。

俺はその時、絨毯のことを思い出した。

(絨毯の意味合いは一つしか考えられない……真維那が見た時、紅茶のシミは残されていた……そのシミがひとりでに消えることはあり得ない……つまり……)

だからこそ、二〇一八年の殺人はあのような形を取った。

だとすれば、紫香楽一成が殺されたことは何を意味する?

その時、俺の頭の中で何かが閃いた。夜がゆっくり明けていくように、俺の目を覆っていた薄膜がそっと剝がれていくような気がした。もうすぐ届きそうで届かなかったもの。この不条理な事件の裏面に確かに存在していたある人物の悪意。あの人物が描き出そうとしたもの。だからこそ、あの人物は二度見した。だからこそ、この時だったのだ。

「鵜さん、もう一度『あの映像』を見せてくれませんか?」

『映像。赤司さんが殺された現場に残されていた、あの水晶に残っていたもののことか?』

「そうです」

鵜が頷く。映像ファイルが切り替わって、パソコンの画面に、見覚えのある赤い月蝕が映し出された。

俺の体は震えていた。思えば、この映像を詳しく見ることはなるべく避けようとしていた。

映像を再生する。

赤い月蝕の月。

二重底の引き出し。

戸口に立った殺人者。

突き付けられる銃口。

俺の中で記憶が一瞬、混濁した。遠い耳鳴りが聞こえる。玖木を撃ち殺した時に、俺に襲い掛かったあの耳鳴り。群衆のざわめき。野次馬の興奮。鳴り響くシャッター音。

(見ろ)

突如画面が激しく揺れる。〈星眼〉が男に撃たれた瞬間である。自分が撃たれたような錯覚に陥る。あるいは、玖木を撃ち殺した引き金の重さを指に生々しく思い出す。〈星眼〉は絨毯の上に寝転がった。〈星眼〉が男を見やると、銃口から煙が立ち上っている。〈星眼〉が再び倒れこみ、戸口の方に映像が向く。視界が暗転する。

(俺の想像が正しいなら、何か映っていてもおかしくはない。今まで誰も気に留めなかった何か……見ていたとしても、その意味に気付かなかった何か……)

映像を巻き戻す。〈星眼〉が絨毯の上に倒れこむ。〈星眼〉が右方向に九十度円弧上に軌道を描く、そこに映るもの。コマ戻し、コマ送りを繰り返すうちに、俺は何度も頭を撃ち抜かれ、何度も引き金を引いた。耳鳴りが止まない。それでも見ろ。見なければ決して謎は解けない。

耳鳴りが止んだ。

「見つけた……」

「えっ、何をですか？」高峰が驚いて声を上げた。

俺は黙って画面の右端を指し示した。

〈星眼〉が右に倒れこんでいく時、一瞬だけ映り込む、机の上のグラス、空なの？」

「ちょっと待って」高峰が画面に顔を寄せた。「どうしてこのグラス、空なの？」

『あの映像では、コーヒーがグラスに入っていたはずだ。それはどこに消えた？』

「現場にはコーヒーのシミがあったよね？　そこにこぼれたと考えれば……」

『それはおかしいぞ。こぼれた後で、どうしてグラスだけが机の上に戻っているんだ？』

高峰と鵜が議論しているのをよそに、俺はほとんど放心状態になっていた。

「あの、獅堂さん……」

「ん？　なんだ、香島君？」

「ええと、グラスの件も気になるのですが、まだ獅堂さんが東京で調べてきた三つ目のことというのを、聞いていません」

「ああ、それか……」

椅子からゆっくり身を起こしてから言った。

「俺は東京に戻る前、高峰さんから石神赤司さんの過去の予知映像のデータを全てもらっておいたんだ」

「そう言えば渡しましたね。どうでした？　あれだけの量を持って行って、ちゃんと役には立ったのですか？」

鵜が顔をしかめていた。高峰が映像データを部外者に流出させたことに不満を抱いているのだろう。

「ええ。とても」

「ええと……。獅堂さんはその映像を、何に使ったのですか？」

香島が純粋な顔をして聞いた。

「大したことじゃないよ。『石神赤司』という人……それを知るために使ったんだ」

俺は予知映像を頼りに東京の各所を巡った。石神家の足跡を辿った時に訪れた旧家の跡地。駒場と本郷の東京大学。渋谷。下北沢。映画館。喫茶店。予知の映像に残っていて、回れるところを全て。石神赤司の映像は、仁美に出会った瞬間から華やかになった。高峰の言う通り、視線は何よりも雄弁に感情を物語っていた。恋をする者の視線。郷愁と共に各所を巡りながら、俺は石神赤司という男の人生を辿ろうとした。

「それで、赤司さんのことは、何か分かったのですか？」

「あまり、よくは分からなかった。良い東京観光になった、ってところかな」

「ええー……」

香島がうろたえるのに笑ってから、胸に重いしこりがつかえるのを感じた。

「分かったのは、全く別の人のことだったんだ」

香島は首を傾げた。無理もない反応である。

「ところで、獅堂さん」高峰がむすっとした声で言った。「差し上げたコンタクトレンズのサンプルは試してみられたのですか？　私はあの後テストに成功しましたが……」

「ああ……」

俺は胸ポケットからコンタクトレンズケースを取り出した。

「申し訳ない。結局、使うことが出来なかった」

「……そう」高峰は長いため息をついた。「まあ、獅堂さんも東京に戻って色々と調べていたみたいですし、機会がなかったのも仕方がないですね」

「違うんだ」

「え？」

高峰が不審そうに声を上げ、鶫が興味を惹かれた様子で俺を見た。注目が集まっているのを自覚するほど、自嘲的な笑みがこぼれるのを止められなくなった。

「怖かった」

解けなかったら。救えなかったら。

それをあらかじめ知ってしまったら。

「未来を知ってしまうのが、怖くてたまらなかったんだ」

二十一　香島奈雪　二〇一八年

あの刑事はまだ折れないのか、と淳也さんに聞かれた時、僕はすっかり戸惑ってしまった。実のところ、彼の質問に対する答えを僕は持ち合わせていなかったからだ。昨日、水晶の映像の「二度見」を検討してから先、獅堂さんはむっつりと口を利かなくなってしまった。何か思いついていることでもあるのかもしれないし、考えあぐねているのかもしれない。

「そろそろ、あれを見せて楽しむとしようかね。香島君、獅堂君をモニター室に連れて来てはくれないかな?」

淳也さんがすごく楽しそうだったので、僕は嫌な予感がしたが、結局言われた通りにした。

モニター室の寒々とした雰囲気の中に、淳也さんと手島さん、獅堂さん、そして僕が集まった。淳也さんはモニターの前に立って揉み手をし、手島さんは壁にもたれかかって何やらニヤニヤしている。あまり気持ちのいい空間ではない。

「刑事さん。来てもらったのは他でもありません。そろそろ行き詰まっておいででしょう?」

獅堂さんは肩をすぼめてみせた。

「答えないつもりなら、まあよろしい。最初に君と顔を合わせたのはこのモニター室でしたね。その時に私が言ったことを君は覚えていますか?」

「私がここに来ることは予知によって知っていた。しかも、私が敗北する未来まであなたたちは知っている。そんな話でしたよね? 私は肝心の予知を見せてもらっていないから、未だに信じていませんがね」

「あなたは本当に強情ですねえ」手島さんはせせら笑った。

「そうだろうと思って、今から見せて差し上げようかと」

淳也さんに促されて、手島さんがパソコンを操作し、モニターに映像が映し出された。僕も見るのは初めてだった。獅堂さんは不満げな吐息を漏らしながらも、「せっかくだから上映に付き合いますよ」と言った。

「何を隠そう、これは僕の見た映像でね」手島さんがニヤニヤ笑った。「一分ほどの短いものだが、その内容たるや、驚くべきものだよ」

＊

窮屈な部屋の中に人が円形に座っていた。部屋の内装には見覚えがあった。〈大星詠師の間〉だ。〈星眼〉である手島さんを含めて、九人の人物が座っている勘定だ。ここにいる手島さん、淳也さん、獅堂さん、僕の四人の他に、師匠、仁美さん、高峰さん、千葉さん、鵜さんも列席している。

何よりも目を引いたのが——獅堂さんの右腕だった。

獅堂さんの右腕は白い包帯で吊られていて、ギプスががっちりはめられていた。右腕を骨折でもしたのだろうか？

獅堂さんは沈痛な面持ちで俯いている。彼をじっと見つめている〈星眼〉の手島さんを含めて、彼の言葉を今か今かと待ちわびているような状況が察せられた。獅堂さんの口が開いた。

〈手島さんの解説が入る。『まず、これまでの非礼を〈星詠会〉の皆さんに詫びさせてください』と獅堂さんは口にしているようだ。続けて、『本当に申し訳ありませんでした。認めます。全て。この未笠木村の水晶の力は本物でした』と〉

獅堂さんが俯いたまま、映像は途切れた。

＊

「どうです？」手島さんはニヤニヤしている。「映像がなにぶん短かったですからねえ。今見てもらったのがどれくらい未来のことかまでは、実のところ分からないんですよ。ですが、あなたは右腕をケガした無残な姿になって、これまでの努力も虚しく、僕たちに敗北を認めることになるのですよ……」

淳也さんは獅堂さんの様子をじっと窺っていた。肝心の獅堂さんは、何やらショックを受けた様子で、「そうですか。それなら、先に謝っといた方がいいかもしれませんね……」と弱気を口にしてから、モニター室を後にしてしまった。

僕は慌てて立ち上がり、淳也さんと手島さんに「失礼します！」と一声かけてから、獅堂さんの後を追った。

獅堂さんは廊下の壁に頭をくっつけて、うなだれた姿勢になっていた。よほど衝撃を受けてしまったのだろうか。

「獅堂さん、あんなの気にすることないですよ……」

そう声をかけた瞬間、僕はぞくりとした。

獅堂さんが肩を震わせて、ひきつったように笑っていたからである。

「まさか、彼らが最後から二番目をくれるとはな」

「え？」

「香島君。俺は少し一人で動く。明日になったら戻って来るからな」

獅堂さんは背中を向けたまま、手をひらひらと振って歩いて行ってしまう。

「えっ！　どこへ行くんですか？」

「裏取りだよ。刑事の基本だ」

僕はますます分からなくなって、その場に立ち尽くして獅堂さんを見送った。

翌日、〈星詠会〉本部に現れた獅堂さんを見た僕は、ますます驚く羽目になった。獅堂さんが昨日見た水晶の映像に映っていた通り、右腕に包帯をぐるぐる巻いて、ギプスをはめていたのだ。

何か危険なことでもしたのだろうか？

それとも襲われて？

僕は入山村から未笠木村への山道で、大岩が落ちてきたことを思い出していた。獅堂さんはあの時、誰かの人影を見たと言っていた。あの時はかすり傷で済んだけど、まさか、今度は本当に？　僕は不安で一杯になった。

「し、獅堂さん……大丈夫なんですか？」

「ん……大丈夫だ」

獅堂さんはそう言った。包帯で吊った右手の中には、透明なビニール袋に入れられた何かが握られている。

「そのケガはどうしたんですか？」

「まあ、聞いてくれるな」僕を心配させたくないのだろうか、獅堂さんはあっさり受け流してしまう。「香島君。関係者を全員〈大星詠師の間〉に集めてくれないか。メンバーは昨日の映像で見た通りで良い。あれより増やすことも減らすことも、どうせ出来ないってわけだろう？」

「まさか本当に、負けをお認めになるんですか？」

僕の言葉には少し怒りの感情が混じっていたかもしれない。昨日の映像のインパクトもあって、獅堂さんが諦めてしまったのだということ以外、考え付かなかったのだ。

「昨日、あれだけ自信ありげに言っていた『最後から二番目』とはなんだったのですか？」

「え？　ああ、それなら今見てるだろ」

「はい？」

僕の視線は自然と獅堂さんの手の中のものに引き付けられた。

ビニール袋の中には金属製のライターが入っている。随分古いものらしかった。僕はすっかり混乱した。最後から二番目をくれるも何も、こんなものは映像の中に映ってすらいなかったではないか。このライターが一体なんだというのだ？

「獅堂さん、そのライターはなんなのですか？　たしか、鵜さんに聞いておられましたよね。〈星詠会〉発足当時の記念品だと……」

「ん？　ああ、これはある小学生が拾ったものでな。彼に話を聞いてくるのも、昨日の俺の仕事だったんだ。

聞くところでは、彼は物見櫓の焼け跡から、このライターを拾ったらしい。火事があったのは一か月前だが、警察や消防の現場検証が終わって、立ち入れるようになった後、焼け跡の近くの茂みに落ちているのを見つけたんだそうだ。彼も、物見櫓が燃やされたのと関係があるんじゃないかと思ったんだが、自分のものにしたい気持ちが勝ったらしい。まあ、俺のあの年の頃は、アルコールランプで遊んだり、マッチを無意味に擦ってみたりしたから、責められないよ」

獅堂さんの話の行く先が見えなかったので、僕は次第にじれったくなってきた。

「それで、どうしてそれが獅堂さんの手にあるんですか？」

「うん。その小学生が火遊びしているところを、林というおばちゃんに見咎められてね。危ないからとライターを取り上げて、でも処分に困ったから、俺に渡してきたんだ」

「でも、それが事件となんの関係が……」

「そう。一見関係がなさそうに見える。でも、これが俺にとっては決定的な証拠になったんだよ」

獅堂さんはビニール袋を上着の胸ポケットの中にしまいこんだ。「あ」と言ってから、「香島君。今のこの場面を、予知で見たことはないな?」と聞いてくる。僕はもう話についていくのを諦めて、見たことはないと認めた。

「獅堂さん、もうヒントだけでもいいですから、教えてください」

「ヒントか……」獅堂さんは目をつむってニヤリと笑った。「この事件は一本の幹から成り立っているんだ。ある言葉……ある意図……そこから全ては派生している。その意図を摑むことが大きなカギだ。俺が真相に辿り着くに至った大きな手掛かりは二つだ。すなわち、この事件は——」

獅堂さんは得意げな顔で頷いた。

「『二度見』と『絨毯』の設問、と言ってもいい」

僕は、ますます分からなくなった。

二十二　獅堂由紀夫　二〇一八年

俺は〈大星詠師の間〉に関係者を集めていた。

部屋は他のものよりも大きめに作られているとはいえ、九人もの人数が集まるとさすがに窮屈であった。絨毯の上に椅子を円形に並べ、めいめい座ったり壁にもたれかかったりしている。紫香楽淳也はしきりに時計を確認して、自分の貴重な時間を奪うことに対する不服を表明していた。高峰瑞希の表情は期待に満ち溢れていて、香島よりも無邪気だった。千葉冬樹は椅子に座って前屈みに俯いている。鵜津一郎は円形に並べた椅子のうち、俺の正面の椅子を取っていた。俺の唇の動きを読むためには、一番良いということだろう。手島臣は淳也の隣につき、俺をニヤニヤと見つめている。石神仁美はすまし顔でツンとしている。香島奈雪は背筋をピンと伸ばしていると言えば聞こえは良いが、実際にはガチガチに緊張して岩のようになっているだけだった。

石神真維那は、紫香楽にかけあって牢獄から外に出してもらったので、この会合に列席していた。彼は牢獄に投じられてなお、その穏やかな気風を失っておらず、俺を見つめる眼差しには温もりがあった。

「で、どういうわけなんだね、みんなを集めて……」

手島がそう切り出した。

「まあ、そう急かさないでいただきたいですね。ちょっと吸わせてもらってもいいですか?」

〈大星詠師の間〉が禁煙でないことは、机の上の灰皿で確かめてあった。俺が体をねじりながら、左手で右のポケットに手を突っ込み、やっとの思いでタバコの箱を取り出す。左手でぎこちなく箱から一本抜いて、口にくわえてから、そのまま左手でライターを探っていると、「どうぞ点けますよ」という声が聞こえて、隣の人物が自前のライターを差し出してくれた。「どうも」と答えて、タバコを吸って口から離した。「おっといけない」と言いながら、灰を絨毯の上にこぼした。「焦げ跡になりますかね……申し訳ありません。慣れない左手での所作だと思って、見逃してください」と謝ってみせる。

「おい、失礼なやつだな！」手島が顔をしかめて言った。「とっとと本題に入れ！」

俺はタバコを灰皿で揉み消すと、右腕を気遣いながら立ち上がった。

「さて。集まってもらったのは他でもありません。事件の謎が解けたので、お知らせしようと思いましてね」

「やれやれ、随分長くかかったようだね」紫香楽は首を振った。「待っただけの価値がある解答だといいが、残念ながら、これは茶番だ」

紫香楽は笑った。

「私はこの光景を知っているよ、刑事さん。あなたもそうだろう？　何せ昨日見せたばかりだ。あの水晶だよ。ほら見たまえ、列席者はあの映像と同じだ。そしてあなたの無様な姿もね。まるで聞こえてくるようだよ。あなたの次の言葉がね……」

まさしく愉悦と言っていいような表情だった。俺は神妙な顔を崩さないまま、次の言葉を口にした。

「まず、これまでの非礼を〈星詠会〉の皆さんに詫びさせてください」

あの水晶通りの台詞だった。

「本当に申し訳ありませんでした。認めます。全て。この未笠木村の水晶の力は本物でした」

紫香楽と手島が身を乗り出した。高峰と千葉はそっと目をつむった。鵜は俺の顔から目を離さず固唾《かたず》を呑んで見守っている。不安げな香島の肩に、真維那がそっと手を置いていた。仁美の表情は一向に崩れない。

彼ら聴衆を見渡して、俺は頭を下げた。

ここで映像は途切れている。

そして俺はニヤリと笑ってから、顔を上げた。

「水晶の力を信頼するからこそ、この真相に辿り着けましたよ」

そう言いながら、包帯に手をかけ、一気にほどいた。全員の目が驚愕に見開かれる。ギプスの下から現れたのは、ケガも何もしていない俺の右腕だったからだ。

「さあ、絵解きを始めましょうか」

「ちょっ、ちょっと待て、その前にですねえ――」

手島が立ち上がって俺に指を突き付けていた。

「なんなんだね、その腕は！」

「ああ、これですか？　まあ気にしないでくださいよ。あなた方が見せてくれた映像でも俺は腕を吊っていたじゃありませんか。実はケガも何もしていなくてね。ただのパフォーマンスだったのですよ」

「馬鹿な！　そんなパフォーマンスがあってたまるか！　いいですか、水晶に映っている未来は、あくまでも各人が合理的に行動した結果なのですよ。映像と同じ行動を取るにしても、ただのパフォーマンスで済まされては――」

「未来の〈大星詠師〉さんも、随分せっかちですねえ」

俺が皮肉を込めて言うと、手島の攻勢が止んだ。

「私は事件を解決するためにやってるのですよ。あくまで合理的な行動の結果というわけです」

その場にいた俺以外の全員がキツネにつままれたような表情になった。

「もう一つ言い添えておきましょう。私は、事件の絵解きを終えた後、この部屋を出る前に、包帯とギプスを元に戻すことに決めています」

「獅堂さん」香島が首を傾げた。「ますます分かりません」

「まあ、いいです。この場にいる人間が全員、今の言葉を聞いた。その既成事実を作った。

そのこと自体が重要なのです。

話を事件に戻しましょう」

手島はまだ何か言いたげだったが、しぶしぶといった表情で着席した。

「まずは一九八九年の事件についてです。最前、私たちは一つの証拠を見つけました。紫香楽一成さんが実は毒殺されていたことを示す証拠、つまり、紫香楽一成さんの魔法瓶に白い粉末を投じるところを、犯人の目から見た映像が記録された水晶です」

「その水晶は、立ち入り禁止となっていた坑道の脇道の奥——青砥さんが亡くなった場所で見つかったのでしたね」千葉が言った。

「ええ。その点は後で触れますが、この映像には非常に意味深長なところがありました。一分間の映像の序盤で、紫香楽一成さんの部屋にあるコルクボードを二度見していたのです。実際に毒を盛る直前に、約五秒もの間、コルクボードを見ていました。コルクボードには一成さん自身の二月十五日から一週間のスケジュール、手紙、幾つかの虫ピン以外には目を引くものはありませんでした。しかし、この中のいずれかが、犯人を驚かせ、あるいは困惑させ、重大な犯行を控えたその五秒の間、忘我させたことは疑いないのです」

「うーん、それについてなんですが」高峰が抗議の声を漏らす。「一昨日は獅堂さんの言うことももっともだと思ってたんだけど、それはそんなに重要なことなのでしょうか？」

「私も最後まで疑ってみましたよ。だけど、もう一つ見つけたのです。あの時の二度見に重大な意味があるという根拠を、ね。まあ、それはおいおい分かってくるでしょう」

もったいをつけると高峰は不服そうな声を漏らしつつ、目を輝かせた。

「ここで話を切り替えましょう。一九八九年と二〇一八年の事件を繋ぐもう一つの水晶。つまり、〈大星詠師の間〉で繰り広げられた殺人劇を記録したあの水晶です。水晶がいくつも登場してややこしいので、〈大星詠師の間〉での殺人を記録したものを『水晶X』、紫香楽一成さんに毒を盛る、犯人の目から見た光景を記録したものを『水晶Y』と呼ぶことにします。水晶Xに映っている映像は、当初、二〇一八年の石神赤司殺人事件のものだと考えられていた。そして映像に映っている殺人者は石神真維那さんである、と」

香島が抗議しようとしたのを手で制する。

「しかし、私はこの推定に誤りがあることに気が付きました。証拠はあの映像の中の会話です。『残念だが、その通りだ。あんたがここで死ぬことはすでに確定している』。ここで『その通り』と言っていることから察するに、直前にX映像内の〈星詠師〉から『私を殺すということか』といった台詞――つまり、当該〈星詠師〉がここで殺されることを悟ったことを意味する言葉が発せられたことが推測できます。こうなってくると、矛盾が生じてきます」

「主人は、殺害された一月三十一日の随分前から、月蝕の夜、あるいは息子にひどく怯えていました。あれは水晶の映像を事前に見ていたからこそ、生じてくる恐れですよね。つまり」

「あの映像の〈星眼〉は石神赤司さんではない。その疑いが出てきます。そこで私たちは一九八九年に亡くなった人物、石神青砥さんに目を付けました。〈星詠会〉関連の変死事件は赤司さんのものと青砥さんのもの、その二つだけでした。もちろん、水晶Yを見た私たちは一成さんも毒殺されたことを知っていますが、Y発見前までは青砥さんにどうしても目が行きました。

すると、一九八九年二月二十一日にも月蝕が起きており、方角は違うものの、高度などの条件はかなり似ていることが分かってきました。方角の違いも、〈大星詠師の間〉の移転の流れに一致していた。そこで、私たちは一九八九年の映像を二〇一八年のものと勘違いしたという可能性が出てくる。石神青砥さんが殺された時の記録だったのではないか、そういう疑いです。

〈星詠師〉としての能力を持たない青砥さんが予知を行うためには、〈星眼〉の紋様を再現したコンタクトレンズが必要でしたが、このレンズが一九八九年当時にはこっそり開発され、試作品が作られていたことも明らかになりました。香島君が坑道の奥を探検し、当時のものと推定されるレンズを発見してくれたのです。この発見を基にすると、いよいよ青砥さん＝水晶Xの〈星眼〉説の可能性は高まります。青砥さんがご自分の死期を予知されていた様子だったと、仁美さんが言っていたことも一つの裏付けになりますね。

しかし、最後にはこの線も消えました」

「仁美さんに証言していただきましたからね」手島は居心地の悪そうな表情をしながらも、インテリめいた口調は崩さなかった。「最大食の時間の後、仁美さんは生きている青砥さんに会われていた。言わば、死者としてのアリバイが成立した、といったところさ」

「ええ。ですが、映像の会話からの推理で、〈星眼〉が石神赤司さんとは考えられないことは変わりません。そこで、私は次の可能性を検討しました――」

「それは？」

俺は不敵な笑みを浮かべてみせた。

「水晶Yの発見によって紫香楽一成さんは毒を飲まされたことが分かりました。一成さんの死にも事件性があったわけです。

ここで私の発想は飛躍しました。もし、水晶XとYが、同一の事件を映したものだったとすれば？」

「馬鹿な！」

紫香楽淳也が叫んだ。

「関連性がまるでないではないか！　一方は銃殺事件、もう一方は毒殺事件だ。同じ事件なはずがないでしょう。くだらん戯言《たわごと》に過ぎない。手島、このような茶番に付き合う必要はない。行くぞ」

淳也が席を立ち、手島がそれに続こうとしたのを押しとどめて、

「しかし、根拠ならあるのですよ。水晶Xの中に、映り込んでいました」

「なんだと?」淳也が振り向いた。

「鵜さん、ノートパソコンを用意してください」

鵜が無言で頷いて、机の上にノートパソコンを広げる。あらかじめ用意しておいてもらった水晶Xの動画ファイルを呼び出してもらうと、序盤のシーンを映した。月蝕を見ていた〈星詠師〉が部屋を歩いていき、机に向かうところである。

「ここで机の上のものが一瞬映り込む。向かって左、机の右手にはグラスが置かれています。中にコーヒーが注がれているのが見えますか?」

香島をはじめ、部屋の中にいる人物たちは当惑気味に頷いた。

「そして最後の方」

俺は動画を早送りして、〈星眼〉が発砲されて倒れる光景を表示した。

「ここをコマ送りにすると、一瞬、グラスが映り込むのです」

「あっ」と映像を見ていた千葉が声を漏らした。

コーヒーのグラスは机の縁ギリギリに載っていた。そしてその中身は空だった。ここまでは高峰や鵜、香島と一緒に確認した事実である。

「これは……どういうことなの?」仁美が首を傾げた。「つまり、コーヒーは水晶Xの映像

の三分間のどこかで、飲まれた、ということですか？　しかし、〈星眼〉にコーヒーを飲んだ様子はありませんでした。飲んだら視線は多少なりとも上に上がるか、視界にコーヒーのグラスが映り込むかするはずですよね。それに、〈星眼〉はこの後、拳銃を突き付けられていたのです……。そんな緊迫した状況下で、コーヒーなんて飲めるわけが――」

「一つだけ答えがあるのですよ」

「あ、ああ、そんなのって」

高峰が手を叩いた。

「拳銃を突き付けられて、中身を飲めと脅された時……獅堂さんが言いたいのはそれですか」

「その通り！」

「し、しかしだな！」手島は焦って声を上げた。「それでも奥様の言った、グラスが映っていないというのが解消しないじゃないか」

「ストローですよ。男に拳銃を突き付けられて構えていた右手を、ゆっくり下ろしていって、視線は前を注視したまま、グラスにストローを入れ、手に取る。そしてそのまま右から体の方に手を滑らせていって、自分の顔の下あたりに持って来る。この状態でストローをくわえて飲んだなら、手元は映らないはずですね？」

「す、ストローはどこにいったというのだ」

「恐らく、紫香楽さんが机の上にグラスを置き、もがき苦しみ始めた拍子に、机の脚元に落ちてしまったんだろう。倒れてしまった紫香楽さんの視界は、机の右側と、扉の方に行くので、脚元のストローは見えない」

「しかし、仮に殺されたのが父だったとしても、父はこの後撃った男の方を向いているではないか。その時、拳銃からは煙が立ち上っていた。これもまた、紛れもない事実ではないですか。あれはどう説明するおつもりです？」

「空砲だったか、あるいは、壁の方に一発撃った後、すぐに紫香楽一成さんに向けて、煙が立ち上るのを『見せた』のでしょう」

「『見せた』？」

淳也の眉がぴくりと動いた。

「聞き捨てなりませんねえ。あなたの言葉遣いを聞いていると、どうも犯人が意図的にこの映像を作り上げたと、考えているような節がある。だが、それはあり得ないと何度も言っているはずだ。水晶の映像は、アトランダムに記録される。どんな映像が記録されるかは〈星詠師〉本人にとっても分からぬのだ。意図的な映像を作り上げることなど――」

「そう。それが分からなかったのです！」

俺は思わず声を張り上げた。

「映る未来を操作することは出来ない。だが、水晶Xの映像は、一事が万事芝居がかっている。台詞一つとっても、男のしているマフラーも、月蝕の夜という舞台も！　まるで何かの映画でも見せられているようです！　この感覚と、アトランダムな予知という前提は常に矛盾し続けました。ですがね、紫香楽さん、私はたった一つだけ見つけたのですよ。予知の確率を操作する方法を」

俺は指を一本立てて彼らの注意を惹いた。

「予知は〈星詠師〉が今後自分の目で見る光景を映す、ここがミソです。こう言った時、たった一つだけ、絶対に見ることの出来ない未来があります。自分の死後の記憶です」

「だからそう言って」

そこで紫香楽淳也が絶句した。

「紫香楽さん、お気付きになりましたね。そうなのです。つまり、これから死ぬことが確定している人間に予知をさせれば、その予知は高確率で『自分が殺される光景』を映したものになる」

香島があんぐりと口を開けた。

「そして、死ぬことが確定していることが分かったのは、犯人自身の予知で、自分が紫香楽一成さんの魔法瓶に毒を入れることを犯人が知っていたからなのですよ」

聴衆は呆気に取られていた。俺でさえ、思いついた時には思わず怖気を震ったものだ。

「少しだけ私の推測を混ぜますが、一成さんは当時、こっそりと〈星眼〉の紋様付きコンタクトレンズの開発を続けていたのだと考えられます。紫香楽さんは〈星詠会〉の四周年記念パーティーを控えて、サプライズとしてコンタクトレンズの発表を企図していたはずだ。一成さんは人を驚かせるのが好きだったらしいですから。それは未笠木村の山を突然買ったエピソードなどからも窺えるところですね。

その時に研究開発の協力をしていたのが、これから先申し上げる、紫香楽一成さんを殺害した犯人です。事件当日もその打ち合わせ——いえ、もはや実用の試行段階だったのでしょうが——その顔合わせの日に当たっていた。この推測は、水晶Yにおける紫香楽一成さんの発言『やあ、来たね。三日ぶりか。今日も頼むよ。行こう』とも符合します」

「魔法瓶に毒を入れた以上、瞑想を終えた紫香楽さんがそれを飲んで死ぬことは確定しています……」と香島が青ざめた。

「その状態で予知をさせたなら」淳也は親指の爪を噛んでから、不満を隠そうともせずに話した。「確かに、高確率で死亡時の映像が手に入ると考えられますねえ。もちろん、廊下を歩いているところとか、どうでもいいものが映ってしまう可能性も常にありますが」

「犯人にとっても、そこは一種の賭けだったのでしょう。だが、これは分の良い賭けです。もちろん犯人も最善を尽くしたことは分かります。例えば、先ほどから取り上げている水晶Xの〈星眼〉——つまり紫香楽一成さんが、自分がこれから殺されることが分かっていなかった旨の発言をしているという推理がありました。このことから、紫香楽一成さんは自分の予知を確認することも出来ないうちに殺されたことが分かります。『映像データを取り出しておくので、〈大星詠師の間〉で待っていてください』とでも言っておいて、先に行かせたのでしょう。犯人自身、少しでも映像の残る確率を上げるべく、自身が映像を確認する時間すら惜しんで、殺人に向かったと考えられます」

「紫香楽さんが〈大星詠師の間〉に呼び出されていたのは？」

高峰の問いに対する答えは用意してあった。

「引き出しの二重底がカギになります。あれを餌に呼び出したのでしょう。紫香楽一成さんは年齢のわりに子供の純真さを残したところがあったようですから、赤司さんが引き出しの中にいいものを隠してあると言って呼び出すか、青砥さんが『赤司が引き出しの中にいいものを隠しているらしいので見に行きませんか』と誘うか……いずれにしても、紫香楽さんはおびき出されたでしょう」

すなわち、この一事をもって赤司か青砥のどちらが犯人かを確定することは出来なかったということである。

「つまり」高峰がしきりに頷いている。「獅堂さんの解釈を基に水晶Xの映像について整理しなおすと、こうなりますね。

紫香楽一成さんは月蝕の月を見ていた。この時、最大食の零時三十五分。実際には二月二十二日になっていました。そして、月を見ていたのは、ちゃんと律儀に犯人のことを待っていたからだと考えられます。

そして机の方を向く。ここで悪戯心が芽生えて、『犯人が遅いから、先に見てやれ』と思ったわけですね。椅子に座って、引き出しを引いて、二重底を開けようとする。

ここで扉が開きます。音がしたから当然、気付いて顔を上げる。そこに犯人が立っています。一成さんは何か言い訳したかもしれないですが、映像にはその痕跡は残っていませんね。

男が目の前に来ると、拳銃を構えたので、一成さんは両手を上げたまま問答する。そのうちに、自分がこれから殺されることを理解します。視界の左側に回り込んだ男から、コーヒーを飲むように命じられたのですね。そして、コーヒーを飲んで、苦しみます。同時に、男が空発砲しつつ、一成さんの肩を思い切り押す。一成さんは床に倒れて苦しみながら、目を閉じる。

ここで映像が途切れた――と」

俺は深く頷いた。

「では」舌で唇を湿した。「その犯人ですが」

「一九八九年当時、あの顔をした人物は石神赤司と石神青砥。水晶Yの視線の高さから身長を割り出した結果も、この二人のうちのいずれかが犯人であることを裏付けています。これだけは譲るわけにはいきませんよ、獅堂さん。顔認証の結果もありますし、前にも言った通り、一成さん自身の幻覚が映像に残ることもありません」

「ええ、分かっていますとも。石神兄弟のうちどちらが犯人か。それは水晶Yで立証できます」

「君の大好きな」手島が鼻で嘲るように笑った。「二度見というやつですか？」

「ところが、この二度見が、存外捨てたものではなかったのです。その視線のみによって、犯人を特定することが出来たのですから。

いいですか？　まず、犯人は五秒もの間、コルクボードを注視した」

人差し指を立てる。

「次に、その注視は、肝心の犯行の直前に行われました。最も緊張しているはずの時間、最も早く済ませなければいけない作業を前にしてです」

中指を立てる。

「そして、最後に——今までの推理によって、この二度見があり得ないものであることが立証されたのですよ」

「どういう意味ですか？」

「犯人が水晶Xを記録することを思いついたのは、犯人が水晶Yにより紫香楽一成さんの死期を知っていたからです。映像がいつのものかという手掛かりは、水晶Yに映ったコルクボードのスケジュール表から得られます。これが意味するのはつまり、犯人は少なくとも一度、水晶Yの映像をしっかり見ているということです」

　場に沈黙が下りた。それを破ったのは香島だった。

「え、ええと、すみません、全然意味が分からないのですが……」

「そうだね。ごくごく当たり前の事実に見えるかもしれない」

　俺は香島に向けて語り掛けるように言った。

「ところが、これが全てを変えるのです。すなわち、犯人は水晶Yの映像を見る時にも、コルクボードを見ていることになるのですから！」

「ああああっ……！」

　俺は薬指を立てた。

　これで根拠が三つ揃う。

「計画を立てる要となる水晶だからこそ、何度も見直した可能性だってあります。その度ごとに、犯人がこのコルクボードを見る回数は、二、四、六とどんどん増えていきます。おかしいではありませんか？　どうして既に見たことのあるコルクボードに驚かなくてはいけないのですか？」

　俺はこの時、石神仁美の顔が青ざめるのを見て取った。

「奥さん、気付いたらしいですね。ここまで来れば話は早い。つまり、犯人は水晶Yを見た時には、コルクボードに映っているものの意味が分からなかった。しかし、事件当日には思わず忘我するほどの衝撃を受けた。それは事件直前に、コルクボードに貼られていたものの、持つ意味合いが変わっていたからに他なりません！

　そして思い至ったのですよ。犯人があのコルクボードの手紙のどこに、そこまで驚いたのかに……」

　香島が「便箋」と小さく口を動かした。

「あの封筒は、一成さんがフランスから買ってきて、プレゼントしてくれたレターセットのものでした。私、嬉しくなって、すぐに紫香楽さんに――」

「恋文を書いたんですね」

　俺が言うと、仁美はしおらしく頷いた。そんな様子でさえ悩まし気な媚態を浮かべる女性だった。

「つまり、犯人は封筒を見て、これは仁美さんのレターセットであると勘づき、紫香楽一成さんとあなたの関係を悟ったことになる。このような思考が出来るのは、紫香楽一成さんがフランスから帰国した二月二十日の夜から、二月二十一日の午後十一時までに、あなたのレターセットを見たことのある人物だけです。あなたは香島君に話していましたね。ある人物に一成さんのフランスからのお土産を見せたことを。ねえ奥さん、それは誰だったのでしたっけ？」

「青砥くんです……」

仁美は長い息を吐いた。青砥くん、という呼称が、彼女にもたらされた衝撃の大きさと、剝きだされた感情の激しさを語っていた。

「青砥くんが、一成さんを殺したのですね……」

紫香楽淳也は震えていた。その震えの意味に俺は気付いていた。

「ごめんなさい、ええっと、つまり、どういうことなのでしょうか……」

千葉が問うので、俺は先にその質問に答えることにした。

「つまり、紫香楽一成さんは石神仁美さんと通じていたんですよ。どんなものだったかなんて聞くのは野暮ですけどね。石神仁美さんはあの時、赤司さんと結婚しながら、青砥さん、紫香楽一成さんの二人とも恋愛を楽しんでいたのです」

「そんな……」千葉は信じられないという面持ちで呟いた。「馬鹿な……」

その反応で確信することが出来た。千葉は何一つ知らなかったのである。紫香楽一成とのことはもちろん、青砥とのことさえ。だからこそ、仁美夫人について訊ねた時、紫香楽淳也の考える仁美像との間に落差が生じていた。千葉にとって仁美は今日まで、偉大なる石神赤司の畏敬すべき妻でしかなかったのである。

だが、それと正反対の反応を示した者がいた。それが紫香楽淳也である。淳也は赤司、仁美と同い年だというから、一成が不倫を働いていた時に二十七歳だったことになる。父の不行跡には気付いていたのだろう。父の恋人……父をたぶらかした女性……。嫌らしい、汚らわしいという拒絶が強まっていき、それが淳也の中に強固な壁となって残ってしまったのだ。

「はい……私」仁美は顔を覆った。「恐ろしくて……あの時、青砥くんと紫香楽さんが同時に亡くなられてしまったのが恐ろしくて……誰にも言いだすことが出来ませんでした」

「自分だけが被害者のような顔をして！」淳也が荒々しく叫んだ。「あなたのそういうところが嫌いなんだ！」

仁美が肩を震わせた。

「淳也さん。そういう言い方はないでしょう」

千葉が言ったが、最前のショックから抜け出せていないのか、口調には力がなかった。

「し、しかし、同時に三人と、って。そんな馬鹿なことってありますか」

香島の疑問に対して、子供にも分かるように理屈を含められる人間はこの場にいなかった。

赤司に未来を支配されていることが嫌になって、青砥と付き合うことで抵抗を示したのだと彼女は言った。あるいは、赤司と青砥はお互いにお互いの持っていないものを持っているのだ、とも。爛《ただ》れた板挟みの中では、年の離れた男に甘えてみるというのは、また別の愉しみを提供したのだろう。俺の脳裏に、また鷺姫の昔話がこだました。私はあの美しい石が欲しい。もっと、もっと欲しい……。

「私は、幼い頃に両親を事故で亡くしました」と仁美は言った。「主人にも一度言ったことがあるんです。私は父からの愛情を受けた記憶がほとんどないと……だから包容力のある男性がいい、と打ち明けましたら、主人は『鋭意努力します』と言ってくれたもので、可愛らしい人だと思ったことがありました。……紫香楽さんは、両親に捨てられた石神の兄弟をも、父性によって包み込んでくれた方です。私は……」

仁美はグッと唇を噛んで言葉を切った。

一同の間に気まずい空気が広がった。いくら事件を解明するとはいえ、俺自身、一人の女性のプライバシーを暴かなくてはいけないのには辟易《へきえき》していた。

「獅堂さんは、どうしてこの事実に気付いたのですか？」

高峰が純粋な興味を覗かせていた。

「水晶Xが一九八九年のものと考える以上、当時真維那さんは存在しなかったのだから、『黙れ。お前に真維那などと呼ばれたくはない』という発言は、やはり『売女』と解釈するしかありません。とすれば、犯人と紫香楽一成さんの間には、女性を巡る対立がなければならない、ということになります。もちろん、全く関係のない女性を巡って、石神青砥さんと一成さんの間に争いが生じていた可能性もありますが、青砥さんと仁美さんに関係があることは明らかでしたから、もしや、と思ったんだ」

なるほどねえ、と高峰が嘆息した。

すかさず仁美が「私と紫香楽さんの関係は、いたってプラトニックなものであったと言っておきます」と告げたものの、紫香楽一成が石神青砥に向かって「売女」と言い放ったことは事実だ。

「ここには、一つのタイムパラドックスがある」と俺は付け加えた。「水晶Yの映像を見た石神青砥さんは、自分がこれから紫香楽一成さんを殺すことが分かり、ある意図をもって、水晶Xの偽装計画を立てました。一成さんの死を利用して。

ですが、この時にはまだ、自分がなぜ紫香楽一成さんを殺すのか、その動機は判然としていなかったのです。水晶の映す未来は絶対なので、殺すということだけは、はっきり確定していたわけです。そして事件当日、レターセットの情報を得たことで、事件現場でコルクボードを二度見して、『自分がなぜ紫香楽一成を殺すのか』、その動機を初めて悟ったのです。

つまり動機のないうちから犯罪計画が立てられて、後から動機が追いついた。水晶で未来を見てしまうことの、一つの皮肉ですね」

「……結局」千葉が陰気な瞳を向けた。「青砥さんはこの殺人を犯した後、水晶Yを処分するべく坑道に向かい、そこで事故に遭われた……ということでいいのでしょうか？」

「そうなります。ですが、青砥さんの犯行はここでは終わりません」

「さっき刑事君が気になることを言った」手島が言う。「ある意図をもって、水晶Xの偽装計画を立てた、というくだりだ」

「坑道の中で見つけた水晶の山と、これまた仁美さんの証言がカギになりました。坑道奥の水晶の山を見るに、青砥さんがレンズを着用して水晶を使う訓練を行っていたことは明白です。莫蓙が敷いてあったのも傍証になる。そして、これらの予知を繰り返すうちに、青砥さんはある絶望的な事実を突き付けられた」

「ええ……青砥さんは、一九八九年二月二十二日以降の予知を、さっぱり見なくなった、と口にしていました」

「つまり」千葉は身を震わせた。「自分の死期を予測してしまった……ということですね」

「死因までは分からなかったでしょうけどね。まさか坑道が崩れて事故死とは、想像もしていなかったはずです。そこまで分かっていたなら、自分の犯行を示す証拠になる水晶Yは、あらかじめ持ち出しておいて、処分しておいたと思いますから」

「石神青砥さんは死期を予期していた……」手島が頭を掻いた。「それによって、何が変わるというんだ？」

「青砥さんは自分の死と、〈星詠会〉の水晶信仰を利用して、ある人物に呪いをかけたのですよ。生きている間ずっと付きまとうことになる、恐ろしい呪い……石神青砥さんの亡霊が自分の命を付け狙っているように思い続ける、そんな呪いをです」

「ふん」紫香楽淳也は鼻で笑った。「今度はオカルトかね？」

「ところがそうでもありません。青砥さんは長い間をかけて外堀を埋め、深謀遠慮を張り巡らせていたのです。そして、そのターゲットになった人物とは、取りも直さず、石神赤司さん、その人でした」

「計画は一九八九年の段階からスタートしているのです」

と、俺は切り出した。

「その第一の証拠は、マフラーです」

「マフラー？」ハッと息を吸ってから高峰が言う。「そうだ！　獅堂さん、矛盾してるじゃないですか！　水晶Xの映像の中の男がマフラーをしていたのは、首に痣があったのを隠すためでしたよね？　だから、映像の殺人事件が一九八九年のものと考えた時に、最初に疑ったのは赤司さんが青砥さんを殺した可能性だった……」

「今、高峰さんが言ったことが答えになっているのですよ。石神青砥さんがマフラーをしたのは、痣があるかないか分からなくするため、つまり痣がないのを隠すためだったのです」

「どういう意味？」

「二十九年越しに水晶が発見されたから分かりにくくなっているのです。一九八九年、青砥さんが事故で死に、一成さんが病死した時点で映像を見たら、どんな風に見えるか。そう考えてみると分かりやすいだろう」

「どうって」高峰が目を瞬いた。「ああ……なるほど。赤司さんがどっちかを殺したように見えるかも。獅堂さんは青砥さんの死が殺人だったんじゃないかと疑った時、落石で頭の傷を誤魔化したと考えていましたよね。紫香楽一成さんの死の方も、銃で脅して毒を飲ませたと考えられれば、正式な検死にかけられたかもしれません。それでなくたって、心臓の病だったんだから、銃で撃たれて、弾は当たらなかったけどショック死したと考えたっていい。で、こういう風に、二つの死のうちのいずれかが殺人だったんじゃないかと疑われれば……」

「その犯人は水晶に映っている男——マフラーで首元の痣を隠す必要がある、石神赤司さんだったと思われることになるでしょう?」

「それでは」香島が首を捻った。「青砥さんは、自分の犯した一成さん殺し、もしくは自分の事故死の罪を、赤司さんになすりつけようとしたということですか? どうしてそんな……」

「石神赤司さんが自分で水晶を隠し持つことになるからだ」

場が静まり返った。彼らを見渡しながら、俺は言葉を続けた。

「映像の中で、青砥さんは拳銃を撃ってすぐに〈大星詠師の間〉の戸口に向かっています。その足取りには迷いがありません。しかし、一成さんは翌日、自室のベッドで横たわっているところを発見された。では、誰が移動させたか? そこで登場するのが赤司さんです。

一成さんの死体を最初に発見したのは、実は赤司さんだったんじゃないだろうか。ですから部屋の中の目立つところ、そうですね、例えば机の上に水晶を残しておきます。水晶の中心に浮かんでいる映像を見て、赤司さんは驚愕した。誰の企みかは分からないが、自分が犯人にされようとしていることは察せられる。彼は水晶を隠し、一成さんの死体をベッドに寝かせて病死に見せかけようとした。

赤司さんの目論見は成功した。一成さんは病死で処理された。だが、ほっと胸を撫で下ろしたのも束の間、赤司さんは別の恐怖に囚われることになった。それこそが青砥さんがかけた真の呪いだったんだ」

「それは……？」

「昔、赤司さんの水晶がよく盗まれていたこと、水晶がよく取り違えられていたことがここで生きてきます。水晶Xは何らかの方法で青砥さんか一成さんが見た予言とも考えられるが、実は、もし、水晶Xの映像が自分の見た予言だったとしたら？　赤司さんはこう考えてしまったんだ。つまり、いつか自分が死ぬ時の光景を映したものだったとすれば……」

「あ、ああ……」香島が呻いた。「自分が殺されるという恐怖が湧いたのですね、そしてその殺人犯とは――」

「男の顔は自分と青砥さんに似ている。自分ではあり得ない。そして青砥さんは既に死んだ。では、映っている男は誰か……。赤司さんは、成長した自分の息子の姿ではないかと恐れた」

俺は唾を飲み込んだ。

「ここで役者は替わり、舞台は二〇一八年に移る」

「どこから説明したら分かりやすいかずっと考えていたんだが、結局、私が辿った道筋をそのままなぞってもらうのが、良いんじゃないかと思いました。二〇一八年の事件のことが分かった最初のキッカケというのは、今私たちの足元にあるもの」

俺は足をパタパタと上下させた。

「つまり、この絨毯だったのです」

「絨毯?」淳也が怪訝そうに眉を吊り上げた。「どういうことかね」

「私は調査に行き詰まったのを契機に、ある人物を訪ねに東京まで舞い戻っていました。それは二〇一八年一月三十一日当日、赤司さんに解雇されたというアルバイトの女性だ。名前を中野さんといいます」

仁美の肩が跳ねた。「お会いになったのですね。元気にしてましたか?」と聞くので、「ええ、奥様に紹介された職場で、うまくやっているようでしたよ」と伝えた。彼女の男女関係が今回の事件を錯綜させ、誘発したことは認めなければいけないが、性根《しょうね》まで悪い人間ではないのだ、と俺は改めて思った。

「赤司さんと中野さんは事件当日、何で揉めているかを互いに口にしなかったといいます。家政婦の美田園さんと、高峰さんの見立てでは、お互いに引っ込みがつかなくなってあえて説明するのも面倒になっていたのだろうとのことでしたが、実際に中野さんに聞いてみると、事件は些細なことでした。中野さんがつまずいて、絨毯の上に紅茶をこぼしたというだけのことだったのです」

まあ、という仁美の呆れたような声が聞こえた。

「ところが、紅茶がこぼれた痕跡はこの部屋のどこにも残されていません。おかしいですよね？　この絨毯は世界に一点のオーダーメイドだという話です。新しいものに替えられたわけでもない。ですが、赤司さんの死体が見つかった現場では、グラスが割れて絨毯にシミを作っていました。紅茶のシミの位置と、コーヒーのシミの位置がかぶってしまい、後からこぼれたコーヒーが全てを覆い隠したと私は考えました。ところが、これも成り立たなかったのです。中野さんはこの部屋に入って、向かって右側——つまり、机から見て左側に紅茶をこぼしたと証言したのです」

俺は椅子から立ち上がって、問題の位置に立ってみせる。

「ところが死体発見時、グラスが割れていたのは机から見て右側です。まるで正反対。つまり本当なら、机の左側に紅茶のシミ、右側にコーヒーのシミ。二つのシミが残った状態で死体が発見されるはずだった。こういうことになります」

「ワケが——ワケが分からん」手島が渋い顔をしていた。「つまり、なぜそれが重要なのか、ということがだ」

「なぜか？　それは、二つのシミが一つになってしまった以上、絨毯を回転させたと考えるほかないからですよ」

「回転だって？」

「この部屋を上から見た図を想像してみてください。今、私の立っている位置に紅茶のシミはありました。この状態で、反時計回りに九十度絨毯を回すと――」

俺は少し弧を描くようにしながら、机から見て右側の絨毯の隅に移動した。

「このように、紅茶のシミが移動します。そこでコーヒーを満たしたグラスを割れば、コーヒーが全てを覆い隠し、シミはたった一つになる。シミの矛盾を解消するにはこれしかない。絨毯はワインレッドの地で、四辺に紋様が施されているだけで、四辺どこから見ても同じだから、回転させても誰もそれとは気が付かなかったのです。私は実際に事件が起こってから二週間くらい経ってから現場を見たので、前に机が載っていた位置に残る跡も目立たなくなっていました。皆さんが死体を見つけて、警察が踏み込んできた時には、当然跡は残っていたでしょうが、あえて気に留めなければ気付かなかったでしょう。

ところが――これはどう考えたって不自然ではありませんか？

今私は、口で簡単に『絨毯を回転させた』などと言っていますが、これを実際にやるのは大変な手間です。幸い、絨毯の上に載っている家具は机と椅子だけですが、この机を絨毯の外に出して、重量のある絨毯を引きずって回転させて、また机と椅子を元の位置に戻す。わざわざそれだけの手間暇をかけてまで、犯人はシミを移動することに腐心したのです。赤司さんと中野さんが黙っていたせいで、現場に踏み込むまで犯人も気が付かなかったのでしょう。つまり、紅茶のシミの一件は犯人にとっても不測の事態だったのです。では、なぜ犯人は、机から見て左側の位置に、シミが残っている状態をなんとしても変えなくてはならなかったのか？」

「それは……」高峰が考え込んだ。「普通に考えると、机から見て右側の方が、グラスが割れた言い訳が立ちやすいからじゃありませんか？　赤司さんは机の右側に倒れこんでいるわけですから、倒れる時、手に引っかかったと考えてもらえますし」

「倒れこんだ時の反動で逆側に飛んで行った、としてしまっても良いではありませんか。たかだか言い訳のためにここまでの手間はかけないですよ。つまり、机から見て左側に残るシミと、右側に残るシミとが、決定的に違うのは何か？　これを考えなければならなかったのです。答えはシンプルなことでした。

右側は水晶Ｘに一度も映っていないからです」

突然シミの話から水晶に切り替わったからか、座の面々は面食らったようだった。

「待って……まだ獅堂さんの言っていることの意味は分からないけれど、それはそれとして、本当に映っていないの？」

「水晶Xの映像はさっきからディスプレイに出たままでしたかね。私の話は止めますので、確かめてみてください」

一同はディスプレイの前に集まって確認していた。何度も見ていたので見なくても分かる。絨毯が映り込み得るチャンスは三回しかない。

一度目は、窓から月蝕を見ていた〈星眼〉が窓から視線を外し、机に向けて歩いてくる瞬間だ。ここで、机から見て左側の絨毯の隅は映っている。

二度目は、机に座ろうと椅子を引く瞬間。しかし、視線は机の上を動いてから、正面を向いたまま椅子に腰かけるので、右側の隅は視界に入っていない。やがて男との悶着が続き、視線は前方に固定される。

そして男が発砲し、三度目が訪れる。言うまでもなく、寝そべっている〈星眼〉の視界に映る可能性だ。しかし、右隅は後頭部の背後に来ているので、映り込まない。それでなくても、視線は戸口に消える男を追っており、わずかに上方を向いているのだ。

「本当だ……」千葉が嘆息した。「あなたの言う通りです。確かに、左側は水晶Xに映り、右側はXに映っていません。ですが、それはつまり、何を意味するのですか……?」

「この一事をもって、犯人の意図が炙り出せるのです。私が先ほど、水晶Xの殺人事件は一九八九年のものだと示したことを思い出してください。つまり、水晶Xは二〇一八年の事件と本質的に無関係なのですよ。Xに映っている真維那さんに似た男、月蝕の日に起きたこと、赤司さんの死体の傍に水晶が落ちていたこと。これらの要因が重なって、水晶Xが二〇一八年の事件のものだと錯誤していた、いや」

香島の表情が変わるのが分かった。俺の話についてきているのが分かって、嬉しくなった。

「――錯誤させられていたにすぎない」

「え？」

「犯人が絨毯を移動させたのは、左側にシミを残したままにしておけば、水晶Xの映像と矛盾が生じてしまうからです。水晶Xの殺人事件を、二〇一八年のものと見せかけられなくなるからです。ここまで考えて、私にはすっかり分かったのですよ。
つまり、二〇一八年の事件自体が、一九八九年の事件、そしてその映像を主題にした、『見立て殺人』だったことが」

「見立て……殺人……？」

真維那が首を傾げていた。鵜も同様で、言葉が飛躍したことに驚いているのが分かる。

「見立て殺人というのは、推理小説に出てくるものでよろしいのでしょうか」

真維那の問いかけに俺は頷いた。

「ですが、見立てというのは、物語ですとか、童謡やわらべ歌ですとか、神話ですとか……そういったものを題材に行うものなのではないですか？　つまり一種のパロディーです。今回の事件には当てはまらないような気がいたしますが」

「確かに、言葉が過ぎるところはあるかもしれませんね。ですが、これもあくまで映像を題材としたもので、しかも、得ようとした効果が、真維那さんの言う物語上の『見立て殺人』にそっくりなのですよ。もっとも、あえてこの言葉を出したのは、言霊《ことだま》を期待してのことです。つまり、『見立て殺人』という言葉に伴うイメージが、皆さんの理解を助けると期待してのことです」

俺は咳払いをしてから続けた。

「見立て殺人の大きなポイントは、その過剰なまでの演出にあります。その演出によって生み出される、題材と『同じこと』の強調、あるいは題材と『違うこと』の隠匿。これらに仕掛けの眼目があるのです。

まず、『同じこと』の強調から見ていきましょう。これはつまり、童謡なら童謡と『同じ』状況を再現することで、薄ら寒い恐怖を演出していく——これがメインになります。歌のように一番、二番とあれば、恐怖を煽るのにもっと効果的でしょう。この事件では、その『同じ』ものによる恐怖というのは、一九八九年の殺人事件を知る者ただ一人に向けられていました」

「ああ……」仁美が呻いた。「主人、ですね」

「その通りです。赤司さんは一九八九年、自分が犯人と目されかねない水晶Xを隠匿し、その罪が暴かれることに怯えておられました。同時に、その水晶が、将来自分が殺される時の予知かもしれない、とも。映像の中の男そっくりに育っていき、赤司さんの恐怖の引き金に少しずつ力を加えていく石神真維那さんも、犯人にとってはこの『見立て殺人』のための一つの道具立てだったのです。

次に、『違うこと』の隠匿、の方です。これは例えば、犯行の際に残ってしまった自分に不都合な証拠を、見立ての意図に見せかけて覆い隠すなどですね。死体がずぶ濡れになったのが致命的なら、滝に落ちる歌に見せかければいい。実際には見立ての意図と別の原因で発生したものを隠しているのですね。今回の場合、その代表格は『犯人』です。二〇一八年の事件の犯人は、月蝕の条件、死体の恰好、シミの有無などを忠実に揃えることによって、恰好のスケープゴートを手に入れることが出来ました。誰もが水晶Xを見た途端、真維那さんが犯人だと思い決めたわけですからね」

「なんてひどいことを……」と香島が拳を震わせている。

「ともかく、犯人は二〇一八年、石神赤司さんを水晶Xの映像に見立てて殺した。そこには赤司さんを恐怖させて精神的に追い込み、殺すという意図と、スケープゴートにより容疑を免れるという実利が絡んでいるわけです。しかし、この見立ての意図は、実は二十九年前から周到に組み立てられていたのです。二〇一八年から一九八九年の事件を見立てただけではなくて、一九八九年からも、二〇一八年の事件のために見立てをしていたわけです。

その立役者とは、何を隠そう石神青砥さんでした」

「冗談でしょう！」手島が叫んだ。「あり得ない！　二十九年前の時点から、全て同じように見せかけるなんて離れ業が出来るわけがありません。第一、実際に石神赤司さんは死んでいるのだぞ！　死者である青砥さんが一体どうやって殺せたというのです？」

「もちろん、二〇一八年に計画を引き継いだ実行犯は、別にいるわけですが、ね。だが、今は先に、石神青砥さんがやったことについて、話していきましょう。

　ここがミソなのですが、石神赤司さんは殺人犯ではないので、水晶の中で繰り広げられた実際の会話内容を知りません。同時に、レターセットを通じて紫香楽一成さんと仁美さんの関係を知るにも至っていません。石神赤司さんは創始者として、プロとは言えないまでも読唇術をかじったことがあったでしょう。水晶を調べた時、どうしても意味の取れない文字列があったはずです」

　高峰が指を鳴らした。

「もしかして、『バイタ』のことですか？」

「『黙れ。お前に真維那などと呼ばれたくはない』。もちろん、あの悪名高い一文のことです。バイタと意味を取ってみても、すっきりと理解が出来ないし、自分の息子の名前との符合がみられるのは気色悪いが、どうにも収まりが悪い。こう悩んでいた時、自分の奥さんから思ってもみないことを言われたのです」

「あなた」仁美が声を震わせた。「なぜそんなことまで……」

鳴り付けていたのですよ。あなたのところの家政婦が聞いていたのですよ。あなたに何かを言われて、赤司さんが怒鳴り付けていたってね。だが、あれは怒っていたんじゃなかった。自分の兄の深謀遠慮が分かって、自分の父親と同じ呪いにかけられたことに気が付いて、心底震えあがって動揺していたのですよ」

俺は一呼吸置いてから、仁美夫人に切り込んだ。

「仁美さん、あなたは恐らく、こんな風に言ったのでしょう。

『ずっと黙ってたけどね、実は、真維那という名前は青砥さんが考えたの』」

仁美の顔が青ざめた。

「ええ……ええ、そうよ。あの人の忘れ形見だった……死ぬ前に、その名前を考えたと、伝えてきて……」

「死ぬ前というのはつまり、二月二十二日の午前一時頃、青砥さんに会った時——青砥さんが自分の死期を自覚しつつ、あなたに会いに行った時ですね？」

仁美は黙って頷いた。

「待て、待ってくれ」

手島が悲鳴を上げるような声で叫んだ。

「君たちの話は全くワケが分からないですよ。青砥さんが名前を考えたからなんだっていうんだ？　そりゃ、自分の妻の不倫が分かったのはショックだったかもしれませんが、仁美さんが赤司さんと青砥さんと、その、同時に付き合ってたことは、石神兄弟と奥様の三人の間では公然の秘密のようになってたのでしょう？　赤司さんも、怒りはするでしょうが、それを知ったところで今更……」

「事件の起こった後に、青砥さんが仁美さんにその名前を伝えたというのが重要なのですよ。水晶の中に残った映像には、自分が事件現場で発話した内容が残る。思わず感情が激して言ってしまった『黙れ。お前に売女などと呼ばれたくはない』という言葉は、自分の偽装を赤司さんに悟らせるキッカケになるかもしれないと考えた。そして、真維那さんを利用して赤司さんに呪いをかけようとする意図、この二つを合わせた時に、青砥さんの脳裏にある発想が去来したんだ」

この先を告げるのには勇気が要った。「彼」にとってあまりに残酷すぎるように思えたからだ。それでも、言わなければならなかった。彼を救うと決めた以上は、前に進まなければならなかった。

「バイタ。この文字列を同口形異音語で置き換えれば、息子が自分の名前を呼ばれたくないと拒絶する場面を作り上げることが出来る。おまけに、その文字列が、映っている男の名前であることになる……」

石神真維那が口を両手で押さえていた。吐き気を堪えているのかもしれなかった。

「だから石神青砥さんは、この見立て殺人のためだけに、自分の息子に『真維那』と名付けたのです」

「石神青砥さん……まるで悪魔のような男ですよ」俺は続けた。「紫香楽一成さんを殺した瞬間から、仁美さんに会うまでに、こんな発想を思いついたのですから」

「青砥くんは」仁美は額を押さえて、緩やかに首を振っていた。「真維那という名前を私に伝えた時……本当に無邪気な顔をしておりました……『素敵な名前だろう』、なんて言って……それが、そんな……」

「赤司さんは『青砥さんが名前を考えた』と聞かされて、彼の意図に気付いたのです。彼の血を引いた子供は、彼そっくりの顔に育っていくかもしれない。『真維那』という名前は水晶の映像に符合している。青砥さんの殺意が襲い掛かってくるような気がし続けていたでしょう。このあたりから、自分が殺される映像なのではないかという疑いと、全ては青砥さんの企みなのではないかという疑いが混じるようになってきたのでしょうね。

その恐怖が現れ始めた時期を示すのが、熱湯事件だったのです。香島君が推理してくれたことだが、あれは真維那さんの顔に火傷を作って、映像と違う人相に仕立てようとした事件だった。それだけ運命に抗おうとしていた、ということです。彼なりの回避行為の一つだったのでしょう」高峰が「信じられない……」と言ったきり絶句した。

「美田園さんに咎められた時、さすがに目が覚めたのだと信じたいですね。その後には同種の事件が起こっていないらしいことも一つの傍証として挙げてよいでしょう。ただ、赤司さんの頭の中では、同時にもう一つの妄想も膨れ上がっていったと思います。自分がどんな抵抗をしようとも、水晶Xに映っている未来の殺人事件に収束するのかもしれない……。それから二十数年の間、真維那さんに対して含むところはありつつも、赤司さんは表面上平穏に過ごしたと言っていいでしょう。美田園さん曰く、時折月蝕の高度や時間を計算するようなことはあったらしいですが。


ところが、事情が変わったのは四年前です」

「四年……前？」

「はい。以前の〈大星詠師の間〉でボヤ騒ぎがあり、〈大星詠師の間〉が移転することになった……」

「あ……」

「ボヤ騒ぎの日、一点もののカーペットだけクリーニングに出してあったことに、石神赤司さんは運命的なものを感じたでしょう。結果、〈大星詠師の間〉は位置が変わっただけで、見た目はほとんど同じものになりました」

「家具も、そっくり同じものが揃えられたのでしたね」

香島が言った。真維那の名が残った領収書のことを気にしているのだろう。

「だからこそ、四年前にボヤ騒ぎが起こったのです」

「どういうことですか？」

「ボヤ騒ぎが起こってから今年までが四年。そして、〈星詠会〉発足から一九八九年までが、四年なのです。高峰さんは映像解析班の仕事として、確か家具の経年劣化の状態を調べていましたよね」

「……まさか！」高峰は椅子から立ち上がった。「経年劣化の状態を一致させるためだけに、そんなところまで合わせたってこと？」

「ご明察」

俺が答えると、高峰は呆れかえったとでも言うように額を押さえて空を仰いでいた。

「来たるべき二〇一八年の月蝕──季節も高度も揃っていたものに向けて、犯人──これは二〇一八年に赤司さんを殺した実行犯のことだが──としても、〈大星詠師の間〉の移転はなんとしても仕込みたいところだった。だからこそ絨毯のクリーニングを仕込み、赤司さんが家具を買い替える前に、強引に同じ家具を届けさせてしまったんだ。

家具の領収書には真維那さんの名前が残っていたと香島君が調べてくれたんだが、これは犯人による念のための工作だろう。赤司さんがいないタイミングで届けさせて、受取人を真維那さんになるよう仕向けた。ただ、見立て殺人の意図があった以上、犯人が真維那さんに罪をかぶせようとしたのは明らかで、そうであるなら、見立て殺人の意図を証明する領収書に真維那さんの名前を残しておくことは意味がない。石神真維那さんは、この事件を見立て殺人にする必要のない唯一の人物ですから。ここは、犯人が策に溺れた場面と言っていいでしょうね」

香島がほっと胸を撫で下ろした。

「さあ、石神赤司さんに話を戻しましょうか。部屋の移転と同じ家具。赤司さんはますます自分を縛り付けるかのような運命を恐れるようになったでしょう。やがて、二〇一八年一月三十一日の月蝕について、その日に出る月蝕の月の高度と方角を調べ、その方角が窓から見えるものと一致した時、彼の恐れは本物に変わりました」

「それから、主人は真維那のことをひどく恐れるようになりました」

俺はふうっと息を吐いてから、話を切り替えた。

「さあ——これで石神兄弟の話は済んだ。後は、青砥さんの恐ろしい計画を引き継ぎ、二〇一八年、実際に石神赤司さんを手にかけた人物を見つけ出すだけです」

一同に緊張が走った。俺はそれとなく犯人を見やった。

「犯人が分かった端緒も、実はさっきの絨毯のことなのです。絨毯のことから見立て殺人の意図を引き出した後、こんな疑問を持ちました——犯人はいつ、絨毯を動かしたのだろうか？」

「え？　それはもちろん……赤司さんを殺害した後じゃないですか？」

「香島君、そうなら、血痕の位置も移動していなきゃおかしいだろう？　赤司さんは座った状態から頭を撃たれたと考えられていたが、壁や床への血痕の飛び散り方も状況にぴったり符合し、絨毯と床への血痕の筋はきちんと繋がっていた。ひとたび発砲した後に作業をしたとすれば、そうそう上手くいくはずはない。

同時に、殺す『直前』の線もありません。殺されることを恐れている赤司さんの目の前で、大掛かりな作業をすれば不審を買ったはずですから」

「では……殺す前？」

「その通り！　十五時、中野さんが紅茶をこぼしてから、実際に殺害に及ぶより前までの間に、犯人は紅茶のシミを見つけ、急いで絨毯を動かしたわけです。さあところが、〈大星詠師の間〉にはカードキーによる監視があった。犯人は見せかけの犯行時刻にするための二十二時三十一分と、実際に殺したと推定される二十三時二十六分には中野さんのカードキーを使用できましたが、部屋を訪れて絨毯のシミを発見することは、犯人も予期しないアクシデントでした。だから普段通り、自分のカードキーで入室していた。最初から絨毯を動かすつもりだったのなら、この時も中野さんのカードキーで入ったでしょうが、中野さんも赤司さんもシミのことは誰にも言わなかったようですからね。

つまり、十五時から、赤司さんが部屋に入る二十時五分までの間に部屋に入った人物が犯人ということになる。

真維那さんは十六時三十一分に部屋に入っているが、この時は赤司さんがいたので、絨毯を動かすチャンスはありません。先ほどの領収書の一件で疑いが晴れているのもありますしね。

しかし、その後十八時二十七分、赤司さんが〈星詠みの間〉に入っているタイミングで、この部屋を訪れた人物がいました。そう、彼こそが犯人なのです」

俺はその男を睨みつけた。

「千葉冬樹さん。あなたがね」

「実際の犯行の流れは、恐らくこうでしょう。

千葉さんは十八時二十七分に〈大星詠師の間〉を訪れた時、紅茶のシミに気が付く。ここから赤司さん入室の二十時五分までの間に、絨毯を回転させる。

石神真維那さんに偽手紙を出し、香島君の名を騙って森に呼び出しておく。アリバイを奪うわけです。そして、その日の午後に解雇された中野さんのカードキーを盗んでおいて、事前の準備は完了です。

犯行時刻とされた二十二時三十一分、千葉さんは中野さんのカードキーを扉にタッチして、中に入らずに立ち去った。ロックを外す時に音がするわけでもないから、中にいる赤司さんは気が付かなかった。当該時間の入室記録がないと疑いを招きますからね。実際の犯行は、月蝕が終了してから行われました。それが二十三時二十六分の入室記録だ。なぜなら、その瞬間こそが、石神赤司さんの緊張が緩む瞬間だからです。自分は生き延びた。結局、あの水晶は一九八九年の事件を映したものに過ぎなかったのだ。興奮の絶頂にいる赤司さんに拳銃を突き付け、恐怖のドン底まで再び突き落としたわけですよ」

卑劣にして周到な犯行に、千葉以外の部屋の皆は息を呑み、千葉を恐怖の眼差しで見つめていた。彼の次の受け答えに誰もが注目していた。

千葉は顔を上げると、とぼけたように肩をすくめた。

「しかし、それらは全て、獅堂さんの推測に過ぎませんよね？　部屋の移転を整えられたのが私だというのも、紅茶のシミを事前に知ることが出来たのが私だというのも、全て状況証拠ではないですか。証拠は一体どこにあるのですか？」

「そんな」と香島が抗議の声を上げた。

「往生際が悪いですよ」と高峰が睨みつける。

「正当な申し立てですよ……さあ、証拠があるというなら出してください。どうせないのでしょう？」

「ところが、あるんですよ。というより、あなた自身がさっき差し出してくれたのですけどね」

千葉は不意を衝かれたようにきょとんとした顔をしていたが、やがてみるみると顔が青ざめていった。

「まさか、そのために？」

俺は頷いた。千葉以外の面々は早く説明をしろ、という空気をありありと発散していた。

「この話し合いのそもそもの始まりを覚えていますか？　私は包帯で腕を吊って出てきて、この部屋で話し合いを始めるなり、その包帯を解きました」

「ああ、そうでしたねえ」手島が指を鳴らした。「あの時は、どうかしちゃったのかと思いましたよ」

「それはどうも。で、あの包帯を巻いていたのは、実はある人物のある行動を引き出したかったからなのです。その行動を引き出すには、片腕を使えない振りをする必要がありました。そうして思いついたのが、ケガをしたという演技をする方法です。これには利用できるものがありました。私は入山村に着いた時から何者かに尾行されていて、未笠木村に来る山道では襲撃を受けていたんだ。そのことは、初めて私が〈星詠会〉に来た時に頬を擦りむいていたことや、私が落石のことを聞いたことでも周知されていたと思います。で、実はこの襲撃者というのは、私が東京で起きた過去の事件で関わりのあった人物の親類でした。つまり、〈星詠会〉とはまるで無関係だったのです。

だが、無関係だからこそ、使える、と思いました。襲撃者の行動と、〈星詠会〉の面々がリンクしていない、ということがです。私が『何者かに襲われて腕を折った』と言えば、〈星詠会〉の面々は『犯人の仕業だろう』と考えるし、犯人は『〈星詠会〉内の過激派の仕業だ』と決め込んでしまうでしょう。襲撃者と〈星詠会〉に繋がりがないんだから、『いえ、あの日は襲っていませんよ』なんて言われて、私の嘘がバレる恐れもありません」

「もしかして……昨日、あの映像を見て思いついたんですか？」

「なんだ香島君。『最後から二番目を淳也さんと手島さんがくれた』っていうのはどういう意味だって聞いたから、君には教えておいてやったじゃないか。『それなら今見てるだろ』って。君の目の前で、俺は腕を吊っていただろう。実際には林のおばちゃんに手伝ってもらって巻いたわけだが」

香島は口をあんぐりと開けていた。

「いや——僕はてっきり、手に持っているライターのことだと——」

「ん？　そう言われてみれば、少し紛らわしかったかもしれんが……」

「なるほどな！」紫香楽淳也はイライラとした様子で吐き捨てた。「全く見事なものだ。それで？　君の引き出したかった、ある人物のある行動とはなんなのか、早く聞かせたらどうだね！」

俺は咳払いをしてから続けた。

「もちろんその人物というのは、千葉さんです。私が片腕でタバコをくわえて、火をつけようとするのにまごついていた時、彼は自分のライターを取り出して、隣の席から火をつけてくれました。その時のライターを見たかったのです。鵜さん、あのライターのことを覚えていますか？」

鵜は自分が問いかけられているのに気が付くと、スマートフォンを操作して文字を打ち込み、俺に渡してきた。

『千葉は〈星詠会〉創立時の記念品として一成さんから贈られたライターを大切にしていた。油を入れ替えて、綺麗に磨き上げて、長年大切にしていた。さっき見たライターは、別のライターだった』

俺はポケットから、ビニール袋に入れておいたものを取り出す。

「これは、ある現場で小学生の男の子が拾ったライターでしてね。森の中に落ちていたのを、珍しいからとくすねたらしい。入山村に住んでいる林という名前の気のいいおばあちゃんがいるんだが、彼女がその小学生がライターで遊んでいるのを見咎めて、その男の子を叱りつけた。そうして、回収してから、保管しておいたのです」

鵜がまた画面を差し出した。

『そのライターだ』

「そう。千葉さん、これはあなたのものですね？　このライターはね、入山村の物見櫓、その焼け跡から見つかったのですよ」

「物見櫓？」と高峰が言った。「それって、一か月前に焼けた、っていう……でも、どうして千葉さんのライターがそんなところから？　もしかして……」

「そのまさか。物見櫓への放火を行ったのも、千葉さんなんだ」

「馬鹿な！」手島が声を荒らげた。「どうして千葉がそんなことをする必要がある！」

「言ったじゃありませんか。この事件は水晶Xの映像を主題にした見立て殺人だ、と。そのためには、映像と違うものは一つ残らず排除しなきゃいけないのです。その意思は絨毯を回転させた。そして部屋自体を移動させ、その螺旋状の意思は、遂に窓の外へ飛び出していく……」

「窓の外？」仁美が目を見開いた。「まさか――」

「一九八九年の映像と、二〇一八年の現場では、方角が違う。これによって二つの月蝕が似た条件下で窓から見えることになったわけですが、一つだけ大きな違いが生まれてしまったのです。それに犯人が初めて気が付いたのは、敷地の拡張のため、木の伐採が行われた二か月前のことだった。現在の〈大星詠師の間〉からは、入山村の物見櫓が見えたのですよ。たとえ視界の端にわずかに映る物見櫓の屋根であろうと、水晶Xの映像とは齟齬《そご》が生じてしまう。だから、犯人は物見櫓を燃やしたのです。それこそが、赤司さんが真維那さんに言ったという、『あの火事だって、お前のせいなんだろう』という言葉の意味でした。赤司さんは月蝕のことを調べていたので、物見櫓を燃やしたのが自分を付け狙う存在の仕業であることを、敏感に察知していたのです」

さあ、と俺は千葉に詰め寄った。

「このライターは、物見櫓の焼け跡から見つかったものです。そして、ライターはあなたのものでした。ただ放火犯というだけじゃない。物見櫓の焼失事件は、この事件の犯人の大きな狙いである、見立て殺人の趣旨に合致する出来事です。どうですか。これでは証拠と言えないでしょうかね？」

千葉は初めから答えを決めていたようだった。目を閉じて唇を震わせ、「私がやりました」と言ったきり、俯いてしまった。

千葉は俺たちに見せたいものがあるというので、紫香楽淳也と鵜を連れ添わせて、彼の研究室に行っている。

「これはほんの蛇足です」と俺は切り出した。彼らの帰りを待つ間に、枝葉末節の説明は、済ませておこうと思ったのである。

「私はこの部屋でさっきタバコを吸った時、灰をわざと落として絨毯に焦げ跡を作っておきました。これは、水晶Xの映像が一九八九年のものでも二〇一八年のものでもなく、遠い未来に起こる全く別の殺人である可能性をすっかり潰しておくためです。そのためだけに絨毯を焦がしたのは、本当に申し訳なく思っています。

あと、私や香島君が事件を解決するにあたって、一つの悩みどころだったのが、『もしかしたら俺たちの思いつく推理を全て犯人が未来から見ていて、私たちの推理を誤導するために偽の手掛かりをバラまいているかもしれない』ということでした。犯人がもし〈星詠師〉だったなら、どんなに確率が低くても、その可能性を考えないわけにはいかなかったのです。

その解決策として思いついたのが、あの包帯でした。これを思いついたのは、淳也さんから見せられた、俺が包帯で腕を吊って謝っている予言を見たのがキッカケだったのですが。包帯には、二重の意味があります。一つには、先ほども言った、千葉さんのライターを取り出させたい、という意図。もう一つは、ライターを取り出してしまったことから、千葉さんが予知でこの『解決』を水晶で見たことはない、というのを立証しておく意図です」

「……全然分からないんですが」と高峰が言った。

部屋の中にいる面々は、身内に犯人がいたショックから未だ立ち直れず、重い空気がたちこめていたが、高峰だけは話についてきてくれていた。その彼女も、すっかり憔悴《しょうすい》した様子だったが。

「千葉さんにとって、ライターを取り出す行為は、放火事件の証拠を見せることになる重大な行為です。ひいては、赤司さん殺しにも繋がってくる。犯人である以上は、その証拠はなんとしても隠さなければなりません。

もし、千葉さんが水晶の未来予知を通じて今日の私たちの解決を見ていた場合、私のケガが嘘であることを千葉さんは知っていたことになります。なぜなら、解決を開始する直前、私は包帯を解いて、ケガ一つない腕を晒しているからです。ライターを取り出した以上、千葉さんは私のケガが本当だと思い込んでいたことになる。すなわち、今日の解決を未来予知して、偽の手掛かりを用意した可能性はない。こういうことになるのです」

「すごい、すごい」

高峰はまばらな拍手を送った。解決を終えたら包帯を戻す、と言っておいたのは、解決編だけを包帯のない時間帯にする保証の意味を込めていたのだが、この空気ではそんな説明をしても誰も喜んでくれないと思ってやめた。

「お待たせいたしました」

千葉が紫香楽と鶇を連れ立って戻ってくる。場の空気が再び緊張した。

「取りに戻っていたのは、これです」

と言って、千葉は白い長封筒に入った手紙を差し出した。

「一九八九年……あの事件の夜、私の部屋に置かれていた、青砥さんの手紙です」

俺たちはその手紙を開いた。

『親愛なる千葉君へ

突然こんな手紙を送りつけるのを許してほしい。

あまり時間がない。いきなり要件に入る無礼を許してくれ。

俺の弟が……赤司が、一成さんを殺すところを見た。

ああ、君も信じられないと思う！　だが本当に見てしまった。弟が一成さんに何の恨みがあったのか分からない。父親代わりに育ててくれたあの人を、仕事の上でも最もよくしてくれたあの人を……弟が冷酷非道な殺人者に変わってしまった。それは事実なんだ。

俺は一成さんと一緒に、ここしばらくの間、水晶の予言の特訓をしていた。二人で秘密裏に、〈星眼〉を模したコンタクトレンズなるものを開発して、予知が見られるようにならないか、実験していたんだ。そして、実際に一成さんは予知を見られるようになった。その時、一成さんが見た映像が同封したビデオテープに入っている。弟の罪を証し立てるものはそれしかない。見てみてほしい。

肝心の、予知を映した水晶は……なくなっていた！　弟が持ち去ったんだ！　奴め、自分の犯行を示す証拠だから、隠してしまったに違いない！

今から、俺は赤司を問い詰めに行く。自首を勧めるつもりだ。俺は赤司に心まで薄汚れてほしくない。自首を勧めるのが、兄としての務めだと思う。

もちろん、許すことは出来ない！　一成さんを殺した奴のことを。一成さんのためにも、復讐してやりたい気持ちもある。だけど、復讐が何になるっていうんだ？　殺人者である前に、あいつは俺の弟なんだ。

だが、もし戻って来なかったら、その時は……。

こんなことは頼めた義理じゃないが、もし、戻って来なかったら、このテープの内容を会内で公表して欲しい。〈星詠会〉の中でしか証拠にならないし、現物があればまだしも、テープじゃ疑われるかもしれないが……それでも、何もしないよりは、マシだと思うんだ。

俺に何かあれば、俺に代わって、正義の鉄槌を下してくれ。

駆け足で書いてしまってすまない。

P.S.　もし、これが最後になったらと思うから、君の今までの献身と〈星詠会〉への情熱に、この場で感謝を捧げておきたい。本当に、ありがとう。

石神青砥』

「これは……」香島が怒りのせいか、体を震わせた。「獅堂さんの推理と、全然違うじゃないですか！」

「そうなのです」千葉が青ざめた表情のまま言った。「実のところ、今日の獅堂さんの推理で一番驚いていたのは、私だったと思います……まさか、青砥さんが殺人犯だったなどとは露ほども疑っておりませんでしたから……」

思えば、千葉という男は要所要所で重大なことを知らなかった。そのせいで、俺の思い描いていた犯人像とズレが生じていた。石神兄弟と仁美の関係さえ知らず、過去の事件についても実は何も知らないのではないかと思わされた。だが、そもそものところで、嘘のストーリーを与えられていたわけだ。

コンタクトレンズのくだりを読んだ時、俺は千葉がコンタクトレンズの開発に反対していたと、高峰に言われたことを思い出していた。過去の真相に繋がる情報だからこそ、千葉は開発を拒否していたのだ。しかし、真相を暴くことは、千葉が殺人犯だと信じる赤司への十分な復讐になり得たはずだ。それを拒否した、ということは。

——自分の手で殺したかった、ということか。

それほどまでに強い恨みを、目の前の手紙は抱かせてしまったのだ。

気弱そうでいて、肝心なことは知らずにいて、手ごわい相手だった。千葉と初めて会った時、千葉が「赤司が殺されるところを目撃した」と偽証したことを思い出す。あの時、千葉は殺人犯として自分が知っている事実と、水晶Xで見られる事実を完全に切り分けて話した。なかなか簡単に出来ることではない。

「あなたは、石神赤司さんが一成さんを殺した犯人であると思っていたのですね。そして、赤司さんに自首を勧めてきた青砥さんを、赤司さんが殺害したのだ、とも」

実際、巧妙な手紙に思えた。『復讐が何になる？』と文章では書きながら、復讐に誘導している。テープを送りつけた上で、それを公表しても意味がないかもしれない、というのをさりげなく書いておき、『正義の鉄槌』というのを読む側が重く受け止めようとするのを狙っているのだ。

「石神青砥さんは自分が死ぬことを予知していた……。どのように死ぬかまでは分からなかったが、こういう手紙を残しておけば、殺人だったかもしれないという含みを持たせることは可能です。彼は自分の死すら利用して、この犯罪計画を組み立てていたのか」

「ですが」香島は沈痛な面持ちで言った。「なぜ青砥さんはこのような計画を……」

「多分それは」

俺は口を開いてから、言葉にするのをためらった。赤司の映像記録を全て受け取って、東京の各所を巡っていた時のことを思い出す。

「青砥さんは赤司さんのことが羨ましくて、許せなかったからです」

「……どういうことですか？」

「〈星詠会〉での昔話は赤司さんの目を通したものばかりでした。もちろん、私が見せてもらった赤司さんの過去の予知映像もです。東京に戻って、彼らの足跡を辿り直すうちに、私は赤司さんの物語の裏面に、別のものを読み取ったのです」

「それは？」と高峰が聞く。

「始まりは一冊の本だ。母親からの口止め料として赤司さんが買ってもらった本。大学進学の学費を一成さんから引き出したのも赤司さんの言葉です。あるいは大学の学部。青砥さんは理系進学を目指して勉強していたが、文系へ切り替えざるを得なかった。結局、赤司さんの方が青砥さんの念願であった理系の学部に進学した。そして才能。赤司さんに与えられた予知を見る才能は、青砥さんには与えられなかった。そして仁美さん。大学祭で出会ったその女性に赤司さんとの繋がりがあると知った」

「じゃあ……青砥さんは赤司さんへの劣等感を溜め続けていたというの？　だって、そんな素振り……」

「見せなかったでしょうね。見せられなかったでしょう」

俺は頷いてから言った。

「仁美さんと付き合っていたのは、青砥さんなりの復讐のつもりだったのですよ。もちろん、恋情もあったでしょうがね。

青砥さんは才能の差を埋めるために、水晶の予知を行うためのコンタクトレンズもこっそり開発していた。だが、それが原因で、自分の死期を悟ってしまうことになった」

「ああ……」と仁美は息を漏らした。

「青砥さんは許せなかったのです。自分の欲しいものをなんでも手に入れていく赤司さんのことが。自分が若くして死ぬというのに、仁美さんと結婚し、未来も開けている赤司さんのことが。青砥さんのことを羨む赤司さんの想いと同じくらい、青砥さんも赤司さんが羨ましくて仕方がなかったのです。それは年を経れば許せたかもしれない劣等感でした。これは青春の犯罪だったんです。二十九年前に引き絞られた弓の矢が、時を経て、彼の弟を貫いてしまった——」

俺の語りはあまりにも感傷的だった。自覚していた。ベター・ハーフ、という言葉が、石神兄弟を評することに使われていた。互いに互いの欠けた部分を埋め合う存在。それは最高のパートナーになり得るだろう。だが相手にあって自分にはないものについて、羨ましくて、憎らしくて仕方なくなったら、これ以上恨めしい存在もいない。

「私は」

千葉が語り始めた。

「本当に今の今まで、赤司さんが一成さんを殺したと……そして、自分の兄まで手にかけた極悪人だと思い込んでおりました。そんな赤司さんを許すことが出来ないと、私によくしてくださった恩師である一成さんと青砥さんのためにも、必ず復讐を遂げなくてはならないと信じておりました、赤司さんの犯罪を知っているものがいると絶えず知らせ、恐怖を味わわせるために、あの映像の中に現れたものを赤司さんが思い起こすように仕向けました。まさか、赤司さんの方では、自分が殺される時の映像と思い込んでいたとは思っていませんでした。自分の過去の殺人事件をそのままやり返されようとしていることに、恐怖を感じていたのだろうと思っていたのです」

互いに確認を取り合わないであろうことも、石神青砥の手の内だったのだろうか。口数が少なく、研究に没頭してしまいがちで人を誤解させやすい赤司と、〈星詠会〉の研究内容を学会に公表しようとしたことで、鼻つまみ者として後ろ指を指されていた「二人目」の千葉。中途半端に完成した希望を与えられて、欲望に呑まれ、功を急ぎすぎた千葉。二十九年もの間、二人の間柄が何も変わらないと予知することなど誰にも出来はしない。だがそれでも、彼らがボタンを掛け違えたまま殺しあってしまうことは、青砥にはありそうに思えたのだろうか。

「私は愚かでした。時に赤司さんが恐ろしい怪物に見えることさえありました……。ご自分の罪を隠しながら、何食わぬ顔で研究に没頭されている、そんな怪物に。赤司さんは元から笑顔の少ない方でしたが、一九八九年以来、不安げな表情を見せることが多くなったのも、大切な二人を亡くされた悲しみではなく、罪を暴かれることへの恐怖のせいなのだと考え、私だけが、あなたのやったことを知っているのだと、彼に指を突き付けていたのです」

千葉は椅子にドサッと座りこんだ。

「もちろん、テープを公表しさえすれば、それでいいと思っていた。だが、信じてもらえないのは……もうたくさんだったんだ！」

その叫びが俺の体を突き刺し、同時に深い納得と昏《くら》い疑惑が湧いてきた。石神青砥が彼に目をつけたのは、現代のオオカミ少年になることを恐れる心理、過去の失敗に手ひどく傷ついた心の動きさえ狙ってのことだったのだろうか、と。

「だから、私は自分で手を下すしかないと思いました。かくなる上は、最も赤司さんに肝胆《かんたん》を寒からしめる方法で、自ら正義の鉄槌を下すのだ、と」

殺人者の告白にあてられたこの場の面々は、水を打ったように静まり返り、千葉の顔から目をそむけていた。ただ一人、鵜だけが、もう見ていたくないというような沈痛な表情で、千葉の唇を見つめ続けていた。

「ですが!」香島が勇敢にも言った。「それでも、師匠を犠牲にしていいことにはなりません……!」

「もちろん、見立てることによって、結果的に真維那さんに罪を着せたのは、悪いと思っています。申し訳なかった」千葉は真維那に向けて頭を下げた。「しかし、〈星詠会〉の発展を成し遂げることも、青砥さんとの約束でした。赤司さんへの復讐を果たした後も、捕まるわけには、いかなかった」

「そんなの、ただの身勝手です」

「その通りだよ。全部その通りだ。香島君、君にはそのままでいてほしい。……私は、私はもうダメなのです。赤司さんを手にかけて以来、よく眠ることが出来なくなりました。予知の記録が取れても短いものばかり。眠ることが出来なければ、未来も見ることは出来ません……私は人を殺《あや》めたその日から、〈星詠師〉ではいられなくなってしまったのです。人を殺めてから、未来を見るのが恐ろしくなったのです」

では、俺も千葉も同じだったのだ。未来が怖くなって、逃げ出そうとしながら対峙していたのだ。

「もう私はここにはいられません……」

千葉はそう言って、頭を下げた姿勢のまま、口元に手を当てた。

俺の体に電撃が走った。

「おい、やめるんだ！」

「全部、遅すぎたんだ。全ては私の一人相撲でしかなかった。赤司さんに罪の幻影を見て、その尊い命を奪ってしまった。もう、私は、この悲劇をこれ以上繰り返さないためにも、自分で自分に手を下すしかない」

千葉が懐から拳銃を取り出した。紫香楽淳也のコレクションからくすねておいたのか。

彼は自分の犯した罪に、人の命を奪ったという事実に、もう耐えることが出来ないのだろう。俺もそうだった。俺も、未来を見るのが怖い——。

「分かってください」

千葉が拳銃を側頭部にあてがって、引き金を引こうとした。

俺は叫んだ。何を喋っているのか自分でも分からなかった。千葉に飛び掛かって、揉み合いになったことは覚えている。耳鳴りがする。周囲を取り囲んだ〈星詠会〉の皆の悲鳴や怒声が聞こえる。

やがて、一発の銃声が耳元で鳴った。

耳鳴りの中で、俺はあの日以来、喉につかえていた言葉を吐き出した。

「助けたかった、だけだったんだ。死なせたくなかったんだ……」

俺は千葉の体にしがみついた。

自分の声が遥か遠くから響いてくるかのようだった。声にならなかった言葉は口の端からこぼれた瞬間に記憶の彼方に飲み込まれていき、胸の中にすうっと空白が生まれた気がした。

「死んでいいはずなんて、なかったんだ」

言葉を口にした瞬間から、右の肩がかあっと熱くなるのを感じた。焼きゴテを押し当てられたような痛みに貫かれて、俺はそのまま気を失った。

終章　獅堂由紀夫　二〇一八年

事件の遺した爪痕は少しずつ癒えていき、あるいは忘れられていった。

千葉との揉み合いの末に、俺は右肩を銃で一発、撃たれていた。気を失った後は病院に搬送され、弾丸の摘出手術と処置が行われたらしい。手島が車で近隣の村で一番大きな病院まで運んでくれたという。

自分の姿を顧みると、事件直前に林のおばちゃんに巻いてもらった包帯そっくりに、腕が吊られている。解決時だけ無傷の腕を見せることで……などと息巻いていたわけだが、結局はこうして同じ部分にケガをすることになってしまった。

禍福はあざなえる縄のごとし、か。

俺は自嘲気味に笑った。

千葉冬樹は警察署に出頭して、石神赤司を殺害したことを自白し、今、県警による再捜査がされているようだ。俺を撃ってしまった後の千葉は憑き物が落ちたように無抵抗になり、俺の命に別条はないと確認すると、むしろ晴れやかな表情で警察署まで出向いたという話だ。

後から聞いた話では、あの時無我夢中で千葉に飛びついた俺が言った言葉が、千葉の自殺を留めたのだという。俺自身は何も覚えていないのだが、身を挺して自分の命を守ろうとしてくれたことに感銘を受けた、と。

――俺はあの時、どんな言葉を口にしたのだろう。

胸の中にあったはずのその言葉は、どれだけ思い出そうとしても思い出せなかった。ただ、その言葉は千葉に向けたものでないことだけは、感覚で理解できた。目の前にいる千葉の向こうに、誰かの姿を見ていたのだ。とすれば、千葉の俺への感銘というのは、一つの誤解に過ぎないのである。

千葉をこの二十九年間支配していたのは、彼を犯罪へと陥れる誤解だった。だが、もしこの誤解が彼の支えになるというのなら――そういう誤解なら、真実は墓まで持っていこうと思う。

俺の方は俺の方で、大ケガを負ったので、休暇を延長してもらった。このままでは現場復帰も危ういかもしれないが、憑き物が落ちたという点では、俺も千葉と同じかもしれない。病院のベッドで田舎ののどかな光景を眺めている時は、とても心が安らいでいる。

だが、病室で痛みに目を覚ますと、たまに悲しくて悲しくて仕方がなくなる。

自分の父親から殺されかけて、自分の兄からも呪い殺されんばかりに恨まれて。自分の息子さえ信じることが出来なくなって。あまつさえ、最後に自分を撃ち殺したのは三十年以上自分と共に働いてきた同僚だったのだ。一人きりの〈星詠師〉の人生に現れた、精神的支柱としての「二人目」だったのだ。俺はこの事件の解明までの間、石神赤司の死に顔を見ていなかったことに気が付いた。休暇中とはいえ、刑事として事件に関わっていたにもかかわらず、彼の死体も、一枚の現場写真さえ、ついぞ目にすることはなかったのだ。

俺が知っているのは一九八九年に撮ったある日の石神赤司の顔だけ。今の彼の顔さえ知らなかった。目を閉じるとあの写真のことを思い出した。誰かが彼のために涙を流さなければならないと思った。〈星詠会〉に。夢を見る水晶に。愛していたがゆえに間違ってしまった人々に。

風の便りで、石神夫人が未笠木の家を売り払ったことを知った。真維那とも離れて、都会で一人で暮らすのだという。

「獅堂さん、お加減はいかがでしょうか?」

ある日。病室の戸が開いて、香島と真維那、高峰が顔を覗かせた。

「どうもー、獅堂さん。お元気?」

「どうやら元気そうですね」と真維那が微笑む。

「ああ、おかげさまでな」

俺がベッドから起き上がると、「ああ！　ご無理なさらないでください！　横になられたままで結構ですから」と香島が慌てて駆け寄って来るので、顔が思わずほころんだ。

「ケガ、大丈夫なのですか？」

「ああ。もうじき退院は出来るそうだ」

「もう少し」高峰は悪戯っぽく笑った。「休んでいけばいいじゃないですか。何もないようには見えますが、いいところですよ」

「いや。東京に戻ってやらなきゃいけないことがあるから」

「ワーカホリックですねえ」

「高峰さんには言われたくないな」俺は苦笑した。「それに、仕事じゃないんだ」

「と言いますと？」

「……お線香をあげに行かなきゃいけないと思ったんですよ。俺が行ったところで、門前払いを食うかも、しれないんですが」

その言い方だけで高峰は何かの事情があることを察したのだろう。「そっか」とだけ言って俺を励ますように微笑んだ。

「俺のことはもういいさ。あなた方は大丈夫なんですか？」

「はい。私も平常運転に戻しましたし、再捜査や取材に対してはスポークスマンとして紫香楽淳也さんがよくやってくれています」

である。


あれで優秀ではあるらしい。

むしろ見た目以上に傷ついていそうなのが、鶫だという。三十年来の旧知を立て続けに失ったのだ。寡黙であるがゆえに気付きにくいが、仕事にもミスが増えてきたというのが心配である。

「まあ——失ったものは大きいですからね」

千葉は〈星詠師〉としても優秀な職員だったという。〈大星詠師〉たる赤司も失って、確かに、〈星詠会〉としては大きな打撃になるだろう。

「そこを何とかするのが、新しい〈大星詠師〉の仕事でしょうよ」

「じゃあ……」

「はい。この度就任させていただきました」

真維那の表情は複雑そうだ。望んで得た権力の地位ではない。彼のこれからにも苦労が多いだろう。

「真維那さんがいる限り、しばらく〈星詠師〉部門は安泰ですね」高峰は満足げに頷いた。

「なんだかんだ手島さんも張り切ってますから。こういう逆境の時こそ踏ん張り時なんだって、予知の量も倍にしてますよ。でも、なーんか彼から変な視線は感じますが……」

未来のトップ様の苦労は続きそうである。

「そうです。高峰さんも、鶫さんもいます。きっと乗り越えますとも」

高峰も香島の言葉に大きく頷いている。

「獅堂さん」真維那は微笑んだ。「今回のことでは本当に、ありがとうございました」

「僕からも改めてお礼を言わせてください！」香島が勢い込んで言った。「本当に、本当に、師匠を助けてくださって、ありがとうございました！」

苦労も多い事件だったが、香島が無邪気に笑っているところを見ると、悪くない気分になった。「そーかそーか」と言いながら、香島の頭をポンポンと叩いた。

不意に、真維那という名前のことを思い出した。俺の表情に表れていたのか、真維那は柔らかく微笑んだ。

「私は本当の父と顔を合わせることも出来ず、あのような由来で、名前を付けられたのかもしれません。こうして、今育ての父とも死別することになりました。ですが、私は石神青砥の息子で、石神赤司の予知の力を受け継いだ、石神真維那です。私はこれで、自分の名前を気に入っているのですよ」

「師匠……」

香島が真維那の服の裾を掴んだ。

「それに」

真維那は香島の肩に手を置いた。

「今は、大切な家族もおりますから」

事件がこの師弟に与えた影響は決して小さくはないが、彼らの姿を見ていると、無暗《むやみ》に希望が湧いてくるような気さえしてくる。

そうだ。家族を喪ったのならば、家族を作ればいい。入山村の更地を見てから出来ていたしこりも、取れたような気がした。

「母とは今、離れて暮らしておりますが、いつでも会いに行けますから。東京に行った折には、獅堂さんの家に泊めてもらえばいいですしね」

「ええ？　俺の家、狭いぞ」

俺が驚いて口にすると、真維那は悪戯っぽく笑って、「冗談です」と言ってみせた。

「ああ、そうだ、ところで……」

俺は前から気になっていた疑問をぶつけた。

「『あなたはどうして、俺が獄中から救ってくれるとあれほど信じていたんだ？』」

真維那が俺の発言にそっくりそのまま被せてきたので、びっくりした。既視感のある経験だったので、すぐにその意味を察した。真維那はポケットから小さな水晶を取り出す。紫色の綺麗な水晶だった。

「これを見たからですよ。ほら……」

水晶の中心には画像が浮かんでいる。俺の顔があった。真維那の澄んだ瞳が俺をじっと見つめていた。彼の目には、俺はこんな風に映っているのかと思うと、どうしようもなく面映《おもは》ゆく、しかし、鏡で見るよりも自分のことが好きになれそうに思えた。

水晶の映像の視線は大きく動いた。つられて俺も真維那の目線を追った。窓の向こうにさしかかった木々の枝の先端に、つぼみが一つ、芽吹いていた。

「こうして今日、あなたと春の芽吹きを見ることを知っていたからです」

「春になると、未笠木の山は満開の桜で埋め尽くされるんだよねえ」

高峰がそう言って、真維那の視界の外で俺にこっそり耳打ちした。「ね、真維那さんの水晶、綺麗でしょう」

高峰が言っていたことが、今ようやく心の底から腑に落ちるように思えた。視線一つにも性格が現れる。この水晶に映る世界がすなわち、真維那の双眸《そうぼう》に映る世界なのだ。

彼の瞳に映る世界はきらめいていた。

「今年のつぼみは、早いですねえ……」

香島が嬉しそうに言った。

そうだね、と真維那が優しく応えて、香島に微笑みかけた。

水晶の中には、香島の目の輝きが、今にも跳ねだしそうなその情動が、余すところなく収められているようにさえ感じた。

私達はその流れを追い、大海に至る

斜線堂有紀《しゃせんどうゆうき》
（作家）

この解説には、物語の仕掛けについて書かれている部分があります。（編集部註）

今の時代に生き、阿津川辰海を読むことが出来る人間は幸運である。この解説はそういった結論で終わるのだが、折角紙幅を頂いたのだから、その結論を語るまでしばし本作『星詠師の記憶』について語らせて頂こうと思う。

デビュー作の『名探偵は嘘をつかない』や、二〇一九年刊行の『紅蓮館の殺人』など、阿津川作品ではしばしば「探偵の苦悩」が描かれていることが多いが、本作では、宿痾《しゅくあ》に惑わされる人間の苦悩が描かれているのではないか――と個人的には思っている。

本作での未来予知は、ロジックに深く関わっていることもあり、抗《あらが》うことの出来ない絶対の未来だ。

水晶に映し出された光景は必ず起こり、例外は無い。それは、石神青柢《いしがみあおと》の計画に絡め取られた石神赤司《あかし》の行く先、そして二十九年越しに冤罪を掛けられる石神真維那《まいな》と合わせて、人間というものがかくも弱く翻弄されるものであることを示しているようにも思える。予知を回避しようと、真維那の顔に熱湯をかけるという凶行に走ろうとした赤司の行動も気持ちが分かるだけに物悲しい。

だが、その宿痾を解きほぐすのが、被疑者を死亡させたことで自主謹慎に入った刑事の獅《し》堂《どう》由《ゆ》紀《き》夫《お》である。人質の女性を救うことを優先させた彼は、不運にも被疑者の腹部に銃弾を命中させてしまったのだが、あの局面で彼には選択の余地がなかった。ある意味で、あそこに巡り合わせた彼の運命だったわけである。

そんな獅堂が作為によって運命づけられようとしていた青年の冤罪を晴らすのは、本物の巡り合わせによってこの事件に向き合うこととなった獅堂の、偽物の運命に対する意趣返しとも呼べるかもしれない。

さて、この作品で最も面白いところは、精度の高い未来予知があるからこそ成立した、罠に掛ける側と掛けられる側の信頼関係である。青砥は自らが口走った「売女」という言葉を息子の名前『真維那』と重ね合わせることで、憎むべき弟に消えない呪いを掛ける。

これは、赤司が一九八九年の予知を二〇一八年の予知だと信じ込み、一人追い詰められていくだろうことを信じての行動だ。実際に、赤司は青砥の目論見に嵌《は》まっていく。

二〇二一年に刊行された『蒼海館の殺人』でも、このような犯人と被害者の同意のない共犯関係——犯人が罠に掛ける被害者へ抱く奇妙な信頼を基にした犯罪計画が立てられる。罠に掛けられる側の人間がこういう行動を取るだろうという予測込みで、犯行が為されるのだ。

人間が自由意志を持つ生き物である以上、他人の動きを予測して計画を立てるというのは、一歩間違えば都合の良い偶然で片付けられてしまいそうな諸刃の剣である。

だが、阿津川作品がそういった収まりの悪さを感じさせない理由は二つある。一つ目の理由は、犯人側がその計画が成就しなかった際に、二の矢三の矢を用意し、計画に柔軟性を持たせているから。

そして二つ目の理由が、出てくる登場人物の心理描写や背景描写に説得力があり、この人物ならばこういう行動を取る、と読者の側にも納得させられるからである。

本作で言うならば、赤司のアイデンティティーが星詠師としての能力に浸食されていく描写がそれにあたる。星詠師として才覚を現していくにつれ、赤司は仁美《ひとみ》と繋がるきっかけになった映画さえ、予知の妨げになるとして遠ざけようと考えるようになる。

予知の才能が石神兄弟に平等に与えられなかったことが本作の悲劇のきっかけであるが、その才能に狂わされたのは、持たざる者である青砥だけではないのだ。赤司もまた、この才能に重きを置き、それを十全に生かす人生を送ってきた。

そんな石神赤司が、水晶に刻まれた予知を否定することなど出来るはずがないのである。何故なら、それを無視することは自らの人生を否定することでもあるからだ。作中で指摘されているように、もし彼が青砥の企みを疑ったとしても、理性ではどうにもならない。彼が彼である以上、赤司は予言で雁字搦《がんじがら》めになってしまう。青砥が死後の呪いを成就させるに足る土壌を、読者はしっかりと目の当たりにすることになるのだ。

こうした人間の思惑が交差する複雑な人間ドラマは、阿津川辰海も愛読しているアガサ・クリスティー作品を思わせる。クリスティーも複雑な人間模様から、驚くような真相や動機を紡ぎ出していくが、阿津川作品にも似た読み味がある（余談ではあるが、阿津川作品にはクリスティーオマージュも随所に見られる）。

また本作は、本格ミステリでありつつ、一九八九年付近のカルチャーや社会風俗をも楽しむことが出来る。ＣＤの発明に沸く石神兄弟や、青砥が入り浸るようになったインベーダー喫茶、仁美と赤司を結びつける黒澤談義など、現在と過去のパートの空気感をはっきりと分ける描写のディテールには味がある。ロジックに満ちた本格推理小説としてだけではなく、社会小説として、そして人間ドラマとしても実に面白いのが、阿津川作品だ。

ちなみに、阿津川辰海は光文社「小説宝石」に掲載された『星詠師の記憶』刊行時の著者新刊エッセイにて、昭和という時代への憧憬を自分なりの形にしてみたかった、と執筆の動機について語っている。こうして思うと、やはり阿津川辰海は自分の「好き」を、十二分に筆に乗せることの出来る作家だと思う。

阿津川作品を読む度に、その密度の濃さに驚かされる。一作一作が魂を削りながら書かれており、豊富なアイデアがふんだんに盛り込まれているのだ。

彼は小説を創り上げる際に、アイデア出しのブレインストーミングを行うことや、小説に使えそうな要素（今回でいえば月蝕の進行など）を纏《まと》めることを一冊のノート上で行う。複雑な小説を書くからこそ、混乱した時の為にそうしているというが、この圧縮—解凍のプロセスが小説に深みを与えていることは言うまでもない。

阿津川辰海がここまで心血を注ぎ、全力を込めている濃厚な傑作を楽しめることは、読者にとって幸福なことだ。

最後に、私がこの解説を依頼されるきっかけとなったエピソードを記載しておきたい。あるいは、今の時代に生き、阿津川辰海を読むことが出来る人間は幸運であるという最初に出しておいた結論についても。

私が初めて特殊設定ミステリに挑んだ作品である『楽園とは探偵の不在なり』は、本作『星詠師の記憶』に影響を受けて書いた作品である。早川書房にて次の作品の打ち合わせをしている際に、最近読んで一番面白かった小説の話になった。そこで私が挙げたのが『星詠師の記憶』であった。

デビュー作の『名探偵は嘘をつかない』から遺憾なく発揮されていた阿津川世界の豊潤さと外連味《けれんみ》に魅せられていた私は、二作目にして更に洗練された本格ミステリを完成させた阿津川辰海に畏敬の念を抱いていた。平たく言えば、すっかり彼の大ファンになってしまっていたのである。

今一番面白い小説が本格ミステリであったのだから、自分も本格ミステリを書こう。打ち合わせではすんなりとその流れが出来た。そうして生まれたのが『楽園とは探偵の不在なり』だった。

あの夏に『星詠師の記憶』を読んでいなければ、恐らくは『楽園とは探偵の不在なり』は世に出なかっただろう。実際に、あの時の打ち合わせでは他の作品の案も出ていたのだ。そちらを選ばなかったのは、偏《ひとえ》に阿津川辰海作品があったからだ。

それから『楽園とは探偵の不在なり』が無事出版され、文藝春秋の対談企画でそのことを直接伝えられた時には、不思議な巡り合わせを感じた。いや、私が阿津川辰海という同世代の天才の背を追って行った形なのだから、巡り合わせに行った、という方が正しいのかもしれないが。

二〇二一年四月二十三日に公開されたWEB本の雑誌「作家の読書道」では、読書家としての阿津川辰海にとって印象的である、司書の先生との出会いが語られている。その司書に『十角館の殺人』『イニシエーション・ラブ』『葉桜の季節に君を想うということ』の三冊を薦められ、ミステリというものの面白さに目覚めたというのだ。

この三冊を読み終えた阿津川辰海は、所属していた文芸部にてミステリしか書かなくなったという。書き手側の人間は面白い小説を読むと、自分もこんな小説が書いてみたいと思うようになる。その病に似た性質を端的に表しているエピソードだ。

このエピソードを読んだ時、そこから繋がっているのだ、と思った。先の三冊を読んだ阿津川辰海がミステリを書き、阿津川辰海のミステリを読んだ私がミステリを書こうと思い立った。私はある意味で阿津川辰海の豊潤な読書遍歴から恩恵を与っているのだろう。

多くの作品から脈々と物語の血潮を継いできた阿津川辰海が、その筆の比類無き力によって、このような面白いミステリを書きたい／この面白さを継ぐ作品を生み出したいと思わせるというのは感慨深い。力のある作品が生まれれば、それに憧れて書く人間が増えるということだ。だから、私達は幸運なのである。

私には作中のような予知能力は無いが、これだけは断言出来る。阿津川から大海に至るように、阿津川辰海というギフトは今後のミステリ界を大きく広げていってくれるに違いない。

*この作品はフィクションであり、実在の人物・団体・事件とはいっさい関係ありません。

二〇一八年十月　光文社刊

光文社文庫

星《せい》詠《えい》師《し》の記《き》憶《おく》

著者　阿《あ》津《つ》川《かわ》辰《たつ》海《み》

2021年10月20日　初版1刷発行

発行者　鈴木広和
印刷　萩原印刷
製本　ナショナル製本

発行所　株式会社　光文社
〒112-8011　東京都文京区音羽1-16-6
電話（03）5395-8149　編集部
8116　書籍販売部
8125　業務部

ISBN978-4-334-79256-5　Printed in Japan

組版　萩原印刷